이상 시의 비극적
에로티시즘

이상 시의 비극적
에로티시즘

박소영 지음

보고사
BOGOSA

첫 시는 「정식(正式)」이었다. 시 수업 시간에 우연히 이상의 시 「正式」
의 발표를 맡게 되었다. 시 구절 중 특히 "海底에가라앉는한개닷처럼"
이라는 표현이 좋았다. 한동안 이상이라는 이름을 들으면, 침침한 바
다 밑바닥으로 천천히 내려오는 작은 칼의 이미지가 떠올랐다. 어느
때는 혼자 무엇인가를 골똘히 생각하는 꽃나무가 떠오르기도 했고,
또 어느 때는 뺨이 푹 파인 채로 추위에 떨며 거울을 들여다보는 야윈
청년의 얼굴이 떠오르기도 했다. 물 흐르듯 진행된 연구가 아니었던
만큼, 작품 속 화자에게 매달려 있는 시간이 길었다. 현실의 시간은
흐르고 흘러 「正式」을 해석하며 이상에 매료되었던 나는 어느새 이상
보다 나이가 들어 있었다.

오랜 시간 시를 연구하신 여러 선생님들의 글을 읽으며 논의의 방향
성을 잡아나갔다. 이상의 작품을 읽으며 홀로 앉아 있는 화자의 외로움
과 상실감이 마음에 들어 왔고, 이 화자가 하염없이 바라보는 여성에게
나 역시 눈길이 갔다. 격렬한 사랑과 광기, 충만과 공허, 합일과 분열.
완전히 어긋남으로써 각인되고 유지되는 화자의 기이한 사랑 방식에
대해 말하고자 하였다. 연구가 마무리되면서 '비극적 에로티시즘'이라
는 제목을 짓게 되었다. 언제나 실패하고 절망했던 화자의 심경을 뚜렷

하게 드러내기 위해 '비극'이라는 표현을 덧붙인 것이다.

이 책은 여섯 개의 장으로 이루어져 있다. 1장에서는 여러 선행 연구자들의 성과를 기록·분류하고 이 책을 쓰기 위해 도움을 받은 다양한 이론들을 간략하게 소개하였다.

2장에서는 가부장제의 장자와 근대의 모더니스트 사이에서 고뇌했던 화자의 모습에 주목하여, 그의 복합적이고도 혼란스러운 의식의 흐름을 포착하고자 하였다. 에로티시즘에 진입하기 이전에 화자의 불안정한 내면 상태를 먼저 확인할 필요가 있다는 판단이 들었다. 타자와의 관계는 '나'의 세계가 어떠한 방식으로, 어디까지 확장되는지를 보여준다. 즉 타자는 '나'의 본성이자 한계를 분명하게 보여주는 지표가 될 수 있다. 때문에 남녀의 관계를 언급하기 이전에 화자 자신의 의식 세계에 대해 살피고자 한 것이다.

3장에서는 몸과 욕망의 문제를 다루었다. 이 장에서는 병든 몸을 쇄신하고자 한 화자의 욕망과 성적인 몸을 전시하여 유혹에 성공하고자 한 여성의 욕망을 교차하여 보여줌으로써, 남성 화자의 '피', '수염', '두개골', '심장' 등과 여성의 '피부', '자궁' 등의 신체 이미지가 어떻게 에로티시즘적 세계를 파국에 이르게 하는지를 밝혔다.

4장에서는 작품 속에서 부조리하게 충돌하고 있는 두 남녀의 관계 방식을 보여주었다. 남성 화자는 아내의 부정을 일정 부분 눈감아주는 방식으로 여성과의 관계를 유지하는 비정상적인 면모를 보인다. 이상은 여성의 삶을 고단하게 드러냄으로써 이 뻔뻔한 배반의 행위에 또 다른 해석의 여지를 남긴다. 매춘 여성의 새파란 웃음은 수많은 남성들을 유혹하는 동시에 여성 자신을 아프게 찌르는 바늘로 작용한다. 여자를 향한 화자의 지독한 관심과 애증은 여자를 도형과 '돌', '새', '꽃' 등으로 변모시키기에 이른다.

5장은 이러한 작품들을 창작한 이상의 눈에 세계는 어떠한 모습이 었을까를 떠올리며 쓴 글이다. 계속되는 어긋남과 부조리한 관계를 그려내며 이상이 말하고자 한 바는 무엇이었는지를 파악하려 애썼다.

책을 마무리하며 감사한 마음을 전해야 할 분들이 많다. 첫 번째로 내 삶에 시를 안착시켜주신 엄경희 교수님이 떠오른다. 나와 이상이 엄경희 교수님을 그 시간에 만나 결국 이 책이 나오게 되었다. 기다림 이 멋지고 고마운 일이라는 것을 지도 교수님께 배웠다. 다음으로 그 리운 물소들과 물소들을 사랑해주시는 분들에게 이 책을 드리고 싶 다. 내 인생의 가장 빛나는 순간들을 이들과 함께 했다.

이 책이 나오기까지 김인섭 교수님, 조해옥 교수님, 박준상 교수님, 이경재 교수님의 조언과 격려가 있었다. 이분들의 책은 나의 의자 가장 가까운 곳에 꽂혀 있다. 학부 시절부터 가르침을 주신 조규익 교수님, 장경남 교수님, 오충연 교수님 그리고 대학원 과정을 거치며 좋은 말씀 을 해 주셨던 임채훈 교수님, 소신애 교수님께도 인사를 드리고 싶다. 또한 그간의 연구를 출판으로써 열매 맺게 해 주신 보고사의 김흥국 사장님과 편집을 도와주신 이순민 선생님께도 감사함을 전한다. 이 또한 은혜라는 생각이 든다.

마지막으로 사랑하는 가족들과 정순에게 감사함을 전한다.

2018년 겨울
박소영

목차

제1장

서론

1. 연구사 및 문제제기

이 글에서는 이상(李箱, 1910~1937) 시에 드러난 에로티시즘이 어떠한 작동 원리에 의해 생성되고 변화하는지를 살피고자 한다. 수세기 동안 인간의 성 문제는 함부로 발설해서는 안 되는 금기의 대상이었다. 특히, 남녀 사이의 성 문제는 은밀하게 숨겨진 채 인간의 역사에서 전면적으로 다루어지지 못하는 음지의 성격을 지니고 있다.[1] 때문

---

[1] 이는 조르주 바따이유가 지적한 대로, 성행위를 하는 인간과 동물의 근본적인 차이 때문일 것이다. 동물은 성행위의 과정이 외부로 노출되어도 '부끄러움'을 느껴 숨지 않는다. 오직 인간만이 부끄러움의 감정을 느끼며 자신의 성을 감추고 외부로 발설하지 않는다. 외부의 시선을 의식하면서 사회성을 획득하는 과정 중에 성의 노출만큼 '동물성'을 강하게 표출하는 행위도 없다. "노동을 하게 되면서, 죽음을 의식하게 되면서, 부끄럼 없이 행하던 성행위를 부끄럽게 여기게 되면서 인간은 동물성을 벗어난 것이다."(조르주 바따이유, 조한경 역, 『에로티즘』, 민음사, 1989, 33쪽.) 조르주 바따이유에 따르면, 생식 욕망의 단순한 체계에서 벗어나 삶과 죽음의 위기를 넘어서고자 위반을 행하는 내적 고민이 전제되는 순간이야말로 인간의 에로티시즘이 생성

에 이러한 성 문제를 형상화하여 작품에 드러내는 것은 분명 기존 권력체계에 대한 도전이자 인간의 가장 근본적인 욕망을 폭로하고자 하는 의도와 관련된다.[2] 또한, 해당 문제를 발설해야만 하는 존재의 절박함에서 비롯된 결과라 볼 수도 있을 것이다.

이 글에서 연구 대상으로 삼은 이상의 작품들은 금기시된 인간의 욕구와 남녀의 내밀한 감정 문제를 여실히 보여준다는 점에서 주목할 필요가 있다. 논지를 전개시키기 전에 지금까지 진행된 이상의 선행연구를 살피고 본고와 선행연구와의 변별지점을 제시하고자 한다. 한국현대문학사에서 작가 이상이 차지하는 자리가 견고한 만큼 현재까지 이루어진 이상 문학에 대한 연구는 높은 성과를 보였다고 할 수 있다. 발표된 선행연구들이 각 연구자의 변별된 시각을 보여주기에 일일이 소개해야 할 테지만, 편의상 연구의 주제별로 크게 일곱 가지로 분류하여 이상 연구의 흐름을 살펴보았다. 이를 나열하면 근대성 연구[3], 탈근

되는 지점이라 할 수 있다.

2 이러한 문제의식 및 진단은 김유중의 논문에서도 찾아볼 수 있다. "이상 문학의 가장 특징적인 양상은 우리 사회에서 그간 금기시되었던 내용들이 전면적으로 다루어지고 있다는 점일 것이다. 죽음이라든가 성욕, 매춘 등이 그 구체적인 양상으로 지목될 수 있으려니와, 그의 텍스트에 나타난 퇴폐적이면서 동시에 파괴적, 폭력적인 유희의 양상들이란 기실 이러한 금기에 대항하기 위한 하나의 음모, 곧 위반으로서의 의미를 지닌다."(김유중, 「이상 시를 바라보는 한 시각 : 금기의 인식과 위반의 충동」, 『어문학』 제77권, 한국어문학회, 2002, 249쪽.) 특히, 이상의 시 작품에 나타나는 화자와 여성의 애정 문제가 기존 사회질서와 어떻게 반(反)하면서 형상화되는지를 살피는 게 이 논문의 기본 방향이라 할 수 있다.

3 신명석, 「韓國詩에 나타난 모더니즘 : 1930年代를 中心으로」, 『睡蓮語文論集』 제1권, 부산여자대학교 국어교육학과 수련어문학회, 1973, 31~57쪽; 원명수, 「이상 시의 모더니티와 모더니즘에 대한 고찰」, 『語文論集』 제11권 1호, 중앙어문학회, 1976, 45~62쪽; 조병춘, 「모더니즘 詩의 旗手들」, 『태릉어문연구』 제4권, 서울여자대학교

대성 연구[4], 전기적 측면 연구[5], 정신분석학적 방법론을 통한 연구[6],

인문과학대학 국어국문학과, 1987, 61~74쪽; 김윤식, 「이상문학에서의 관념의 탐구
: 한국 모더니즘 문학 연구(2)」, 『韓國學報』제14권 3호, 일지사, 1988, 119~147쪽;
최혜실, 「이상 문학에 나타나는 이항대립(binary opposition) 해체로서의 근대성」,
『先淸語文』제18권 1호, 서울대학교 국어교육과, 1989, 562~576쪽; 김유중, 「1930년
대 후반기 한국 모더니즘 문학의 세계관 연구」, 서울대학교 박사학위논문, 1994; 조영
복, 「1930년대 문학에 나타난 근대성의 담론연구」, 서울대학교 박사학위논문, 1995;
한상규, 「1930년대 모더니즘 문학의 미적 자의식」, 이상, 『이상문학전집 4』, 김윤식
엮음, 문학사상사, 1996; 이승훈, 「1930년대 한국모더니즘시 연구 (2)」, 『한국언어문
화』제15권, 한국언어문화학회, 1997, 733~762쪽; 백문임, 「이상의 모더니즘 방법론
고찰」, 『상허학보』제4호, 상허학회, 1998, 271~297쪽; 나병철, 「이상의 모더니즘과
혼성적 근대성의 발견」, 『현대문학의 연구』제14권, 한국문학연구학회, 2000, 123~
150쪽; 엄성원, 「한국 모더니즘 시의 근대성과 비유 연구 : 김기림·이상·김수영·조향
의 시를 중심으로」, 서강대학교 박사학위논문, 2001; 김영아, 「1930년대 모더니즘과
李箱 문학」, 『한어문교육』제9권, 한국언어문학교육학회, 2001, 169~187쪽; 박현수,
「이상의 아방가르드 시학과 백화점의 문화기호학」, 『국제어문』제31권, 국제어문학
회, 2004, 211~240쪽; 김홍중, 「한국 모더니티의 기원적 풍경 - 李箱의 〈鳥瞰圖〉
시 제1호 : 한국 모더니티의 기원적 풍경」, 『사회와 이론』제7호, 한국이론사회학회,
2005, 177~214쪽; 김수이, 「모더니즘 글쓰기 주체의 시각중심주의 고찰」, 『한국문예
창작』제6권 1호, 한국문예창작학회, 2006, 321~339쪽; 나희덕, 「1930년대 모더니즘
시의 시각성 : '보는 주체'의 양상을 중심으로」, 연세대학교 박사학위논문, 2006; 고봉
준, 「1930년대 경성과 이상(李箱)의 모더니즘 : 백화점과 새로운 시각체제의 등장」,
『문화과학』제45호, 문화과학사, 2006; 이선이, 「한국 근대시의 근대성과 탈식민성」,
『정신문화연구』제29권 1호, 한국학중앙연구원, 2006, 29~53쪽; 주현진, 「이상 문학
의 근대성 : '의학-육체-개인'」, 『한국시학연구』제23권, 한국시학회, 2008, 377~
417쪽; 박성필, 「이상 시의 근대성 연구」, 『한국민족문화』제31권, 부산대학교 한국민
족문화연구소, 2008, 205~234쪽; 김승희, 「이상과 모더니즘 : 이상 시에 나타난 '근
대성의 파놉티콘'과 아이러니, 멜랑콜리」, 『비교한국학』제18권 2호, 국제비교한국학
회, 2010, 2010, 7~31쪽; 이광호, 「이상 시에 나타난 시선 주체의 익명성」, 『한국시학
연구』제33권, 한국시학회, 2012, 309~333쪽.
4 우재학 「이상시의 탈근대성 고찰 - 이항 대립의 해체 양상을 중심으로」, 『한국언어문
학』제40권, 한국언어문학회, 1998, 479~494쪽; 박승희, 「이상 시의 형상 언어적
의미와 글쓰기 전략」, 『한국문학이론과 비평』31권, 한국문학이론과 비평학회, 2006,
137~157쪽; 전동진, 「이상과 모더니즘 : 이상 시의 탈근대적 시선 연구」, 『비교한국학』

식민지 담론 연구[7], 표현 기법 연구[8], 상호텍스트성 연구[9]와 같다. 이중 상당 부분이 이상의 근대성 연구에 편향되어 있을 뿐더러, 근대성을 논의의 전면에 내세우지 않는 연구들도 이상 문학에 나타난 모더니티를 전제로 하여 작품을 바라보고 있음을 알 수 있다. 김기림이 이상을 두고 "가장 우수한 최후의 「모더니스트」"[10]라고 지칭한 것처럼, 이상과 1930년대 모더니즘은 상당히 긴밀한 관계를 맺고 있는 것이다.

본고는 이상 문학에 대한 전반적인 연구를 살피면서, 본고의 주제

제18권 2호, 국제비교한국학회, 2010, 33~61쪽.

5 고은, 『이상평전』, 민음사, 1974; 오규원, 「李箱論」, 『언어와 삶』, 문학과지성사, 1983; 김윤식, 『이상연구』, 문학사상사, 1987.

6 이승훈, 「이상시 연구–자아의 시적 변용」, 연세대학교 박사학위논문, 1983; 조두영, 「이상(李箱)의 시 분석」, 『프로이트와 한국 문학』, 일조각, 1999; 함돈균, 「이상 시의 아이러니와 미적 주체의 윤리학 : 정신분석적 관점을 중심으로」, 고려대학교 박사학위논문, 2010; 윤여선, 「프로이트의 정신분석학을 통한 이상의 「오감도」 연구」, 『문예시학』 제22권, 문예시학회, 2010, 145~165쪽.

7 조혜진, 「1930년대 모더니즘 시의 타자성 연구 : 김기림, 이상, 백석 시를 중심으로」, 성신여자대학교 박사학위논문, 2007.

8 서우석, 「리듬 파괴의 의미 / 李箱」, 『詩와 리듬』, 문학과지성사, 1981; 이수은, 「李箱 詩 리듬 硏究」, 이화여자대학교 석사학위논문, 1997.

9 김은영, 「李箱 詩에 나타난 아이러니와 自意識의 분열 양상」, 『士林語 文硏究』 제11권, 창원대학교 국어국문학과 사림어문학회, 1998, 191~202쪽; 최동호, 「윤동주의 또 다른 고향과 이상의 문벌의 상호텍스트성 연구–시어 백골을 중심으로」, 『語文硏究』 제39권, 어문연구학회, 2002, 309~325쪽; 정끝별, 「이상 시의 상호텍스트성 연구 :「오감도 시제1호」의 시적 계보를 중심으로」, 『한국시학연구』 제26권, 한국시학회, 2009, 65~92쪽; 민명자, 「김구용 시의 상호텍스트성 연구–이상(李箱) 시와의 관계를 중심으로」, 『인문학연구』 제37권 1호, 충남대학교 인문과학연구소, 2010, 29~61쪽; 심상욱, 「「街外街傳」과 「황무지」에 나타난 이상과 엘리엇의 제휴」, 『批評文學』 제39호, 한국비평문학회, 2011, 133~155쪽; 김명주, 「마키노 신이치와 이상 문학의 "육친혐오" 비교」, 『日本語敎育』 제60권, 한국일본어교육학회, 2012, 169~189쪽.

10 김기림, 「모더니즘의 역사적 위치」, 『金起林 全集 2』, 심설당, 1988, 58쪽.

와 관련하여 선행된 이상 문학 연구를 주제별로 다시 나누었다. 즉
화자와 여성의 문제, 몸과 여성의 문제, 화폐와 매춘 여성의 문제 등
이 본고에서 주목하여 살핀 연구의 주제들이다. 이를 바탕으로 지금
까지 진행된 이상 문학의 여성과 육체성에 관한 연구[11]는 성과 죽음의
연관성에 대한 연구[12], 근대 화폐경제와 육체성의 연관성에 대한 연
구[13], 여성의 '몸' 이미지에 대한 연구[14], 유희와 가장으로서의 연애 서

11 이상이 그려내는 화자와 여성 사이의 문제는 시 장르뿐 아니라 소설, 수필에서도 매우
중요한 모티프로 다루어진다. 장르를 넘나들며 동일한 모티프와 동일한 사건 전개를
보여주는 이상 작품을 해석하기 위해 기존 시 작품에 대한 선행 연구와 더불어 이상의
소설·수필에 주목한 선행 연구까지 살피고자 한다. 한 장르의 난해성이나 복합성은
또 다른 장르로부터 해석의 실마리를 얻게 되어 풀리는 경우가 있다. 이상의 작품이
특히 그러하기에 이 글은 남녀 사이의 서사를 치밀하게 다룬 이상 작품(시·소설·수필)
의 선행 연구를 검토하여 본 논의를 진행시키고자 한다.
12 김상선, 「이상의 시에 나타난 성문제」, 『아카데미논총』 제3권 1호, 세계평화교수협의
회, 1975, 49~62쪽; 유재천, 「성과 비인간화 : 이상 시의 성문제」, 『연세어문학』 제16
권, 연세대학교 국어국문학과, 1983, 77~93쪽; 김주현, 「이상 소설의 미학적 접근」,
『논문집』 제12권 2호, 경주대학교, 1999, 889~912쪽.
13 이재복, 「이상 소설의 몸과 근대성에 관한 연구」, 한양대학교 박사학위논문, 2001;
조해옥, 『이상 시의 근대성 연구 : 육체의식을 중심으로』, 소명출판, 2001; 한민주,
「근대 댄디들의 사랑과 성 문제 : 이상과 김유정을 중심으로」, 『국제어문』 제24권,
국제어문학회, 2001, 1~15쪽; 김유중, 「이상 시를 바라보는 한 시각 : 금기의 인식과
위반의 충동」, 『어문학』 제77권, 한국어문학회, 2002, 245~270쪽; 윤영실, 「이상의
「종생기」에 나타난 사랑, 죽음, 예술」, 『한국문화』 제48권, 서울대학교 규장각한국학
연구원, 2009, 135~150쪽; 김주리, 「근대 사회의 관음증과 이상 소설의 육체」, 『문예
운동』 제107호, 문예운동사, 2010, 81~92쪽.
14 김승희, 「이상 시 연구」, 보고사, 1998; 김경욱, 「이상 소설에 나타난 '단발(斷髮)'과
유혹자로서의 여성」, 『관악어문연구』 제24권 1호, 서울대학교 국어국문학과, 1999,
299~313쪽; 나은진, 「이상소설에 나타난 여성성 : 양파껍질 벗기기」, 『여성문학연구』
제6호, 한국여성문학학회, 2001, 81~107쪽; 임명숙, 「이상 시에 드러난 여성의 이미
지, 혹은 '몸' 읽기」, 『겨레어문학』 제29권, 겨레어문학회, 2002, 149~174쪽; 김종훈,
「이상(李箱) 시에 등장하는 여성의 의미 고찰」, 『한성어문학』 제23권, 한성대학교

사에 대한 연구[15], 화자와 타자(여성)의 관계성 연구[16] 등과 같은 주제를 바탕으로 논의되었음을 알 수 있다.

우선 이상 문학과 몸 담론의 연구에서 공통적으로 지적하고 있는 이상 작품의 주요 특질은 근대성 문제와 시적 자아의 죽음의식이다. 모더니스트의 예민한 감지력으로 근대사회의 명암을 보여준 화자의 시선과 작품 곳곳에 드러나는 육체의 병적 징후들은 존재의 위기를 불러일으키는 요인이 된다. 이상의 작품에서 화자는 육체적·정신적인 쾌락의 정점에 서지 못하는 존재로 그려진다. 쾌락의 실패는 곧 불쾌의 감정을 불러일으키며 존재의 좌절과 무기력증을 동반하곤 한다. 당대의 상황과 개인의 무능력, 여성과의 이상적 결합에 실패함으로써 이상은 절망감을 느끼게 된다. 기존 선행연구에서 밝히고 있는 근대성과 육체성에 관한 논의는 바로 이러한 이상의 절망과 상실의 기저를 찾기 위해 시작된다고 볼 수 있다.

이러한 이상 문학의 몸 담론은 근대 사회를 향한 화자의 저항·비판·

한성어문학회, 2004, 67~90쪽.

15 김주현, 「이상 문학의 기호학적 접근」, 『語文學』 제64권, 韓國語文學會, 1998, 203~ 222쪽; 서영채, 「한국 근대소설에 나타난 사랑의 양상과 의미에 관한 연구 : 이광수, 염상섭, 이상을 중심으로」, 서울대학교 박사학위논문, 2002; 이형진, 「이상 문학의 '비밀'과 '여성'의 의미 연구」, 한국현대문학회 학술발표회자료집, 한국현대문학회, 2009, 151~163쪽; 이형진, 「李箱의 '새' 모티프에 대한 일고찰 : 李箱의 〈紙碑 – 어디 갓는지모르는안해〉와 橫光利一의 〈犯罪〉의 비교를 중심으로」, 『한국현대문학연구』 제32집, 한국현대문학회, 2010, 151~163쪽.

16 나은진, 앞의 논문; 서영채, 앞의 논문; 엄경희, 「이상의 시에 내포된 소외와 정념」, 『한민족문화연구』 제48권, 한민족문화학회, 337~375쪽, 2014; 송민호, 『'이상(李 箱)'이라는 현상』, 예옥, 2014; 박소영, 「李箱 詩에 나타난 誘惑의 技術과 에로티시즘의 意味」, 『어문연구』 제165호, 한국어문교육연구회, 2015, 253~283쪽.

탈주·좌절의 의식을 밝히는 데 의의를 두고 있다고 해도 과언이 아니다. 먼저, 이상 문학 텍스트의 오류를 바로 잡으면서 이상의 시정신과 이상 문학의 고유성을 밝히려 한 시도로 조해옥[17]의 연구를 꼽을 수 있다. 조해옥은 이상 시에 드러난 근대의 시공간과 육체의 밀접한 관계에 주목한다. 소진되고 고립된 시공간에서 표출되는 육체의식은 이상의 세계인식과 무관하지 않으며, 근대의 시공간에서 병을 앓는 존재로 그려지는 화자로부터 병든 육체와 병든 도시의 연관관계가 성립하게 된다. 조해옥은 이상의 시세계에서 중요한 축을 담당하는 육체성에 대한 논의를 구체적인 작품 해석과 치밀한 논증으로써 본격적으로 시도했다는 점에서 의의를 지닌다.

김승희는 줄리아 크리스테바의 기호 분석학 이론과 라깡의 기호계 이론으로 이상의 작품을 분석한다. 이상이 그려내는 조각난 몸 이미지는 크리스테바의 '아브젝션(Abjection)'과 연관 지어 해석될 수 있으며, 이로부터 화자의 "'자기 시체화'에의 강박적인 환상"[18]이라는 병적 상태를 진단할 수 있게 된다. 이러한 전복을 통해 화자는 유교적 가부장제 이데올로기인 상징계로부터 벗어날 수 있다. 김승희는 이를 '어머니의 몸'인 코라(Chora)적 세계로 진입하는 과정으로 해석한다.[19]

---

17 조해옥, 앞의 책.

18 김승희, 「이상 시 생산 연구 – 말하는 주체와 기호적 코라의 의미 작용을 중심으로」, 『이상문학전집 4 연구 논문 모음』, 김윤식 편저, 문학사상사, 1995, 401쪽.

19 줄리아 크리스테바의 'Abjection' 개념으로 이상 문학을 해석한 또 다른 연구자로 임명숙을 들 수 있다. 임명숙은 이상 시에 나타난 여성의 몸을 페미니즘적 시각으로 분석한다. 시 「狂女의告白」에서 '온갖밝음'의 '여자'는 '성녀'이자 '마리아', 더 나아가 '어머니'로 그려진다. 비천한 육체를 지닌 '창녀'는 화자에게 되돌아와 그를 품는 '원초적 어머니' 상이며, '유일한 아내'와 동일하게 읽힌다. 이러한 이상의 작법은 남성

주현진[20]은 이상 문학의 사지 절단·이식·성형 등과 같은 신체 형태
의 변형을 우생학과 연관 짓는데, 이러한 문학창작의 '테크닉'으로부
터 미래형 인간에 대한 이상의 열망을 찾을 수 있다. 육체가 실험 대
상이 되는 상황에서, '나'는 실험되는 자신의 육체를 관찰하는 '자기
대상화' 과정을 거치면서, 대상화된 개인('나')을 집단에서 분리해나가
게 된다. 이것이 바로 근대성의 특징인 '나'의 '개별화'이다.

최금진에 따르면, 이상은 몸을 매개로 근대와 일제에 저항하는 의
지를 보인다. 특히, 그는 이상의 시에서 화자의 웃음을 발견하는데,
이때 이상은 "근대의 경직성에 맞서는 웃음을 통해, 스스로를 조롱하
고 자신의 추함을 드러내는 방식을 통해, 사회 전체에 불온함과 불길
함의 형벌"[21]을 가하는 등의 유희 정신을 드러낸다. 이는 현실을 극복
하기 위한 의지로 읽힐 수 있다.

김용희[22]는 이상의 육체를 '폐쇄된 감옥'으로 보고, 세계와 소통이
불가능한 불모성의 신체로부터 자기 동일성에 실패하는 자아를 발견
한다.

김기택은 메를로 퐁티의 '세계-에로-존재'와 '살 존재론' 개념을

중심적 세계인 상징계를 전복시키고자 하는 욕망에서 비롯된 것이다. 임명숙, 「이상
시에 드러난 여성의 이미지, 혹은 '몸' 읽기」, 『겨레어문학』 제29권, 겨레어문학회,
2002, 149~174쪽.
20 주현진, 「李箱(이상) 문학의 근대성 : '의학-육체-개인'」, 『한국시학연구』 제23권, 한
국시학회, 2008, 377~417쪽.
21 최금진, 「이상 시에 나타난 몸과 시적 구조의 관계」, 『한민족문화연구』 제43권, 한민
족문화학회, 2013, 144쪽.
22 김용희, 「윤동주와 이상 시에 나타난 신체와 인식의 문제에 관한 고찰」, 『論文集』
제10권 1호, 평택대학교, 1998, 53~62쪽.

차용하여 이상 문학을 분석한다. 이상은 식민지시대를 살아가면서 몸
으로써 세계의 부정적 현실을 이겨내고자 시도한다. 김기택은 이상
시에 나타난 몸을 "절단된 몸, 기형적인 몸, 사물화된 몸, 병든 몸"[23]
과 같이 네 가지로 분류한다. 그에 따르면, 이상은 근대 사회의 속성
과 같이 이질적이고 변형된 몸을 '세계-에로-존재'인 몸으로 만들고
자 하였으나 결국 실패하고 만다.

　이상 문학의 근대성과 육체성에 대한 연관관계를 밝힌 연구들과 더
불어 본고는 특히 화자와 아내 사이의 관계성을 면밀히 살핀 선행연
구에 주목하였다. 이상 작품에 드러나는 화자의 아내가 매춘 여성으
로 그려지는 이유로, 이들 남녀 관계에는 근대의 화폐경제와 매춘의
문제가 연루되는 양상을 보인다. 또한 이들에게 몸의 문제가 존재의
상태를 위태롭게 만드는 결정적인 역할을 한다는 점을 염두에 두면
서, 몸과 매춘 그리고 남녀의 감정 문제를 아울러 살피고자 하였다.

　먼저, 이상 작품에 나타난 에로티시즘적 세계를 면밀하게 살핀 연
구자로 김주현과 김유중의 연구를 들 수 있으며, 이들의 논의는 본
논문을 작성하는 데 기초적인 방향을 제시한 의미 있는 연구라 할 수
있다. 성과 죽음의 연관성을 바탕으로 논의를 진행한 김주현은 이상
소설에 나타나는 화자의 에로스와 타나토스의 욕망에 주목한다. 이
두 욕망은 초기 소설에서 대립하지만 말기로 갈수록 혼용되는 모습을
보이며 이상 문학만의 미학을 생성해내는 계기로 작용한다. 여성과의
합일이 불가능하다는 화자의 판단에서 갈수록 악화되는 건강 상태(결

23 김기택, 「한국 현대시의 '몸' 연구 : 이상화·이상·서정주의 시를 중심으로」, 경희대학
　교 박사학위논문, 2007, 100쪽.

핵)는 죽음을 빈번히 떠올리게 하면서 화자로 하여금 삶과 죽음을 일치시키게 한다. 김주현에 의하면, 이상은 죽음과 사랑을 동일한 차원에서 그려내지만 바따이유가 말하는 에로티즘의 작동 기제와는 역방향의 현상을 보여준다. 즉, "일반적으로 에로티즘은 사랑에서 죽음으로 나아가는 데 비해, 이상은 죽음에서 에로스로 나오는 반에로티즘의 방식을 구사"[24]한다는 것이다. 이상 작품의 미학은 "사랑의 행위가 죽음으로 연결되는 황홀한 에로티즘"[25]을 추구하는 작가의 탐미성에서 비롯된다.

김주현과 마찬가지로 김유중은 조르주 바따이유의 '에로티즘' 이론을 바탕으로 이상의 작품을 해석한다. 그에 따르면, 이상 작품 속 화자는 근대사회의 제도에 대항하고자 기존 체계를 뒤흔드는 위반을 범하고 있다. 이상은 "노동을 통해 길들여지는 근대인들의 구속적 삶에 대한 회의주의적인 시선"[26]을 보여주는데, 근대사회의 금기를 위반하는 행위로부터 얻은 쾌감은 곧 "사형 선고라 할 결핵이 가져다준 불안감으로부터 잠시나마 벗어날 수 있"[27]게 하는 강력한 힘이 되는 것이다. 김유중은 질서화된 사회의 '금기'를 어기는 화자의 행위를 통해 근대의 제도와 합리성에 저항하는 모습에 주목한다. 본고는 김주현과 김유중의 논의에 제시된 화자의 죽음의식이나 에로스의 욕망 등을 참

---

24 김주현, 「이상 소설의 미학적 접근」, 『논문집』 제12권 2호, 경주대학교, 1999.
25 위의 논문, 909쪽.
26 김유중, 「이상 시를 바라보는 한 시각 : 금기의 인식과 위반의 충동」, 『어문학』 제77권, 한국어문학회, 2002, 256쪽.
27 위의 논문, 266쪽.

고하면서, 화자가 보여주는 '세계와의 관계성'에 주목하여 이상의 시
편들을 살피고자 한다. 본고 역시 바따이유의 에로티즘 이론을 바탕
으로 하지만, 화자와 여성이 보여주는 각각의 몸 이미지를 해석하면
서 이들 관계의 치열한 긴장과 갈등의 지점을 확연하게 부각시켜 그
의미를 밝히려 하는 부분에서 선행 연구와 변별이 될 수 있을 것이다.

이재복은 이상 소설에 나타난 몸 이미지를 '소외되고 불구적인 몸'
과 '창부의 몸'으로 구분하면서, 이 두 이미지가 "근대 및 근대성에
대한 하나의 메타포"[28]로 드러나고 있음을 지적한다. 특히, 이러한 구
분점에서 창부의 몸은 "독화(毒花)의 이미지, 곧 순수함과 추함의 대
립을 넘어서고 있다는 점, 돈과 권력의 장에서 소외된 자본주의의 그
늘을 드러내고 있다는 점, 살아 있는 몸의 감각을 통한 소통 단절과
물화의 세계를 보여주고 있다는 점 등에서 또한 근대 및 근대성의 문
제와 불가분의 관계"[29]에 있음을 지적한다. 즉, 이상 작품의 육체성을
논할 때 근대성과 자본주의에 대한 문제가 우선적으로 고려되어야 한
다는 것이다.

김명인에 따르면 이상 소설 속 화자는 여성과의 관계에서 "근대성의
논리들 – 교환가치, 화폐물신, 소외된 일상성 – 을 실감"[30]할 뿐, 그로
부터 가족의 유대감을 느끼는 것에 실패한다. 이로부터 화자는 "화폐
를 매개로 하지 않고서는 어떤 관계도 가능하지 않다는 논리"[31]를 깨달

---

28 이재복, 「이상 소설의 각혈하는 몸과 근대성에 관한 연구」, 『여성문학연구』 제6호,
　　한국여성문학학회, 2001, 161쪽.
29 같은 곳.
30 김명인, 「근대도시의 바깥을 사유한다는 것-이상과 김승옥의 경우」, 『한국학연구』
　　제21권, 인하대학교 한국학연구소, 2009, 218쪽.

기에 이른다. 자본주의의 물신성에 대한 우려와 진단은 송민호의 논의
에서도 볼 수 있다. 작가 이상은 작품을 통해 근대적인 시공간을 그려
내는데 이러한 문학적 설정은 "시, 공간이 이전의 다양한 차원의 의미
를 잃어버리고 단지 화폐의 수량적인 가치에 의해 환산되어 물신화되
는 양상"[32]을 드러내기 위한 의도로 해석할 수 있다.

　엄경희는 남녀의 '사물화' 관계로 인한 '소외' 현상에 '권리 양도' 문
제가 깊이 개입되어 있음을 지적한다. 아내는 매춘 행위와 남편과의
생활을 동시에 지속시키는데 이때 남편의 소외 문제가 발생하게 된다.
"아내가 더 이상 '나'에게 속하지 않는 낯선 힘으로 느껴질 때, 남편의
권리를 양도할 수밖에 없을 때, '나'는 아내로부터, 그리고 '나' 자신으
로부터 소외되는 것이다. 이와 같은 상황에서 아내와 '나'의 자리는
역전된다. 남편의 역할과 책임, 권리, 자격 등이 신부인 아내에게 양도
되는 것이다. 그 결과 아내에게 양도된 권리는 '나'를 억압하는 낯선
힘으로 작용하게 된다."[33] 이러한 관계 설정을 통해 이상은 존재의 비극
성을 드러내는 동시에 비극적 상황을 돌파하는 방법까지를 독자에게
묻고 있다고 할 수 있다.

　나은진은 이상의 소설 작품 속 화자와 여성의 뒤바뀐 성역할에 주
목하여 논의를 진행시킨다. 작품 속 여성은 남편이 있음에도 불구하
고 또 다른 남성과 연애를 하는 등의 자유로운 성의식을 지닌 인물로

---

31 같은 곳.
32 송민호, 「李箱 문학에 나타난 "화폐"와 글쓰기」, 『韓國學報』 제28권 2호, 일지사,
　2002, 145쪽.
33 엄경희, 「이상의 시에 내포된 소외와 정념」, 『한민족문화연구』 제48권, 한민족문화학
　회, 2014, 366쪽.

등장한다. "타자화된 그의 여성이 정조와 가족부양을 맞바꿨을 때 여
성은 이상에게 단순한 배우자가 아니라 대등한 존재가 되어 버리기
때문에 여성에 대한 전적인 지배를 포기하게 된다. 따라서 여성은 그
에게 모성적 보호자로 다가오며, 이상은 갓난아기처럼 퇴행하여 자신
의 폐쇄된 공간인 방안에 칩거하게 된다."[34] 남성지배 이데올로기로
부터 벗어나 있는 듯 보이는 작품 속 여성의 모습은 소설 작품뿐 아니
라 시 작품에서도 찾아볼 수 있는 부분이다. 이상 작품에서 이러한
여성의 등장은 "전통적 가치관의 질서의식이 부여하는 억압으로부터
의 일탈"[35]을 의미한다는 점에서 의의를 찾을 수 있다.

지금까지 살펴보았듯이, 화폐로 인한 비인간화 문제와 성적 소외,
매춘 문제는 소설 작품의 연구에서 활발하게 진행되고 있음을 알 수
있다.[36] 본고가 각주11에 밝힌 것처럼 시와 소설, 수필에 이르는 이상
문학은 동일 모티프와 상황 설정을 보여주면서 각각의 작품이 해석의
실마리로 기능한다. 김윤식 역시 이상 문학은 "시라든가 소설, 수필
등의 통상적인 장르구별이 그렇게 뚜렷하지 않으며, 따라서 그러한

---

34 나은진, 「이상소설에 나타난 여성성 : 양파껍질 벗기기」, 『여성문학연구』 제6호, 한국
여성문학학회, 2001, 90쪽.

35 위의 논문, 103쪽.

36 김현, 「이상에 나타난 '만남'의 문제」, 김윤식 편저, 『李箱문학전집4』, 문학사상사,
1995, 157~183쪽; 이재복, 앞의 논문, 159~193쪽; 송민호, 「李箱 문학에 나타난 '화
폐'와 글쓰기」, 『韓國學報』 제28권 2호, 일지사, 2002, 132~167쪽; 채호석, 「문학과
'돈'의 사회학 : 1930년대 소설에서의 돈과 육체-이상(李箱)의 소설을 중심으로」, 『현
대문학의 연구』 제32권, 한국문학연구학회, 2007, 125~151쪽; 김명인, 앞의 논문,
209~229쪽; 김성수, 「이상 문학에 나타난 화폐 물신성과 감각의 모더니티」, 『국제어
문』 제46권, 국제어문학회, 2009, 191~220쪽; 김양선, 「1930년대 모더니즘 소설과
몸의 서사」, 『근대문학의 탈식민성과 젠더정치학』, 역락, 2009, 315~316쪽.

구별이란 때로는 무의미할 경우조차 있다. 다만 이상문학이란 '글쓰기'의 일종이 아니었을까."[37]라고 지적한다. 따라서 본고의 주제와 관련된 연구는 장르를 불문하고 참고하고자 하였다.

위와 같은 선행연구에서 공통으로 지적하는 부분은 근대사회와 화폐경제 그리고 인간소외와 같은 문제이다. 불행한 일상을 지속할 수밖에 없는 근대인의 불안과 절망의 형상화는 이상의 작품에서 빈번하게 드러나는 부분이다. 특히 작품 속 여성(아내)은 화자의 소외와 불안을 가중시키는 역할을 한다. '절름발이'의 행보를 공유하고 있는 화자와 여성은 작품 속에서 언제나 에로티시즘적 관계에 실패하는 모습을 보인다.

본고는 이상 시에 내재된 에로티시즘의 특성을 규정하기 위해 이상 외 다른 시인의 에로티시즘적 세계가 어떻게 규명되고 있는지를 제시할 필요가 있다고 판단하였다. 이에 한국현대시의 선행 연구 중 특히 에로티시즘을 연구의 주제로 삼은 논의를 살펴보았다.

전미정[38]은 그동안 '성'에 대한 편견으로 현대시의 선행 연구에서 논의의 중심에 서지 못했던 기존의 연구 풍토에 대해 지적하면서 에로티즘의 특질을 밝히고자 시도한다. 전미정은 서정주, 오장환, 송욱, 전봉건의 시에 나타나는 화자와 시적 대상의 몸을 통해 에로스와 타나토스, 욕망과 상실의 의미를 밝힌다. 전미정은 네 명의 시에 나타난 에로티시즘적 요소로 생명력의 회복, 우주와의 합일, 상실한 '고

---

37 이상, 김윤식 편, 『李箱문학전집2 小說』, 김윤식 엮음, 문학사상사, 1991, 15쪽.
38 전미정, 「한국 현대시의 에로티시즘 연구 : 서정주, 오장환, 송욱, 전봉건의 詩를 중심으로」, 서강대학교 박사학위논문, 1999.

향'의 재구성 등을 꼽는다. 그에 따르면 에로티시즘의 기본 원리는 분열에서 통합과 조화로, 죽음에서 강렬한 생명성의 환기로 나아가려는 운동성을 보인다. 전미정의 논의는 인간의 본질과 성 문제를 연결 지어 본격적으로 그 중요성을 강조했다는 점에서 의의를 지닌다.

극단적인 관계의 접합과 해체를 반복하는 이상 시의 에로티시즘은 치열한 긴장을 유발하는 증여 행위를 거치면서 위태롭게 유지된다. 또한, 아내는 화자가 대면하는 하나의 세계라 할 수 있다. 때문에 '나'와 아내의 결합 불가능한 관계는 에로티시즘의 실패를 의미할 뿐만 아니라 자아와 세계의 불협화음을 드러내는 데 결정적 역할을 한다고 해석할 수 있다. 세계와 대응하려는 부단한 노력이 좌절되었을 때 화자는 자기 실패를 거듭 확인하는 비극적 자아로 남겨질 수밖에 없게 된다. 이처럼 본고는 이상의 시세계에서 상당히 중요한 지점에 에로티시즘의 문제가 있음을 파악하였고, 이 에로티시즘은 남녀 관계의 비극성을 바탕으로 형상화되고 있다는 점을 부각시켜 논지를 전개시키고자 한다.

지금까지 이상 시의 시적 자아와 여성의 관계에 대한 연구가 진행되고 있지만, 각 연구가 논문의 단편에 머무르는 경우가 많았다. 본고는 이상의 작품에서 시적 자아와 여성의 문제가 최종적으로 존재의 문제와 연결된다고 보았다. 때문에 에로티시즘의 문제를 전면에 내세울 수 있는 다양한 이론의 도움을 받아, 이상 시를 에로티시즘의 시각에서 면밀히 살피고자 한다. 이러한 시도는 이상 문학을 해석하기 위한 하나의 관점을 제공하는 데까지 나아갈 수 있을 것이다.

본고는 선행연구의 도움을 받으면서 다음과 같은 문제의식을 바탕

으로 논지를 전개시키고자 한다. 첫째로, 화자와 아내의 관계성 자체
에 대한 논의가 보다 면밀하게 이루어져야 한다는 것이다. 이는 이들
이 지니고 있는 부조리한 문제를 화자와 아내라는 관계성 내에서 해
명하고자 하는 시도이다. 화자와 여성의 관계를 문제삼기 위해서는
일차적으로 이들 사이에 형성된 감정이 어떠한 과정을 거치면서 변화
를 일으키는지에 대한 텍스트 자체의 해석이 정밀하게 선행되어야 한
다는 판단에서 이러한 문제제기를 하고자 한다.

둘째로, 이상의 작품 속에 내포되어 있는 전근대적 이데올로기를
부각시켜 화자의 내면을 다양한 관점에서 바라보고자 한다. 가부장제
이데올로기의 장자의식은 백부의 집으로 갔던 어린 시절부터 사망하
기 직전까지 이상의 삶에 지대한 영향을 끼친다. 모더니스트의 고뇌
와 장자의 절망은 세계를 바라보는 한 존재의 복합적인 내면세계를
형성하는 데 일조하게 된다. 이 글은 남녀의 관계성 문제로 진입하기
이전에 두 이데올로기의 충돌과 그로 인한 화자의 비극적 인식에 대
해 살펴봄으로써 화자의 내면을 형성했던 과도기적 혼류의 정체에 대
해 파악하고자 한다.

셋째로, 이상이 보여주는 다양한 이미지들은 어떠한 과정을 거쳐
형상화되는지, 그 사유의 기저에 무엇이 있는지를 밝히고자 한다. 이
상이 보여주는 이미지들은 여타의 작가들과 변별되면서 이상만의 독
특한 미감을 형성하는 데 일조한다. 본고는 이러한 이미지들이 각각
의 존재들과 연결되는 방식을 살피면서, 이상 문학의 기법적 측면을
에로티시즘의 관점에서 파악하고자 한다. 이는 사랑이라는 내밀한 감
정을 독특한 이미지로 형상화함으로써 비정상적인 남녀 관계를 표면

에 드러내고자 하는 이상의 의도와 관련된다고 할 수 있다.

넷째로, 이상이 보여주는 남녀의 감정 문제 및 형상화 작업이 이상 작품 전반에 어떠한 영향을 미치는지 고찰해야 한다는 것이다. 본고는 독특함과 난해함을 만들어내는 이상 문학의 이면에 남녀의 복잡하고 내밀한 관계성 문제가 있다고 파악하였다. 이상 시가 보여주는 에로티시즘은 몇몇 작품들을 해석하기 위한 방법적 근거에 그치는 것이 아니라, 이상의 세계관을 비추는 거울의 역할을 할 수 있다고 판단하였다. 본고는 이와 같은 문제의식을 바탕으로 기존 연구와 변별되는 지점을 마련하고자 한다.

2. 연구 목적과 방법론

본고는 이상의 시편들을 분석함으로써 이상만의 독특한 에로티시즘 구현 방식을 분석하고자 하였다. 매춘 여성 또는 성적으로 대상화된 여성과 남성 화자라는 파격적인 설정은 갈등을 만들어 내면서 대립적 에로티시즘의 양상을 드러내게 된다. 이때의 에로티시즘은 남녀의 성행위나 사랑의 감정이라는 일반적인 의미와 더불어 기존 사회의 통념이나 금기를 위반하고자 하는 격렬한 열정이나 충동의 에너지까지 일컫는 개념이다. 조르주 바따이유가 지적하듯 인간의 에로티시즘은 "존재의 가장 내밀한 곳, 기력이 미치지 못하는 곳"[39]까지 침투한다. 일반적으로 행하곤 했던 모든 것들을 와해하고 동요를 일으키며 옳고

---

[39] 조르주 바따이유, 조한경 역, 『에로티즘』, 민음사, 1989, 17쪽.

그름의 분간을 어렵게 만들기까지 하는 에로티시즘을 체험하며 인간은 자기존재와 마주하게 된다. 상대와의 완전한 일치를 꿈꾸다 좌절한 자는 그 순간 고통스러운 소외와 단절, 상실을 느끼면서 상호소통 관계에 실패한 '나'의 내면을 깊게 들여다보게 되는 것이다.

사랑의 도취는 영원히 지속 가능할 것으로 믿는 남녀 관계의 과열된 감정과 관련이 있다. 이러한 관계가 깨졌을 때 상대에 도취되었던 것 이상의 감정소모가 생겨나는 것은 당연한 일이다. 성적 접촉은 "주는 것과 받는 것, 보답하는 것과 유보하는 것, 확증하는 것과 교정하는 것 등이 가능하기는 하지만 이를 일일이 확인하기도 어렵고 어떤 특별한 이해관심이나 의도에 귀속시키기도 어렵"[40]다고 판단될 정도로 일반적인 이해관계를 벗어난 남녀의 특수하고 내밀한 감정과 연관된다.

본 연구에서 보다 주목하는 부분은 남녀의 애정과 이로 인한 치열한 긴장 관계로부터 어떠한 시적 의미를 도출해낼 수 있는지에 관한 것이다. 이는 단순한 남녀 문제에서 더 나아가 이상이 고뇌했던 '나'와 타자와의 문제, 그리고 이러한 관계성이 결국 '나'의 심연에 어떠한 영향을 미치고 있는지를 살피기 위함이다. 작품 속 남녀의 뒤틀린 관계는 지극히 개인적인 한 인간의 내면에 한정되는 문제가 아닌, 상대라는 거울을 통해 들여다보게 되고 깨닫게 되는 관계의 균열과 이를 필사적으로 이어붙이는 지점에서 분명하게 드러나고 있다.[41] 남녀

---

40 니클라스 루만, 정성훈·권기돈·조형준 역, 『열정으로서의 사랑 : 친밀성의 코드화』, 새물결, 2009, 48쪽.

41 인간은 "자신의 얼굴을 거울이나 사진을 통해서만 볼 수 있는 반면, 나 자신의 맨 얼굴을 볼 수 있고 보는 자는 언제나 타인일 뿐이고, 나의 표정들과 몸짓들도 원칙적으로는 스스로 되돌릴 수도 어찌할 수도 없는, 결국 타인에게로 향해 있고, 타인에게

관계를 그려내고 있는 이상의 시편들에서 화자는 타자에 대한 이해를 통해 자기 이해에 도달하는 모습을 보인다. 즉, 에로티시즘에 실패한 화자의 참담한 내면과 이로부터 자기 자신을 이해할 수밖에 없는 비극성이 드러나고 있는 것이다.

본 연구는 이상의 작품 속에 나타난 화자와 여성의 관계성 속에서 벌어지는 사건과 그로 인한 감정 양태에 주목하고자 한다. 이들 관계의 문제는 '매춘하는 여성과 이를 지켜보는 남성'과 같은 파격적이고 독특한 면모를 보이기에, 두 남녀가 관계를 유지하기 위해 벌이는 치열한 사투에 주목할 필요가 있다.

본고는 이상의 시편들에 나타난 몸의 문제가 화자와 여성의 관계에 지대한 영향을 끼치는 중요 지점이라 판단하였다. 사랑하는 남녀가 감정을 나누는 가장 원초적인 방법이 몸의 접촉에서 오는 내밀한 쾌감과 관련된다면, '병든 몸'이나 '몸의 부재'와 같은 상황은 이 접촉의 순간을 불가능하게 만드는 방해물로 작용하게 된다. 사랑하는 상대와

위탁되어 있는"(388쪽) 존재라 할 수 있다. (박준상, 「에로티시즘과 두 종류의 언어- 조르주 바타유를 중심으로」, 『범한철학』 제63권, 범한철학회, 2011.) 이처럼 인간의 에로티시즘이 결국 '나' 자신의 문제로 귀결된다고 할지라도, 이러한 에로티시즘이 작동하기 전의 준비 과정에는 타인지향적인 성격이 내포될 수밖에 없다. 인간은 타인과의 관계성 속에서 다양한 감정을 느끼면서 성장해 나가는 존재이다. 즉, 한 개인에서 출발하여 사회의 구성원이 되어 자신만의 세계를 구축해 나가는 것이다. 이러한 성장을 위해 인간은 필연적으로 상실과 희생의 과정을 경험하며 존재의 불안정함을 반복적으로 느끼게 된다. 타인과의 관계를 유지하기 위한 '나'의 상실과 희생은 때때로 존재의 격하로까지 이어지곤 한다. 관계성에서 오는 충족감만큼이나 관계의 지속을 위해 인간이 감당해야 하는 정신적·육체적 피로감은 감정적 괴로움을 동반하게 된다. 이는 '나' 자신의 가장 진실한 내면에 가 닿음과 동시에 '나'의 한계를 여실히 보여주는 사랑이라는 정념 앞에서 증폭되는 양상을 보인다.

함께 있을 수 없다는 불가능의 경험은 상실의 감정과 연관된다. 화자는 이러한 상실의 감정을 몸 이미지로 드러내면서 그 절망의 상처를 외부로 표출시킨다.

이상 시에 나타난 몸 이미지는 신체 기관의 분열이나 결핍·과잉 현상을 보이며 형상화된다. 이상은 의도적으로 총체적 통일체로서의 몸을 해체하고 변형시키면서 일그러진 몸을 만들어낸다. 이상의 시 텍스트에 드러난 병든 몸 이미지는 죽음에 가까이 다가선 자의 절망과 공포를 여실히 보여준다. 생존에 대한 갈구와 죽음을 향한 저항은 인간의 가장 원초적인 본능이라 할 수 있다. 과연 이상 시의 화자는 죽음에 가까이 다가서는 자신의 육체를 응시하며 어떠한 정서에 사로잡혀 있었을까? 정신과 마찬가지로 육체 역시 그 누구도 '나'를 대신할 수 없다는 점에서 대체 불가능한 절대성을 지닌다. 이상 시에서 병든 몸을 안고 살아가는 화자는 창작인의 절망과 생활인의 경제적 결핍이라는 이중 과제를 해결하지 못한 채 죽음의 세계를 바라볼 수밖에 없는 상황에 놓인다. 죽음을 책임지는 주체는 전적으로 '나'뿐이다.[42] 죽음으로부터 벗어날 수 없다는 판단이 확실해질 때, 주체는 공포에 빠지게 된다.

---

42 중세 이후 죽음을 대하는 주체는 한 개인의 문제와 결부되어 다루어지는 경향을 보인다. "각 개인의 대한 심판, 각 개인의 죽음, 각 개인의 책임인 것이다. 이처럼 개인의 문제가 부각되자 모든 현상에 대한 반응도 개인적인 '자기의 것'이 되었으며, 개인적인 반응은 좀 더 민감하고 긴장된 것이었다. 이러한 예민함과 긴장은 특히 예술가들의 죽음에 대한 표현에서 잘 드러난다." (임철규, 「영혼의 풍경화」, 『눈의 역사 눈의 미학』, 한길사, 2004, 249쪽.) 죽음에 대한 공포를 타인과 완전하게 공유할 수 없다는 사실은 개인의 공포를 더욱 심화시키는 결정적 요인으로 작용하며, 이는 특히 세계와 '나'의 관계를 민감하게 감지하는 예술가에게 더 직접적인 영향을 끼치게 된다.

아리스토텔레스는 공포란 "파괴나 고통을 야기할 수 있는 해악에 대한 상상의 결과로 생겨나는 고통이나 혼란"[43]의 정념이라 말한다. 특히, 이러한 공포는 죽음에 당면해 있는 몸에 일차적인 위협을 가하게 되고, 이를 감지하는 자에게 절대적 불안과 절망의 감정을 전하게 된다. 작가가 작품에 '죽음'과 '병든 몸'을 병치하여 그려내는 경우, 독자는 그의 작품을 통해 화자의 죽음의식/생존욕망을 발견할 수 있게 된다.[44]

필리프 아리에스는 죽음을 형상화하는 예술가의 공포 이면에서 "삶에 대한 과도한 애착"[45]을 발견할 수 있으며, "삶에 대한 정열이 크면 클수록, 그 삶에 연결된 고뇌 또한 더욱 고통스러운"[46] 형상으로 드러

---

43 아리스토텔레스, 이종오 역, 「두려움과 신뢰에 관해서」, 『수사학 II』, 리젬, 2007, 46쪽. 이러한 공포는 자기 자신과 상관없는 상황에서 다가오는 정념이 아니라, "해악이 멀리 있는 것이 아니라, 가까이 있고 즉각적인 것일 경우"(같은 쪽)에 우리의 정서를 사로잡아 두려움을 강화시키는 경향을 보인다.

44 "죽음이란 주제를 다룰 때 문학은 철학처럼 이성적 논증방식을 취하지 않는다. 설득을 위한 수사법이나 비유를 사용한다. 죽음은 논리적 문제가 아니라 체험의 문제이며, 특히 죽음체험은 삼인칭 관찰자 체험이 아니라 일인칭 직접체험이기 때문이다. 어느 누구도 일인칭 죽음체험을 할 수 없다. 문학은 단지 이에 가장 근접한 체험에 독자들이 이를 수 있도록 감동의 구조를 설치하여 마침내 독자의 가슴을 흔들고 죽음현상을 뇌리에 깊이 각인시킨다. 바로 여기서 일상적인 소통이 아닌 문학적 소통방식의 유효성이 증명된다."(황훈성, 「죽음의 메타포」, 『서양문학에 나타난 죽음』, 서울대학교출판문화원, 2013, 25쪽.) 문학이 작가의 사상과 경험을 언어로 드러내는 예술 장르라고 했을 때, 이상의 시 작품을 통해 독자는 작가의 내면을 읽어나갈 수 있게 된다. 특히, '몸' 이미지는 주체와 세계의 가장 직접적이고 원초적인 접촉을 통해 형상화된다는 점에서 상세한 해석을 요한다. 이는 이상 시에 드러난 '몸' 이미지를 해석함으로써 그의 난해하고 복잡한 작품을 다양한 시각으로 풀어내고자 하는 본고의 목표와도 부합한다.

45 필리프 아리에스, 유선자 역, 『죽음 앞에 선 인간-하』, 동문선, 1997, 317쪽.

46 같은 곳.

난다는 사실을 지적한다. 인간은 끊임없이 병든 몸에서 벗어나 병들기 이전의 몸 상태로 회귀하고자 하는 본능으로 살아가는 존재이다. 몸은 '나'의 고통을 즉각적으로 감각할 수 있게 한다. 이러한 지각의 경험은 몸 공간에 새겨지면서 인간 각각의 변별 지점을 만들어나가도록 이끈다.

이상 문학에서 특정 신체 기관의 해체는 몸 공간으로부터의 완전한 분열이 아니라, '나'의 정체성과 관련된 특정 기관의 부각을 의도화한 전략으로 읽힌다. 인간의 몸은 유기적으로 연결되어 있기 때문에 고통을 일으키는 신체 기관을 변형·해체한다고 해서 화자의 공포와 불안이 해소되지 않는 것이다.

이러한 통일체로서의 몸 이론은 메를로 퐁티에 의해 구체화된다. 메를로 퐁티는 세계 내 종속된 몸이 아닌 세계와 능동적으로 상호 교감하는 몸에 대한 논의를 펼친다. 세계와 접촉한 '몸'은 곧 감각적 행위에 대한 의미부여를 시작하면서 '나'의 '있음'을 의식하게 한다. 그는 감각을 의미화하고 의식화하는 '몸'의 현상을 지각이라 부른다.[47] 인간의 몸은 모자이크처럼 조합된 각 신체 기관의 모임이 아니다. 메를로 퐁티에 의하면 우리의 몸은 하나의 통일체로 이미 주어져 있으며 이를 가능

---

47 메를로 퐁티는 세계와 '나'의 관계를 분리하여 바라보지 않으며, '나'의 신체 기관들을 분절하거나 각각의 신체 기능들을 독립시키지 않는다. 그가 몸과 세계와의 관계성을 '세계-에로-존재'라고 강조하는 것도 이와 관련된다. "나는 공간과 시간 안에 있지 않고 공간과 시간을 사고하지 않는다. 나는 공간과 시간의 것에 속하고 나의 신체는 이들에게 적용되며 이들을 포함한다." (메를로 퐁티, 류의근 역, 『지각의 현상학』, 문학과지성사, 2002, 224쪽.) 메를로 퐁티는 감각을 의미화하는 '지각'을 통해 세계 내로 감겨 들어가는 몸 그 자체의 존재성을 밝히고자 한다.

케 하는 전제가 바로 '신체 도식(schéma corporel)'[48]인 것이다.

이상이 그려내는 화자의 변형된 몸 이미지는 그 몸이 속해 있는 '세계'를 변화시키면서, 변화된 세계에 의해 영향을 받으면서 형상화된다. 즉, 이상은 화자의 몸을 통해 세계를 살아가는 '나'의 존재성을 강력하게 드러냄과 동시에 죽음의 공포와 생존의 의지를 말하고 있는 것이다. 기괴한 몸 이미지는 곧 이상이 바라보는 세계의 단면이자 외면할 수 없는 '나'의 단상이라 할 수 있다.

이상의 시편들에서 '몸'은 화자의 병든 몸, 아내의 매춘하는 몸, 남녀 관계에서의 소외된 몸 등으로 드러난다. 각각의 몸 이미지들은 화자에게 절망과 상실을 느끼게 하는 주된 요인으로 기능한다. 또는 화자의 절망과 상실이 몸 이미지로 형상화된다. 이상의 작품에서 빈번하게 발견되는 화자의 '각혈' 장면은 불안정한 존재성을 암시하면서 끊임없이 화자의 죽음을 상기시킨다.

본고는 화자와 시적 대상인 여성의 에로티시즘적 세계를 밝히기 이전에, 화자 개인이 안고 있던 몸의 문제에 대해 면밀히 살펴야 한다는 판단이 들었다. 상대를 전제한 관계성의 문제에서 결국 본질적인 문제를 불러일으키는 것은 '나' 자신이기 때문이다. 즉 본고는 '나'의 내

---

48 메를로 퐁티의 '신체 도식(schéma corporel)'은 그의 몸 담론을 이해하기 위한 가장 기초적 개념어라 할 수 있다. "나에 대하여 나의 모든 신체는 공간에 병존된 기관들의 모임이 전혀 아니다. 나는 그것을 공동 소유하고 나의 다리의 어느 하나의 위치라도 그 다리가 감추어져 있는 신체 도식에 의해서 인식한다." 메를로 퐁티, 위의 책, 165~166쪽. 또한 메를로 퐁티는 "'신체 도식'은 나의 신체가 세계를 향해 내적으로 존재하고 있다는 것을 표현하는 하나의 방식이다."(위의 책, 169쪽)라고 말하며, 각 신체 기관이 상호 연관되어 있음을 강조한다. 이러한 신체의 부분들은 서로에게 영향을 끼치면서 서로를 둘러싸고 감으면서 세계로 향하는 것이다.

면으로부터 상대라는 외부세계에 이르기까지 경험하게 되는 갈등과 소외의 과정을 통해 이상의 세계인식을 살피고 최종적으로 자아의 형상이 어떻게 축조되고 있는지를 살피고자 한다.

우선 본고에서 시 해석의 근거로 삼고 있는 이론은 몸 이미지를 구체적으로 해석하기 위한 '그로테스크', '피부자아' 이론이다. 그리고 남녀 관계의 치열한 감정싸움과 이러한 내면의 갈등으로부터 유지되는 비정상적인 관계성 문제를 다루기 위해 장 보드리야르(Jean Baudrillard, 1929~2007)와 마르셀 모스(Marcel Mauss, 1872~1950)의 이론을 방법적 틀로 삼고자 한다. 본 장에서 이들 이론을 간략하게 설명하여 본론의 이해를 돕고자 한다.

이상 시의 기법적 측면을 확인할 수 있는 그로테스크(grotesque)[49] 이론은 화자와 시적 대상의 몸 이미지를 해석하는 데 활용될 뿐 아니라, 남녀 관계의 부조화가 어떠한 방식으로 형상화되는지를 점검하는

---

49 "그로테스크라는 명사와 '그로테스크한'이란 형용사, 그리고 그에 상응하는 다양한 언어권의 어휘들은 이탈리아어에 기원을 두고 있다. 이탈리아어 '그로타(grotta, 동굴)'에서 유래한 '라 그로테스카(La grottesca)'와 '그로테스코(grottesco)'는 15세기 말 로마를 위시해 이탈리아 곳곳에서 발굴된 특정한 고대 장식미술을 지칭하는 용어가 되었다."(볼프강 카이저, 이지혜 역, 『미술과 문학에 나타난 그로테스크』, 아모르문디, 2011, 42~43쪽.) 엽기적이며 기묘하고 우스꽝스러운 대상을 겨냥하여 말할 때 사용하는 그로테스크는 일상생활에서뿐 아니라 전반적인 예술 분야에서도 사용된다. 예술 장르에서의 그로테스크 기법은 자연스러움이 아닌 부자연스러움, 정상이 아닌 비정상, 우아함이 아닌 조야함의 효과를 불러일으키기 위해 창작된다는 점에서 다분히 의도적이라 할 수 있다. 불필요한 것을 장식하거나 반드시 필요한 것을 제거하는 등의 심미적 효과가 크기 때문에 그로테스크 기법은 대체로 미적인 측면에서 논의된다. '그로테스크하다'라는 말은 결국 '그로테스크한' 대상에 관한 수식어로 읽을 수 있기 때문에 본고에서는 이 용어를 형용사의 차원에서 다루고자 한다. 중요한 것은 그로테스크한 형상 자체가 아니라 그로테스크한 '무엇'의 효과 및 메시지이기 때문이다.

데 유효할 것이다. 이상의 작품에서 보이는 몸 이미지는 기괴하고 낯선 모습으로 드러나는데, 이러한 외부의 상흔은 정신의 내상을 드러내는 거울로 기능한다고 할 수 있다.

1920년대 신문기사에서 발견되곤 했던 '그로테스크'라는 명칭은 1930년대 들어 문학뿐 아니라 일상생활의 기이한 사건을 빗대어 표현할 때 사용될 정도로 확산되었다.[50] 그로테스크는 "기이함, 부자연스러움, 기상천외함, 놀라움, 익살맞음, 우스움, 괴상함, 기타 이와 유사한 의미"[51]로 특징지을 수 있다. 그로테스크가 문학에서 새로운 기법으로 사용되면서 문단에도 지대한 영향력을 끼치게 된다.

이재복은 문학계에서 1930년대 이상을 필두로 하여 "정신적 차원의 소외와 공포를 드러내"[52]는 '모더니즘적 그로테스크'에 주목한다.

---

50 1931년 3월 9일 동아일보에 실린 '新語解說(신어해설)' 중 '그로'에 대한 정의를 살피면 다음과 같다. "'그로테스크'(英語의 Grotesque)의 略으로 '怪奇'란말이다 본래는 荒唐幻奇한 作品을評하는말로 만히쓰이엇다 最近에와서 日常生活에 倦怠를늣긴 現代사람들이 無意味한 慰安으로怪異한 것, 이상야릇한것을 자조찻게됨을딸하獵奇하는 傾向이날로늘어가서 異邦殊土나 古代民族의 珍風 奇俗을 찻거나 或은 世人의 耳目을 놀랠만한 奇形異態를 案出하는일이만타 이때문에 怪奇, 珍奇를 意味하는 '그로'란말이盛行한다" 그로테스크의 줄임말로 사용되는 '그로'는 한때의 대중적 문화현상으로 설명되며, 순간의 충격과 자극을 원하는 당대 사람들의 욕망이 반영된 결과로 이해되고 있다.

51 볼프강 카이저, 앞의 책, 57쪽. "1771년까지만 해도 슈미틀린(Schmidlin)이 편찬한 독일어-프랑스어 사전인 『프랑스어 사전(Dictionnaire universel de la langue francaise)』에는 다음과 같은 설명이 등장한다. (중략) 이 단어에 확고한 의미를 부여하려는 노력이 행해진 것 또한 이 시기이다."(같은 쪽) 위 본문에 있는 '그로테스크'라는 용어의 정의는 볼프강 카이저가 『프랑스어 사전(Dictionnaire universel de la langue francaise)』에서 인용한 것을 재인용한다.

52 이재복, 『한국 현대시의 미와 숭고』, 소명출판, 2012, 18쪽. 이재복은 '모더니즘적 그로테스크' 기법의 한계를 다음과 같이 지적한다. "역동적이고 생성 가능한 세계보다

'모더니즘적 그로테스크'는 파편화된 세계에서 소외를 드러내는 근대적 자아의 병든 내면이 새로운 모더니즘 기법으로 표면화되는 것을 의미한다. 이상은 이러한 그로테스크 기법을 '몸'으로 보여줌으로써 병든 상태를 가시적으로 드러낸다. 그로테스크 기법은 통일성, 유기성, 완전성을 배제하고 이에 대립되는 추의 감각을 최고치로 끌어올릴 때 강렬한 충격을 전할 수 있다.

이상의 시에서 그로테스크한 이미지는 존재와 세계의 이질적 관계를 드러내는 과정에서 두드러지게 나타난다. 특히 시적 자아와 여성의 문제에서 이러한 이질성이 발견된다. 엄경희의 지적처럼 "이상의 시에 등장하는 여성들 대부분이 '매춘부'(상품)이며, 이에 관계된 남성은 매춘행위를 욕망하는 자이거나 그것을 용인해야 하는 남편"[53]으로 그려진다. 이상 시에서의 그로테스크한 이미지와 에로티시즘 문제는 때로는 불가분의 관계를 맺으며 그려진다. 일그러지고 해체되는 자아의 신체 이미지와 상품화된 여성의 이미지는 서로 겹쳐지면서 존재와 세계와의 관계가 어떠한 방식으로 파괴되는지를 보여준다.

문학 작품에서 내면의 분열을 겪는 자아는 그 사회의 어두운 단면을 반영하면서 형상화된다. 모순과 부조화로 가득 찬 일그러진 존재의

는 표피적이고 감각적인 세계가 '지금, 여기'의 현실을 장악하고 점차 그것이 확산되면서 전망의 상실이라는 암담한 허무주의를 양산하고 있는 것이 사실이다. 이러한 현상은 그로테스크 미학이 기교를 위한 기교에 함몰되어 버린다거나 가치 있는 삶의 윤리와 전망 자체를 포기하거나 망각하는 것이 위험할 수도 있다는 것을 말해준다."(47쪽) 이는 문학의 건강성을 잃어버리고 자기 내면에 갇혀 외부와의 소통을 포기하는 현상에 대한 지적이라 할 수 있다.

53 엄경희, 앞의 논문, 345쪽.

표상은 세계와의 관계성 속에서 설명될 수 있다. 왜곡된 개인은 왜곡되지 않은 세계와 대립각을 이룬다. '정상적인' 세계로부터 '비정상'이라는 진단을 받은 개인은 철저히 고립되고, 이러한 고립은 뒤틀린 이미지를 형성하면서 자아를 세계로부터 더욱 멀어지게 만드는 요인이 된다. 뒤틀린 이미지를 해석하기 위해서는 무엇이 왜곡되었고 무엇으로부터 이미지가 왜곡되었는지를 밝혀야 한다. 즉 왜곡을 유발하는 것의 실체를 추적해야 하는 것이다. 본고가 그로테스크(grotesque) 개념을 통해 이상의 시에 드러난 왜곡과 변형의 이미지를 해석하고자 하는 이유가 여기에서 발생한다. 이상 시에서 그로테스크 이미지는 화자의 팔에서 또 하나의 팔이 돋는다거나(「烏瞰圖-詩第十一號」), 면도칼을 든 채로 팔이 끊어지거나(「烏瞰圖-詩第十三號」) 하는 등의 기형적 이미지로 드러난다. 거울 속 '나'를 또 다른 자아로 인식하는 분열된 주체의 모습(「烏瞰圖-詩第十五號」, 「거울」) 역시 이상 시를 낯설게 바라보게 만드는 이유가 된다. 이상 시의 특징이라고 할 수 있는 신체의 왜곡은 독자에게 '그로테스크한' 느낌을 주면서 자아의 모습을 비정상적인 것으로 인식하게 만든다.

이상 시에 나타난 감각 이미지나 시적 상황은 모더니즘 계열의 시 작품들 중에서도 유독 새롭고 자극적이며 난해하다. 이상 문학과 같이, 몸으로 "세계를 지각, 경험하고, 그 몸의 체험을 실현하여 시적 구원을 이루어낸 사례는 우리 근대문학사에서 흔하지 않다"[54]고 할 수 있다. 그로테스크한 몸의 이미지나 시적 상황은 필연적으로 세계와

---

54 최금진, 「이상 시에 나타난 몸과 시적 구조의 관계」, 『한민족문화연구』 제43권, 한민족문화학회, 2013, 136쪽.

마찰을 겪으며 불화를 유발하면서 전개된다. 이상 시의 그로테스크는 조화와 균형에서 벗어나 세계와의 불일치에서 오는 이질감을 문제적인 것으로 인식한 결과로 이해할 수 있다. "다양한 영역의 혼합, 아름다운 것과 기이한 것, 소름 끼치는 것과 혐오스러운 것이 한 덩어리로 거칠게 녹아드는 광경, 환상적이고 몽상적인 세계로의 이입"[55]과 같은 그로테스크의 복합적 속성은 존재와 세계의 대립·모순을 효과적으로 설명할 수 있는 방법론이 될 수 있다. 미(美)의 건너편에 있는 듯 보이는 추(醜)한 이미지는 이상 작품의 미적 효과를 밝히는 지점이 될 수 있다.

이상 작품 속 화자는 타자화되면서 그 자체의 삶을 주체적으로 꾸리지 못하는 모습으로 형상화된다. 자본주의 상품경제시장의 비인간화, 물신성과 같은 부정성을 내포하는 '여성'(아내)은 "찢어진 눈"으로 웃는 표정밖에 짓지 못하거나(「鳥瞰圖-興行物天使」), "毒毛를撒布"하는 '불나비'(「狂女의告白」) 등으로 그려진다. 이상 문학에서 에로티시즘의 실패를 형상화하는 데 그로테스크 기법이 사용되고 있다는 점을 주목할 필요가 있다. 특히 이상의 시에서 남녀의 에로티시즘을 방해하는 요소들은 인간이 아닌 동물의 모습으로 형상화되거나 '도깨비'와 같은 악(惡)의 모습으로 드러나면서 섬뜩함과 음침함의 분위기를 조성한다.

이상의 작품에서 이러한 삼각 구도는 '몸'이라는 고리를 통해 밀접하게 연결되어 있다. 자아와 여성의 신체가 낯선 이미지로 변모하면서 비정상적인 존재상황을 시각적으로 보여주는 텍스트 차원의 형상

---

55 볼프강 카이저, 위의 책, 139쪽.

을 그로테스크의 관점에서 살필 수 있고, 이러한 그로테스크한 형상
을 통해 추론해낼 수 있는 화폐경제를 사회적 맥락의 차원에서 살필
수 있다. 최종적으로는 타인과의 교감에 실패하는 자아의 모습을 에
로티시즘적 관점에서 살피면서 공포와 절망의 감정을 지속적으로 작
품에 드러낼 수밖에 없었던 이상의 세계관을 추적하고자 한다. 이상
의 시에서 그로테스크는 몸의 고통을, 화폐경제는 몸의 노동을, 에로
티시즘은 몸의 교감을 드러내는 역할을 한다. 본고는 이 삼각 구도가
비정상적인 방식으로 연관되어 있는 부분에 주목하는 것이다.

그로테스크 이론과 함께 이상 시에 형상화된 피부 감각 이미지를
분석하기 위해 정신분석가인 디디에 앙지외[56]의 '피부자아(Skin-Ego,
Le Moi-peau)' 개념을 빌려 논의하고자 한다. 남녀의 은밀하고도 열정
적인 감정을 직접적으로 확인하게 만드는 인체의 감각으로 촉각을 들
수 있다. 촉각의 실패는 상대와 감정적·신체적으로 어긋나거나, 상대
의 부재 속에서 발생한다. 본고는 그로테스크한 몸 이미지 중에서 신체
접촉을 가능하게 하는 동시에 감지하게 하는 피부 이미지를 선별하여
이상 시의 에로티시즘적 세계를 해석하고자 한다.

일반적으로 피부 감각은 시각 이미지와 촉각 이미지로 형상화 된
다. 인체의 '피부'라는 도화지에는 온갖 표정과 상처와 색깔이 담기게
된다. 이는 '시각' 이미지로 독자에게 전달된다. 또한 인간은 피부에

---

56 디디에 앙지외는 프로이트와 페데른, 스피츠, 볼비, 멜라니 클라인, 위니콧, 라캉
  등 다양한 정신분석가의 이론들을 바탕으로 자신의 이론을 전개시킨 학자이다. 그는
  파리 10대학교(Nanterre) 인문대학의 창설자 중 한 사람으로, 이 대학에 심리학과와
  교육학과를 개설하였다. 특히 메타 심리학의 이론화 작업을 통해 정신분석을 하나의
  독립된 학문으로 만드는 데 주력하였다.

가해지는 압력, 통증, 온도 등을 감지하는 '촉각'을 통해 스스로를 안
정적인 정상의 상태로 만들려는 노력을 하게 된다.

피부는 신체 기관 중에서 가장 바깥에 위치해 있는데, 이는 피부가
외부 세계와 직접적으로 대면하는 기관이라는 의미와 같다. 즉 외부
환경을 민감하게 감지하여 신체 반응을 일으키는 기관이 바로 피부인
것이다. 다이안 애커만(Diane Ackerman, 1948~)은 인간의 감각들 중에
서 특히 피부 감각의 중요성에 대해 언급한다. 그에 따르면 피부 감각
은 "역사가 가장 오래된 감각이고 가장 즉각적"[57]이라는 특성을 지닌
다. 또한 애커만은 피부 감각을 통한 접촉과 그로 인한 관계 형성이
인간 사회를 이루는 중요한 근간이었음을 지적한다.[58] 때로 피부와 피
부의 접촉은 신체 기관의 맞닿음이라는 일차적 의미를 넘어선다. 피부
를 만지는 행위는 '나'와 타인의 물리적 거리뿐 아니라 심리적 거리가
상당히 가깝다는 것을 뜻한다. 특히 애정관계의 경우, 반복적인 피부
접촉 행위는 내밀한 감정을 불러일으키면서 육체적 쾌감과 정신적 황
홀감을 일으키는 데 일조한다. 이처럼 상대와 밀착되어 있음을 가장
직접적으로 느끼게 해주는 감각이 바로 피부 감각인 것이다.

디디에 앙지외는 '자아는 피부다'라는 명제를 시작으로 '피부자아'
이론을 전개한다. 디디에 앙지외의 '피부자아' 이론은 "누군가가 나의
피부를 만지는 것을 느끼고, 내가 누군가의 피부를 만짐으로써 '자아'

---

57 다이안 애커만, 임혜련 역, 『열린 감각』, 인폴리오, 1995, 37쪽.
58 '나'와 상대방의 가장 원초적인 접촉은 피부 감각을 통한 '만짐'으로부터 시작된다.
인간을 비롯해 "모든 동물은 만지고 어르고 찌르는 것에 어떤 형식으로든 반응을 보인
다. 그리고 이런 접촉 없이는 생명체의 진화가 불가능했을 것이다. 즉, 서로 접촉하면
서 친밀한 관계를 형성하는 작용이 없었다면" 말이다. 다이안 애커만, 위의 책, 35쪽.

는 탄생"[59]한다는 기본 명제로 시작된다. 정신분석학과 생물학의 접합 용어인 '피부자아'는 신생아의 사례를 통해 이해할 수 있다. 신생아는 부모의 안아주기나 젖 먹이기 등의 피부 접촉을 통해 안정감을 느낀다. 아이는 자신의 피부가 "어머니에게 감싸인 느낌을 통해, 피부를 자기의 전체를 감싸주는 일종의 표면으로 지각"[60]한다. 이러한 과정을 통해 아이는 "심리를 감싸주는 심리적 싸개인 피부자아를 형성"[61]하게 되는 것이다. 신생아는 피부 접촉을 통해 신체적 욕구를 만족시킬 수 있고, '나'의 전체를 감싸는 거대한 표면을 감지하면서 자아 형상을 만들어낼 수 있으며, 타인과의 원초적 소통에 피부 접촉이 있음을 배우면서 성장하게 된다.

사랑하는 남녀의 경우를 생각해보자. 사랑하는 사람과의 섹스는 "가장 깊은 심리적 접촉임과 동시에 가장 표면적인 피부 접촉이라는 역설"[62]을 실감하게 한다. '피부자아'는 피부의 접촉 행위로 인해 형성되는 심리적 자아에 대한 이론이라는 점에서 정신분석학에 기대고 있으며, 촉각 그 자체의 감각이 신체에서 어떠한 작용을 일으키는지에 대한 분석이 행해진다는 점에서 생물학에 기대고 있다고 할 수 있다. 이 둘의 접합이 '피부자아'라는 명칭으로 나타나며, 이 피부자아는 '싸개'라는 표현이 덧붙여지면서 무엇인가를 둘러싸고 있는 듯한 형태론적 상상력을 가미하게 된다. 외부의 자극을 일차적으로 감지하는 피부가

---

59 디디에 앙지외, 권정아·안석 역, 『피부자아』, 인간희극, 2008, 13쪽.
60 위의 책, 16쪽.
61 같은 곳.
62 위의 책, 34쪽.

신체를 감싸고 있듯이, 자아가 인간의 심리 전체를 감싼다는 것이 앙지외의 주장이다.[63] 피부가 "궁극적으로는 자아를 표시하고 최초로 자아의 흔적들을 남기는 표면"[64]으로 이해된다면, 피부를 관찰함으로써 자아의 상태를 진단내릴 수 있는 것이다.

앙지외가 밝히듯, 자아와 피부를 동일선상에 놓는 것은 "'은유-환유적인 진동'의 산물"[65]이라 할 수 있다. 이는 신체와 별개의 영역으로 이해되어온 전통적인 자아 개념에서 일정 부분 탈피하면서, 신체와 자아 사이에 간극이 존재한다는 기존 관점에 수정을 요청하는 작업이다. 외부환경과 맞닿은 피부의 변형된 이미지는 한 존재의 심리적 사태를 추측 가능하게 한다. 즉 문학 작품 내에서 특정 이미지로 형상화되는 '피부 감각'은 자아의 상태를 추적하는 중요한 열쇠가 될 수 있다. 본고는 앙지외의 이론 중에서 신체와 자아를 동시에 감싸는 '싸개(enveloppes)' 개념을 중심으로 이상의 작품에 드러난 피부 감각이 어떠한 방식으로 형상화되는지를 검토하고, 이러한 '싸개'와 자아의 연관관계를 밝히고자 한다. 이 작업은 '나'와 세계 사이의 소통을 차단하는 기저에 무엇이 있는지를 밝히고, 그로부터 도출되는 자아의 문제를 면밀히 검토하기 위한 것이다.

한편, 이상의 시에서 화자는 여성 유혹자인 아내와의 관계를 지속시키고자 아내의 부정을 쉽사리 외부로 노출시키지 못하는 모습을 보

---

63 위의 책, 13~14쪽 참조.
64 전혜숙, 「피부 : 경계가 무너지는 장소」, 『서양미술사학회논문집』 제43권, 서양미술사학회, 2015, 118쪽.
65 디디에 앙지외, 앞의 책, 28쪽.

인다. 아내의 비밀에 속는 '연기'를 한다는 것은 아내의 죄를 묻지 않
겠다는 선언이기도 하다. 이 두 관계의 복합적 특성은 비밀의 정체를
완전히 파헤치지 않으면서 망각하지도 못하는 화자의 이중성으로부
터 나온다고 할 수 있다. 그럼에도 남녀 관계에는 서로 이행해야 하는
약속과 그에 따른 종속 관계가 성립되기 마련이다

이때, 유혹하는 자인 여성은 온갖 비밀에 휩싸여 누구에게도 자신의
정체를 발설하지 못하는 존재로 그려진다. 남성 화자 역시 여성의 비밀
을 폭로하지 않으면서 여성과의 관계를 유지하는 모습을 보인다. 본고
는 보드리야르의 이론과 더불어 마르셀 모스의 '포틀래치(Potlatch)' 이
론을 적용하여 여성 유혹자에 대응하는 화자의 행위를 통해 이상 시에
나타난 에로티시즘의 의미와 그 효과를 밝히고자 한다.

장 보드리야르의 말과 같이, 유혹이 기존 질서를 해체하면서 그 자신
은 어떠한 혜택도 받지 않는 것처럼, 유혹하는 여성은 실체를 지니지
않으며 권력을 탐하지도 않는다. 다만, 자신의 몸을 치장하여 남성들
을 유혹하고 자본주의의 소비사회에서 소모되는 존재일 뿐이다. 이로
부터 여성의 비애가 생성되는데, 상품화된 여성의 몸과 이를 욕망하는
남성들의 모습은 근대의 어두운 단면을 보여주는 데 일조한다.

보드리야르가 말한 것처럼, "유혹은 늘 섹스보다 더 야릇하고 숭고
한 것이다."[66] 섹스가 육체적 쾌감의 정점에 오르기 위한 순간성의 행
위로 이해된다면, 유혹은 지속성을 갖고 있는 지성의 기교라 할 수
있다. 유혹하는 자는 온갖 가면과 화장으로 자기 자신을 치장하며 상

---

[66] 장 보드리야르, 정연복 역, 『섹스의 황도』, 솔, 1993, 212쪽.

대의 마음을 뒤흔들어 이성적 판단을 흐리게 만들지만, 결코 상대에게 자신의 모든 것을 보여주지 않으며 언제나 발설되지 않는 비밀에 휩싸여 있다. 반대로 유혹 당하는 자는 존재의 흔들림으로부터 벗어날 수 없고 유혹의 쾌감을 스스로 증폭시킬 수 없다는 점에서 철저히 수동적이다. 유혹 당하는 자가 때때로 자기 파괴적인 모습을 보이는 것도 이와 관련된다.

그렇다면 유혹 당하는 자에게는 고통만이 남겨지게 되는가? 상대의 유혹에 휩쓸린다는 불안한 자의식에도 불구하고, 둘만의 은밀한 놀이에 참여하고 있다는 일말의 위안과 그로부터 생성되는 기묘한 형태의 쾌감이 유혹 당하는 자를 옴짝달싹 못하게 만들곤 한다. 본고에서 주목하는 부분이 바로 이러한 매혹에 휩싸여 비정상적 부부 관계·연인 관계를 구축하고 있는 이상 시의 남녀 문제라 할 수 있다. 본고에서 주된 해석의 근거로 호출한 보드리야르의 이론을 일부 인용하면 다음과 같다.

> 남성의 모든 힘은 생산하는 힘이다. 생산되는 모든 것은 설사 여자로서의 여자가 생산되더라도 남성적인 힘의 장부에 기입된다. 여성성의 유일하고 억제할 수 없는 힘은 거꾸로, 유혹의 힘이다. 이 힘은 생산의 힘을 무력하게 하는 것을 제외하고는, 그 자체로서는 아무것도 아니고 아무것도 가진 것이 없는 힘이다. 그러나 이것은 늘 생산의 힘을 폐기시키는 것이다.[67]

자본주의 시대에 '생산'은 모든 것을 가시화하며 사회를 이끌어가

---

67 위의 책, 215쪽.

는 강력한 권력을 갖고 있다. 어떠한 사물(세계)이 지니고 있는 고유한 본질성의 의미는 애초부터 존재하지 않은 채 생산되고 소비된다. 생산은 "모든 것을 눈에 보이게 하고, 드러나게 하고, 나타나게"[68]한다. 한편, 생산과 대립항을 이루는 유혹은 눈에 보이지 않으며 쉽게 드러나지 않고 정체를 알 수 없다는 속성을 지닌다. 보드리야르가 유혹을 호출하여 생산을 무너뜨릴 수 있는 힘으로 제시한 것도 이러한 속성과 관련된다.

첫째로, 유혹은 생산의 부가역성을 흔들고 대량생산이라는 생산구도의 최종 목표에서 이탈시키고, 사회를 구성하는 고정된 진리에 의문을 제기한다. 자본주의의 욕망구도를 쉽게 해체하면서도 정작 유혹 자신은 아무런 의미를 획득하지 않기 때문에 기존 권력을 무너뜨릴 수는 있어도 그 권력 위에 군림하지 않는 것이다. 즉, 유혹은 기존 질서에 '도전'하면서 체제를 전복시키는 힘을 갖고 있으면서, 형체가 없기에 무엇으로부터 공격당하는 것은 거의 불가능하기까지 하다.

둘째로, 보드리야르가 제시한 '유혹자로서의 여성'은 남성이 상징하는 기존 권력(자본주의)에 유희적으로 대응하는 모습을 보인다는 점이다. 이 세계의 중심축으로 상정되는 남성이 '생산'을 일차적 목표로 삼아 살아간다면, 여자는 생산을 지배하는 남성에게 다가가 기존의 방식과 다른, 모든 사물 존재의 존립근거를 제시할 뿐이다. 특히, 이러한 여성의 면모가 남녀 관계로 한정되었을 때, 여성의 유혹은 남성에게 치명적 위험과 그에 상응하는 유희로 다가가게 된다. 즉, 실용

---

68 배영달, 「보드리야르 : 생산, 욕망, 유혹」, 『프랑스문화연구』 제13권, 한국프랑스문화학회, 2006, 131쪽.

적이고 질서화 되어 있는 생산성의 세계는 '놀이' 자체를 목적으로 하는 유혹의 세계와 대립된다. 이러한 보드리야르의 이론은 이상 시편들에 나타나는 독특한 남녀 관계를 해석하기 위한 하나의 방법적 틀이 될 수 있다.

아내를 소유하고자 하는 욕망이 매번 실패로 돌아가면서도 끊임없이 아내의 '비밀'과 '치장'에 매혹되는 화자의 모습은 생산성의 세계가 유희성의 세계로 편입되는 과정과 동일하다고 볼 수 있다. 이러한 기이한 관계를 문학적 질료로 삼아 화자의 내면의식과 타자와의 관계성을 그려낸 이상의 작품들은 일반적인 관계 설정을 넘어선다는 점에서 선취적이라 할 수 있다. 궁극적으로 포스트모더니티에 대한 문제를 논한 보드리야르의 논의를 이상 시의 해석을 위한 근거로 삼은 것도 이와 관련된다. 여성의 유혹이라는 문제를 면밀히 검토하여 이론을 전개시킨 보드리야르의 견해는 난해한 이상의 시편들을 보다 다양한 각도에서 이해하기 위한 근거가 될 수 있다고 판단된다. 즉, 생산과 유희의 대립각을 세운 보드리야르의 이론은 기존의 가부장제 이데올로기로부터 벗어나 있는 이상 시의 여성 이미지를 해석하는 데 유효할 뿐 아니라, 이러한 과정을 거쳐 최종적으로 자기 자신의 내면을 그려낸 화자의 의식까지를 살필 수 있다는 점에서 유용하다.

이와 더불어 논의의 근거로 삼은 마르셀 모스(Marcel Mauss, 1872~1950)의 이론을 살펴보고자 한다. 그에 따르면, 선물은 "주기와 받기 그리고 답례라는 삼중의 의무"[69]를 내포하고 있다. 인간은 특정 대상

---

69 마르셀 모스, 이상률 역, 『증여론』, 한길사, 2002, 28~29쪽.

에게 가치 있는 선물을 함으로써 대상의 위에 설 수 있는 기회를 획득
할 수 있게 되는 것이다. 아메리카 북서부 해안지역에서 행해지는 '포
틀래치(Potlatch)'[70] 문화는 선물을 주고받는 행위가 어떠한 방식으로
권력을 형성하는지 보여준다.

> 포틀래치는 출생·혼인·사망·성년식 등과 같은 통과의례뿐만 아니라
> 후계자를 계승하거나, 새 집을 짓거나, 공적을 기리거나, 치욕을 당한 다음
> 명예와 위엄을 되찾기 위해 열리는 것으로, 이를 통해서 위계서열을 재확
> 립하고 권리를 주장하는 공적인 의례행사이다. 손님을 초대한 주인은 손
> 님들에게 음식을 대접하고, 손님들이 돌아갈 때 그들의 위계등급에 따라
> 남은 음식과 예물을 나눠주어야 한다. (중략) 손님들은 그것을 받아들일
> 의무가 있으며, 나중에 그 이상으로 더 크게 포틀래치를 거행해야 자기
> 위신을 지킬 수 있게 된다.[71]

위와 같은 모스의 견해와 더불어, "선물을 주는 사람은 보답될 수
없는 후한 선물을 줌으로써 실제로 권력을 부여할 수밖에 없게 만드

---

70 마르셀 모스가 포착한 이러한 증여의 방식은 오늘날의 화폐경제와는 달리 부족장의
명예와 도덕성을 유지하기 위한 사회적 경제 형태였다는 점에서 본고에서 해석하는
남성 화자와 여성, 즉 개인과 개인의 관계에도 적용될 수 있는 개념인가에 대한 의문을
제기할 수 있다. 하지만 '포틀래치'의 집단적 경제 활동에서도 결국 '부족장'과 '부족민'
간의 상호 증여, 즉 개인과 개인의 상호 증여가 이루어지는 과정에서 권력 관계의
유지·변동이 일어난다는 것을 포착할 수 있다. 혹, 부족 간의 포틀래치로 인하여 '부족
장A'와 '부족장B'의 상호 증여가 이루어진다고 하더라도 상호 간의 증여를 통하여
권력 관계가 유지·변동된다는 점에는 변화가 없다. 상호 간에 동등한 권력 관계를
유지하기 위해서는 동등한 수준의 증여가 이루어져야 한다는 점에서 그러하다. 본고
는 이러한 포틀래치와 개념을 원용하여 사랑의 권력 관계를 유지·전복하기 위한 남녀
의 행위를 상호 간의 증여로 파악하고 논의를 진행하고자 한다.
71 위의 책, 31쪽.

는 부채를 만들어낸다.^{"72}와 같은 에바 일루즈(Eva Illouz, 1961~)의 지적을 염두에 둘 필요가 있다. 화자는 아내와의 관계를 유지하기 위해 특수한 방식으로 포틀래치를 하고자 시도하고, 이러한 증여는 곧 아내를 종속할 수 있는 계기로 작용하면서 비상식적 관계를 지속시킬 수 있게 된다.

에로티시즘적 세계를 형성하기 위한 보편적 행위는 '증여'를 포함한 주고받음이라 할 수 있다. 그것이 감정이든 언어든 물질이든 간에 상대에게 자신의 메시지를 전달하기 위해 '무엇'을 증여함으로써 서로의 관계를 공고히 구축할 수 있게 되는 것이다. 이상 시 역시 아내에게 증여하는 화자의 행위가 곧 관계맺음의 성패를 좌우하는 데까지 영향을 미친다는 점을 주목할 필요가 있다.

일반적으로 증여는 "주어야 할 의무, 받아야 할 의무, 되돌려주어야 할 의무"[73]라는 세 가지의 의무를 거쳐 행해진다. 여기에서 사용된 '의무'라는 단어에서 짐작할 수 있듯이, 증여는 호감 있는 상대에게 무상으로 전달하는 '선물'의 차원과는 또 다른 복합적 특성을 갖는다. 증여는 상대에게 귀중한 물품을 전달함으로써 '나'의 재력을 과시하

---

[72] "선물은 양가적인 속성을 지니고 있다. 한편으로 선물은 이유 없고 사욕 없고 경제적 교환의 합리성을 초월하는 듯이 보이지만, 다른 한편으로 선물의 순환을 강제하는 호혜성의 규범은 선물을 주고받는 사람들을 사회적으로 결속시킨다. 선물을 받으면 보통 답례 선물을 할 것을 요구받으며, 선물을 주는 사람의 위신 또는 영예는 선물의 가치에 달려 있다. (중략) 부르디외는 카비리아에 대한 자신의 연구에서 모스의 통찰력을 추구하고 확장하면서, 선물 주기 체계에서 권력은 확인되는 동시에 숨겨진다고 제시한다." 에바 일루즈, 박형신·권오헌 역, 『낭만적 유토피아 소비하기』, 이학사, 2014, 414~415쪽 참조.

[73] 마르셀 모스, 앞의 책, 29쪽.

고 권력관계를 바로잡을 수 있다는 점에서 정치적이고, 값 비싼 물품을 주고받으며 교환 원리를 따른다는 점에서 경제적이며, 상대에게 물품을 받기만 했을 때 자신의 명예에 흠집이 나는 것을 우려하거나 스스로 양심에 가책을 느낀다는 점에서 도덕적이다. 이러한 증여는 철저히 자기중심적이면서도 타인지향적인 이중적인 면모를 보인다. 타인이 부재하면 성립할 수 없는 행위인 동시에 '나'라는 존재의 가치를 끊임없이 자문하고 자의식의 과잉·결핍을 확인하는 순간을 거듭 느껴야 하기 때문이다.

특히, 긴밀한 관계성 속에서 행해지는 증여는 그 최초의 지점을 명료하게 말할 수 없을 정도로 빠르게 반복되는 특징을 보인다. 이러한 순환은 상대보다 우위의 위치를 선점하려는 욕망과 이에 제대로 대응하여 긴장관계를 무너뜨리지 않으려 하는 욕망이 맞부딪칠 때 가속화되는 경향을 보이는데, 과열된 증여 행위가 자기 파괴의 극단적 행위로 이어지는 것을 주목할 필요가 있다. '나 자신'이 상대에게 행할 수 있는 최선의 증여가 상대에게 효력을 발휘하지 못하거나 무가치한 것으로 전락하고 말 때, '나'는 자기희생을 넘어서서 자기파괴를 감수하면서까지 상대를 압도할 수 있는 증여물을 전달하고자 한다. 이러한 증여의 영역에는 특정한 물품뿐 아니라 인간이 전달할 수 있는 언어, 감정표현까지도 포함된다. 상대에게 왜 증여하는가, 무엇을 증여해야만 하는가와 같은 문제는 결국 '나'에게 가치 있는 것이 무엇인지, '내'가 지키고자 하는 것이 무엇인지를 깨닫게 한다는 점에서 유의미하다.

남녀 사이에 벌어지는 치열한 권력 관계를 극단적인 상황에서 보여주는 이상 시의 에로티시즘은 결국 '나'라는 한 인간의 고뇌를 드러내면서 비극적 세계로 진입하게 된다. 이상 시에서 화자의 몸은 아내와 육친, 사회적 관계에 부정적인 영향을 미치는 중요 원인으로 그려진다.

병든 존재성은 아내와의 결합을 실패로 이끌고 증여 메커니즘의 권력관계에서 '나'를 하위에 머무르게 만든다. 몸의 비생명성은 화자로 하여금 강력한 증여물을 만들어내야만 한다는 의식에 사로잡히게 한다. 이때의 증여물은 남녀 관계를 지속시키기 위한 방편이자 몸의 대체물이라 할 수 있다. 이처럼 이상 시에 나타난 증여 행위에 내포된 상징적 의미를 해석하고, 그 해석에 맞추어 희생을 감수하면서까지 화자가 얻고자 했던 것의 본질적 실체를 살피는 작업이 바로 본고의 목적 중 하나라 할 수 있다.

바따이유가 지적한 것처럼 에로티시즘에서는 "존재가 객관성을 상실한다. 주체는 대상과 동일화되며, 더 심하게 말하자면 에로티시즘에 빠지면 나는 나를 상실"[74]하는 체험을 가능하게 만든다. 종교의식에서 쉽게 설명되곤 하는 이러한 신비한 체험은 대상을 향한 육체적·정신적 탐닉이며, '나'의 존재가치가 통째로 흔들릴 수 있는 위험을 암시하기도 한다.

이상 시에서 화자의 증여 행위가 극단적으로 드러나는 시편들의 중심에는 매춘을 하는 여성(아내)이 존재한다. 화자는 아내와의 권력관계에서 동등한 또는 상위의 위치를 점하지 못한 채로 남아있는데, 이는 화자의 증여가 아내에게 효력을 발휘하는 데 실패했음을 보여준다. 화자의 증여는 왜 실패했으며, 실패 이후 화자가 아내와의 관계를 전복

---

74 조르주 바따이유, 조한경 역, 『에로티즘』, 민음사, 1989, 34쪽.

시키거나 유지시키기 위해 어떠한 행위를 하고 있는가? 과연 화자인 '나'는 스스로 갖고 있는 모든 것을 상대에게 증여할 수 있는가? 본고는 이와 같은 질문에 해명하는 과정을 통해 논의를 진행시킬 것이다.

2장은 기울어진 집안을 일으켜야 한다는 장자로서의 책임감과 의무감이 근대 이데올로기와 만나면서 어떻게 충돌을 일으키는지를 보여준다. 가문을 유지할 만한 생활력이 부재한 화자는 근대 사회에서도 추위와 공포에 떠는 모습으로 드러난다. 두 이데올로기 사이에 낀 화자의 방황과 절망은 여성과의 관계에서 구체적으로 형상화된다. 이 장에서는 화자가 생각하는 '정조' 문제와 아내의 간음 사건이 어떻게 연결되는지에 대해 밝히고자 한다.

3장은 구체적인 몸 이미지를 통해 타락하고 병든 몸이 주체와 대상 모두에게 걸려 있는 문제임을 보여준다. 병든 몸에 대한 화자의 자기 갱신 과정을 통해 화자가 추구하는 몸의 욕망과 지향점이 무엇인지를 살피고, 매춘 여성 또는 성적으로 대상화된 여성의 존재성이 박탈당하는 과정을 면밀히 밝히고자 한다.

4장은 남녀의 관계가 어떠한 방식으로 유지되고 파국을 맞이하는지를 보여준다. 그로테스크한 몸 이미지로 형상화되는 화자와 여성은 부조리한 방식으로 관계를 지속한다. 이때의 역설적 관계 방식은 매춘이며, 화자와 여성이 매춘이라는 문제에 어떻게 대응하면서 남녀의 에로티시즘을 형성하는지를 살피고자 한다.

5장은 이상의 작품들에 나타난 에로티시즘의 문제를 이상의 자기 인식의 관점에서 바라봄으로써, 에로티시즘이 이상에게 어떠한 의미를 지니는지를 밝히고자 한다. 이는 이상의 존재론적인 고뇌와 맞닿

는 지점이 에로티시즘이라는 판단 하에서 이상의 시 작품을 다시 조
망해 보는 시도라 할 수 있다.

제2장

전근대-근대 이데올로기의 혼류와 절망

본 장은 이상 작품에 드러나는 화자의 고뇌와 절망을 이해하기 위한 일차적인 과정으로, 화자와 여성 사이의 불안정한 관계 방식이 어떠한 의식의 흐름 속에서 생성된 것인지를 파악하려는 의도 하에 구성되었다. 이상이 작품 활동을 했던 1930년대는 일제 강점기로 전근대-근대 이데올로기가 뒤섞여 있는 과도기적 시기였다. 이상의 작품 속 화자에게서 발견되는 가부장제 중압감과 장자의식, 정조 윤리는 경성 모더니즘의 자유분방한 성의식과 충돌하면서 분열되고 갈등하는 의식 기반을 형성하게 만든다. 이러한 과도기적 토대 위에서 만들어지는 의식의 기반이 몸의 찢김이나 자아 분열, 타자와의 부조화로 연결되면서 이상 문학에 나타나는 자아의 문제로 귀결되는 것이다.

이상 문학에 나타난 '가족 모티프'는 전통적 가족규범과 근대적 자아 개념이 혼용되어 형상화되었으며 매우 복잡한 양상을 보인다. 일본식 서구사상은 조선의 전통과 관습을 변형시키는 계기가 된다. 당대 지식인들과 마찬가지로 이상 역시 가치관의 변화를 경험하며 새로운 세계를 꿈꾸는 모더니스트로 변모하게 된다. 하지만 전근대의 가부장제 질서 속에서 성장한 이상은 가족의 생계를 책임져야 하는 입장이었다. 유교사회에서 중시되는 것은 개인의 개성이 아니라 집단(가문)의 보존과 후대(後代)로의 계승이다. 일상생활에서의 유교적 전통은 가통을 잇기 위한 장자의 책임의식과 도덕윤리가 맞물리면서 구체화된다. 이상의 전기적 상황도 이와 관련되는데, 그는 가족의 유대와 가계 계승을 위해 심정적으로 백부의 양자로서, 친부의 장자로서의 역할을 맡게 된다.

조선시대 가족제도의 핵심으로 꼽히는 제사의례는 조상의 혼령을 받들고 모신다는 의미뿐 아니라 혈통의 계승 문제와 긴밀히 연관된다는 점에서 중요하게 여겨졌다. 또한, 제사계승자는 생존해 있는 가족을 부양하는 역할 역시 의무이자 책임으로 받아들였다. 이상 시편들에 나타난 유교 전통과 양자 문제를 면밀히 살피기 위해서는 전근대적 사상과 '가(家)'에 대한 검토가 필요하다. 이러한 의식은 여성(아내)을 향한 태도에도 영향을 미치게 되는데, 가계를 책임지는 범위 내에 여성이 포함되면서 여성의 삶을 보호하고 통제하는 과정을 통해 보수적 성의식을 형성하게 되는 것이다.

1. 가문의 위기와 장자의 육친부양 욕망

유교사회를 지탱하고 존속시키는 체제적 원리는 '가(家)'를 중심으로 형성된다. 조선왕조의 지배층은 '가(家)'의 구성과 계승을 통해 자신들의 지위와 혈통을 유지했다. 가는 "혈연 집단인 본가에서 태어난 '내가(自家)'가 생업 집단인 업가(業家)에서 일가를 이루어 대가가 되고, 전체 집단인 국가에 공헌함으로써 본가와 업가와 국가를 보전"[1]하면서 체계화 되며, 가(家)의 형성은 곧 국가의 구성 원리와 맞닿아 있다는 점에서 중요하게 여겨졌다. 유교전통사회에서 개인은 "가를 통해서만 자아실현과 삶의 의미를 행할 수 있는 존재"[2]로 인식된다. 또한 개인은 "가통을 통해 영속적으로 존재하는 가의 일부분이면서 유한한 존재이기에 궁극적으로는 가통 속에서 자신의 생멸을 설명하고 이해하는 존재"[3]이다. 유교사회에서 국가와 개인, 조상과 개인은 가족 이데올로기에 의해 긴밀히 연결되었으며 이러한 유교 전통은 무수한 시간의 겹 속에서 견고하게 자리 잡게 된다.

그러나 조선의 가족적 전통은 식민지적 근대성과 대면하면서 의식적으로 변화를 겪게 된다. 유교 관습은 일본식 서구사상을 교육받은 일부 지식인들에 의해 "1920~30년대의 신가족담론 속에서 문명화의 장애물로서 비판"[4]되기에 이른다. 급속도로 유입된 일본식 서구사상은 신식교육을 받은 일부 지식인의 정신적 변화를 일으켰던 것이다. 식민주의와 근대성의 결합은 유교적 전통을 생활양식으로 삼던 전근대의 정신적 뿌리를 단절되어야 하는 구식 이데올로기로 인식시키게 하는 결정적 역할을 한다. 이로 인해 피지배계층인 조선인의 전통사

---

1 최봉영, 「유교 문화와 한국 사회의 근대화」, 『사회와 역사』 제53권, 한국사회사학회, 1998, 68쪽.
2 권용혁, 『한국 가족, 철학으로 바라보다』, 이학사, 2012, 172쪽.
3 위의 책, 171쪽.
4 김혜경, 『식민지하 근대가족의 형성과 젠더』, 창비, 2006, 290쪽.

상은 부정한 것으로 치부되어 급진적 변화를 겪게 된다. 그러나 역사
의 흐름상 사회구성 원리의 변화는 앞선 시대의 이데올로기와 새로운
이데올로기가 뒤섞이는 과도기를 거쳐 진행될 수밖에 없으며 이는 식
민지시대 역시 마찬가지라고 할 수 있다. 전통과 근대라는 이질적 만
남에서 유교전통의 가족 구조는 "완전히 소멸되지 않고 봉건 유제의
형태로 영향을 끼치고 있었"[5]으며, 근대사회로 이행되는 과정에서 전
통적 가족 이데올로기는 여전히 유지되었다. 이상이 큰집으로 가게
되었던 1913년 역시 문중, 족보, 제사, 가계 계승이라는 전근대의 전
통이 일반 사람들의 정신적 바탕을 이루고 있었다. 이상에게 가문 내
친족과 조상이란 거부하고 배제해야 할 대상이 아닌, 자신에게 끊임
없이 죄책감을 일으키게 하면서도 늘 염려하게 만드는 존재들이다.

　지금까지 이상 작품에 나타난 '전통'과 '가족'은 근대적 관점에서 고
루하고 부정적인 것으로 해석되거나 연구주제의 선택에서 상대적으
로 중요하게 여겨지지 않는다. 류보선은 이상 작품을 전면적으로 다
루지는 않았지만, 이상을 "전통적인 삶을 거부하고 탈일상적 삶을 살
아"[6]가는 "미학적 인간"[7]으로 평가했으며, 이상이 "초기의 백부에 대
한 공포감을 제외하고는 그의 삶 속에서 그리고 그의 작품 속에서 가
족 관계를 전혀 염두에 두지 않았다"[8]고 밝힌다. 엄성원은 "이상을 비
롯한 초기 모더니스트들이 활동하였던 1930년대는 전통과의 단절을

5　김경일, 『근대의 가족, 근대의 결혼』, 푸른역사, 2012, 168쪽.
6　류보선, 「이상李箱과 어머니, 근대와 전근대 – 박태원 소설의 두 좌표」, 『상허학보』
　　제2호, 상허학회, 1995, 68쪽.
7　위의 논문, 71쪽.
8　위의 논문, 68~81쪽 참조.

강박적으로 추구하던 시기"⁹라고 밝히면서, 이상의 시가 이전 시대를
향한 "'부정의 시학'과 '단절의 미학'의 최선봉에 위치해"¹⁰ 있었다고
평가한다. 김승희는 이상과 유교적 전통 사이의 연관성이 애초부터
존재하지 않았다고 본다. 김승희는 이상을 "근대 이전의 어떤 것, 즉
자연이나 종교적 일치의 세계, 유교적 가족 공동체, 마을 공동체 같
은 것에 대한 향수는 전혀 지니지 않은 인물"¹¹이라고 지적한다.

한편, 이상 문학의 상호텍스트성을 주제로 하여 논의를 진행한 김
명주는 이상 작품에 나타난 '기아', '양자', '가부장제'를 전면적으로
다루면서 화자의 "근친혐오적인 심경"¹²에 주목한다. 김명주는 이상
의 양자체험이 그의 문학적 개성을 만들어가는 한 요인이었을 것이라
지적하지만, 이때의 '육친혐오'가 백모와 큰집을 향한 공포심에서 기
인된 감정이라고 결론내린 것은 기존 논의와 크게 변별되지 않는다.
공포심은 어떠한 것으로부터 벗어날 수 없다는 사실이 명백해질 때
생겨나는데, 이상의 경우 한 단계의 층위가 더 발견된다. 가문으로부
터 벗어날 수 없다는 사실과 더불어 이상 작품의 화자에게는 뿌리 깊
은 장자의식이 존재하는 것이다. 이는 가문에 종속된 장자의 책임을
분명히 인지한 결과인데, 이러한 사유가 그로테스크한 이미지로 그려

9 엄성원, 「이상 시의 비유적 특성과 탈식민적 지향의 가능성」, 『국제어문』 제36권, 국제어문학회, 2006, 265쪽.
10 위의 논문, 265쪽.
11 김승희, 「이상과 모더니즘 : 이상 시에 나타난 "근대성의 파놉티콘"과 아이러니, 멜랑콜리」, 『비교한국학』 제18권 2호, 국제비교한국학회, 2010, 14쪽.
12 김명주, 「아쿠타가와문학과 이상문학 비교고찰 - 〈기아(棄兒) 및 양자(養子)체험〉을 중심으로」, 『日本語教育』 제33권, 韓國日本語教育學會, 2005, 177쪽.

졌다고 해서 화자의 내면을 장악하고 있는 정체를 '공포심'으로 단정 짓는 것은 지나치게 표면에 드러난 이미지들을 의식한 결과이다.

위와 같은 논의들은 전통과 근대라는 두 축의 명확한 경계 짓기 작업을 통해 이상의 작품을 고찰한 결과이다. 그러나 이상의 시와 수필에 나타난 전근대적 풍경은 반드시 그로부터 벗어나야만 한다는 당위로 그려지지 않는다. 근대사회로의 돌입이 당대 사람들에게 충격을 전했다고 해서 당장의 생활기반과 의식 상태까지를 급속도로 변모시켰다고 말하기에는 무리가 따르기 때문이다. 19세기와 20세기의 혼융이라는 과도기적인 시대상황 속에서 이상의 문학이 복잡성을 띠는 이유도 이와 관련된다. 혈육으로부터 도망치고 싶은 개인의 욕망과 혈육을 위해 희생해야 한다는 당위가 모순을 빚으며 때로는 가족을 부양하는 장자의 모습으로, 때로는 유교적 전통과 관습을 던져버리고자 하는 근대적 개인의 모습으로 드러나는 것이다. 이때, 한 가문의 장자로서 가족의 부양을 온전히 해내지 못하고 있다는 자기인식을 통해, 이상은 가난하고 무능력한 자기존재와 마주하게 된다. 제 역할을 다하지 못한다는 장자의 죄책감과 좌절감은 결코 육친을 향한 저항과 혐오의 감정에서 비롯된 것이 아니다. 본고는 구체적인 작품 제시를 통해 이상의 내면에 가문존속의 지향이 자리 잡고 있음을 밝히고, 이로써 이상의 복잡한 사유를 해석하는 하나의 실마리를 찾고자 한다.

네가 나갔고 자근오빠가 나가고 또 내가 나가버린다면 늙으신父母는 누가 지키느냐고? 念慮 마라. 그것을 맞子息된 내일이니 내가 어떻게라도 하마. 해서안되면,—

燐燐한將來를爲하야 不幸한過去가 犧牲되었달뿐이겠다.
　　　　　　　　　　　　　　　－「동생玉姬보아라」 부분

여지껏 家族들에게 對한 恩愛의 情을 참아 떼이기 어려워 집을 나가지
못하였던 것을 이번에 내 아우가 職業을 얻은 機會에 東京 가서 苦生살이
좀 하여 볼 作定이오.
　　　　　　　　　　　　　　　－「私信 (四)」 부분

어제東琳이 편지로 비로소 네가 就職되었다는 消息듣고 어찌 반가웠
는지 모르겠다. 이곳에와서 나는하로도 마음이 편한날이 없이 집안 걱정
을하야 왔다. 울화가 치미는때는 너에게 不快한편지도썼다. 그렇나 이제
는 마음을 놓겠다. 不憫한 兄이다. 人子의道理를 못밟는 이 兄이다. 그렇
나 나에게는 家庭보다도 하야ㅅ할 일이있다. 아모쪼록 늙으신 어머님아
버님을 너의 정성으로 慰勞하야 드려라. 내 자세한 글, 너에게만은 부디
들러주고싶은자세한말은二三日內로 다시쓰겠다.
　　　　　　　　　　　　　　　－「私信 (十)」 전문

위에 인용된 수필 부분은 근대적 관점이 아니라 전근대의 유교적
관점에서 해석될 여지가 있다. 서간체 형식으로 된「동생玉姬보아라」
와「私信 (四)」에는 가족에 대한 장자의 걱정과 염려가 담겨 있다. 발
신자와 수신자 사이의 가장 일상적이고도 친밀한 감정을 나눌 수 있다
는 점에서 사신은 한 개인의 은밀한 생각과 해결되지 않는 고민들을
담고 있다. 화자는 동생들을 걱정하면서 '늙으신父母'를 책임져야 하
는 가문의 장남이다. 장남 개인의 희생은 곧 집안의 공고한 결속력으
로 이어지기에 이상 역시 여동생 옥희를 안심시키며 부모의 부양을

약속한다. '나'는 스스로를 '맏子息'이라 칭하며 백부의 그늘 아래에서 성장하면서 가문의 장자가 된 자신의 위치를 부정하지 않는다. 즉, 화자는 김씨 가문의 장자이면서 친부모와 양부모, 동생들을 직접 돌봐야 하는 장남이기도 했다. 집을 떠난 여동생 대신 "송장이다되신 할머님과 自由로起動도못하시는 아버지와 五十平生을 苦生으로 늙어쭈그러진 어머니"(「동생玉姬보아라」)를 위해 매일 문안을 다니는 이상의 모습을 반전통적 이데올로기의 관점에서만 바라볼 수는 없는 것이다.

절친한 형인 김기림(1908~미상)에게 보낸 서간 「私信 (四)」에는 취직을 한 아우 운경(雲卿) 덕분에 집을 나서 동경으로 향할 수 있게 된 전후사정이 드러나 있다. 가문의 안위를 중시 여겨야 하는 장자의 역할 중 한 가지는 본가를 지키며 친족을 살피는 일이다. 유교 전통사회에서는 개인의 욕망보다 가문의 결속과 집안의 안정이 우선시된다. 장자우대상속제도는 문중을 관장하는 장자의 특권이자, 유교사회의 위계질서를 공고히 다지게 하는 지배원리로 기능한다. 그러나 정식으로 백부의 호적에 입적하지 않은 이상의 경우, 장자의 특권은 상실되고 오직 책임과 의무만이 뒤따르는 비극적 상황이 놓이게 된다.[13]

아우 운경에게 전할 말을 남겨 두었던 이상은 「私信 (十)」(1937년 2월 8일 기록)을 마지막으로 하여 더 이상의 소식을 전할 수 없게 되었다.

---

13 이상의 여동생 김옥희의 증언에 따르면, 이상은 임종까지 친부의 호적에 기록되어 있었으며, 유산도 거의 받지 못했다. "큰오빠가 카페를 할 때 큰아버지가 남긴 재산 일부분을 처분하여서 썼다는데 그건 아닙니다. 대부분의 재산은 새로 들어온 큰어머니가 자기 앞으로 명의 이전을 해 놓았지요. 단지 통인동 154번지의 집을 저당했던 기억은 납니다. 큰오빠는 평소 집안이 기운 것에 대해 굉장한 자책감을 가지고 있었어요. 뭔가 집에 보답하려고 카페를 했었지요." 『레이디경향』 11월호, 경향신문사, 1985.

이상은 1937년 2월경에 '사상 불손'의 혐의로 동경 니시간다 경찰서
에 수감되었다가 폐결핵이 악화되어 동경제국대학 부속병원에 입원
하게 된다. 그리고 그해 4월 17일 죽음에 이르게 되는데, 시점 상「私
信 (十)」은 수감되기 직전에 쓴 이상의 마지막 엽서라는 추측이 가능
해진다. 건강이 좋지 못한 상태에서 쓴 엽서에는 노부모를 향한 걱정
과 아우에 대한 미안함과 고마움이 담겨 있다.

이상은 동경에서 몹시 고독하게 지냈던 것으로 보인다.[14] 마음을 터
놓을 사람이 부재하고 건강이 점점 악화되는 상황 속에서 이상이 떠올
린 가족의 모습은 여전히 불행하고 가난했을 것이다. 그렇기에 "하로
도 마음이 편한날이 없이 집안 걱정"만을 할 수밖에 없고, 때때로 아우
운경에게 설교의 편지를 보내기도 했을 것이다. 이상이 이토록 가족에
대한 걱정을 끊을 수 없는 이유는 위 서간에 나타난 것처럼, 그 스스로
"人子의 道理"가 무엇인지 잘 알고 있기 때문이다. 사람으로서 지켜야
하는 도리와 맏아들·맏형의 역할이 등가를 이루는 것이다.

그동안의 이상 문학연구에서 '육친'은「詩第二號」에 나타나는 '아버
지' 형상과 같이 공포심을 자극하거나, 근대 지식인이었던 이상에게
마치 방해물과 같은 구시대의 유물로 간주되곤 하였다.[15] 물론, 육친

---

14 동경생활에 대해 동료에게 보낸 편지에는 다음과 같은 구절이 빈번하게 나타난다.
"나는 이곳에서 외롭고 甚히 가난하오. 오직 몇몇 장 편지가 겨우 이 可憐한 人間의
命脈을 이어주는 것이오."(「私信 (七)」), "가끔 글을 주시기 바랍니다. 孤獨합니다.
이곳에는 친구삼을 만한 사람이 없습니다. 아직 發見하지 못했습니다. 언제나 서울의
흙을 밟아 볼는지 아직은 茫然합니다. 저는 健康치 못합니다. 健康하신 兄이 부럽습니
다."(「私信 (九)」) 이와 같은 구절에서 이상의 동경 생활이 어떠했는지를 추측해볼
수 있다. 즉, 이상은 몹시 외로운 생활을 지속했고, 건강이 악화되어 바깥 생활을
활발히 할 수 없었으며, 가족을 그리워했던 것이다.

에 대한 '恩愛'의 정을 다룬 논의[16]도 있으나, 이상이 무엇 때문에 그
토록 혈육으로부터 벗어날 수 없었는지에 대한 해명은 충분히 이루어
지고 있지 않다.[17]

육친으로부터 벗어나고자 하는 화자의 모습은 「烏瞰圖-詩第二號」,

---

15 이에 엄경희의 문제의식은 주목할 만하다. 엄경희는 이 시가 "표면적으로 가부장제의
   무거움과 거부의 심리를 강하게 표방하고 있는 것이 사실"이라고 밝히면서도 "이러한
   거부의 심리가 어디서 연원한 것인가에 대해서는 보다 신중을 기할 필요가 있다."라
   고 지적한다. 그에 따르면, 이 연원에는 "가부장적 장남의 의식"이 발견된다는 것이
   다. 엄경희, 「이상의 육친(肉親) 시편과 수필에 내포된 '연민'의 복합적 성격」, 『한국
   문학이론과 비평』 제16권 3호, 한국문학이론과 비평학회, 2012, 338쪽.
16 권영민은 이상의 시 「肉親」을 다음과 같이 해석한다. "가족들을 위해 희생한 육친의
   존재를 결코 거역할 수 없다는 것이 이 작품의 참주제다. 실제로 이상 자신은 가족과
   가정으로부터 도피하고자 한 것이 아니라, 가족을 제대로 돌보지 못하고 있음을 늘
   후회하고 있음을 확인할 수 있다." 이상, 권영민 엮음, 『이상 전집 1』, 뿔, 2009, 153쪽.
   이와 상반되는 논의가 있어 흥미롭다. 이승훈이 엮은 『이상문학전집 1 시』(문학사상
   사, 1989, 92~93쪽)에 나온 시 「肉親」의 해설은 이러하다. "이 시는 남루한 크리스트
   와 동일시되는 한 사나이, 곧 「아버지」와 「나」의 관계를 노래하며, 「아버지」는 자신의
   삶을 아들인 「나」에게 떠맡기고 위협하므로 「나」의 은애가 소멸한다. 따라서 「아버지」
   에게서 도망하려 하지만, 아버지의 목소리(위협)에서 벗어날 수 없다는 내용이다."
   위 두 해석은 이상 작품의 '육친'에 대한 연구자의 상반되는 시각을 볼 수 있다는
   이유에서 제시하였다.
17 조두영은 이상의 작품을 정신분석학적 관점에서 해석한 바 있다. 조두영에 따르면,
   어린 시절 친부모로부터 떨어져 백부에게 맡겨진 이상의 상처는 "무서운 분노와 복수
   의 소망"(272쪽)으로 변모한다. 조두영은 특히 이상의 「失樂園」과 「肉親의 章」에서
   "부모에 대한 그의 무의식의 원한과 증오"(272쪽)를 발견한다. 조두영, 「이상의 인간
   사와 정신 분석」, 김윤식 편저, 『李箱문학전집 4』, 문학사상사, 1995, 272쪽. 즉, 이상
   의 트라우마가 육친을 향한 증오의 감정을 싹트게 한다는 논의인데, 이상의 작품에는
   이러한 증오의 감정을 갖고 있으면서도 육친의 곁에 머무는 화자의 모습이 나타난다.
   외면하고 싶은 존재를 끝내 외면하지 못할 때 오는 자괴감이 텍스트에서는 증오로
   드러나는 것이다. 그러나 왜 육친을 외면하지 못하는지에 대한 해명이 더 필요하다.
   이는 근대적 개인의 목소리를 갖고 있으면서도 집 안에서는 장자의 얼굴을 할 수밖에
   없었던 이상의 모순된 지점을 말한다.

「烏瞰圖-詩第十四號」, 「正式」, 「危篤-門閥」과 같은 시편들에서 두드러지게 나타난다. 이러한 작품에는 육친을 향한 원망과 그들을 부양해야 한다는 강박이 드러나 있다. 그렇다면, 기존의 수많은 논의에서 지적한 것처럼 이상은 육친에 대한 공포와 혐오의 감정만을 가지고 있었을까? 그토록 장자의 위치와 책임을 강조하고 이를 실현하고자 했던 이상에게서 이와 같은 모순된 감정이 병립되는 현상은 어떻게 설명할 수 있는가?

시 「失樂園-肉親의章」에서 "(그代償으로 나는 내智能의 全部를 拋棄하리라.)"와 같은 부분에 나타난 절망적 어조에는 장자의 역할을 강요하는 "肉親"과 "白骨"을 향한 원망이 담겨 있다. 또한, "내게 그만한 金錢이 있을까. 나는小說을 써야서푼도안된다."라는 자조적 어조에는 가난한 육친을 부양하지 못하는 장자의 죄책감이 묻어 있다. 위 인용 부분이 속해 있는 수필의 소제목이 '육친의 장'이라는 것을 주목할 필요가 있다. 시 '육친의 장'에는 아버지로 보이는 '襤褸한 사나희'와 "淸血과의 原價償還을 請求" 당하는 화자가 등장한다. 해당 수필에서 금전에 대한 화자의 고민은 가족과 결부되었을 때 더욱 심화되는 것으로 보인다. 이에 화자는 몰락한 가문과 무능력한 자신으로부터 도피하지 않고 스스로 할 수 있는 모든 "내智能의 全部"를 희생하겠다고 선언한다. '지능'이 육체보다는 정신의 문제와 밀접하다고 했을 때, 화자의 의식 바탕에는 그 자신의 숙명을 감내하고자 하는 장자로서의 욕망이 자리 잡고 있음을 알 수 있다. 자기 존재와 마주한 화자의 정신 깊숙한 곳에 가난하고 쇠약한 친부모가 있으며, 김씨 집안의 쇠락을 막으려 하는 양부모가 있었던 것이다. 이상의 작품에는 친부와 양부의 요구와 기대에 부응하지 못하는 화자의 모습이 드러난다. 특히, 작품에 나타난 '나'의 건강 악화는 가족의 생활고를 악화시키고, 후손의 생산을 불가하게 만든다는 점에서 개인의 위기 너머 가문의 위기까지를 불러일으킨다. 육친부양의 욕망이 죄책감으로 변모되는 중요 계기 중 하나가 바로 이 병적 징후와 관련된다.

2. '생활'의 부재와 장자의 죄책감

이상의 장자의식은 친부모와 떨어져 백부의 곁에서 성장하면서 한층 강화된다. 문중을 지켜야 하는 그는 아우 운경이 취직을 하여 제 몫을 하게 될 때까지 집을 나서지 못했을 뿐 아니라 동경에서도 지속적으로 가족의 안위를 걱정하는 모습을 보인다. 전통적인 관습에 거부감을 보이지 않고 오히려 동조하고 참여하고자 하는 태도에서 이상의 의식 저변에 '조상'과 '가계'의 존재가 놓여 있음을 알 수 있다.

수필「秋燈雜筆-秋夕揷話」에는 추석을 맞이하여 백부 김연필의 산소를 찾은 장면이 나타난다. "一年 三百六十日 그中의몃날을추려 適當히 季節마처벨러서 그날만은 祖上을追憶하며 生의즐거움에서멀어진지오래된그들亡靈을 잇다치고慰勞하는風俗을 아름답다아니할수 업으리라."에 나타나듯이, 이상은 조상과의 유대감을 갖고 있으며 그들을 '위로'하는 전통 풍습을 긍정한다. 그러나 이러한 일상의 이면에는 객혈의 나날과 자신의 무능력함을 스스로 깨닫는 시간들이 있다. 장자의 역할을 고수하고자 노력하였음에도 이상은 끊임없이 장자의 입장

과 책임에 대해 고민하고 좌절할 수밖에 없는 현실상황에 놓여 있었던
것이다. 건강악화로 인한 생활력의 부재는 남은 가족들의 위기이며
이는 곧 위기를 만든 '장자'로서의 '나'의 죄책감으로 이어진다.

이상의 여동생 김옥희의 증언에 따르면, 이상은 보성고보 시절부
터 '겐마이빵'을 팔며 고학을 했으며 집안을 일으키기 위해 카페를 경
영했다.[18] 이상의 '객혈'은 한 개인의 육체적·정신적 죽음을 상징함과
동시에 당장의 생활전선에서 물러날 수밖에 없는 장자로서의 위기의
식을 유발한다는 점에서 복잡한 의미를 지닌다. '나'의 병적 징후를
가장 가시적으로 드러낼 수 있는 것은 바로 '쏟아지고 토해지는 피'이
다. 이처럼 '나'의 생명력을 빼앗는 병든 피는 더 이상 가문을 지탱할
수 없는 무력한 자아를 만들어낸다. '나'의 건강 악화와 죽음문제가
개인의 차원이 아닌 혈족과 연관된다는 의식 자체가 이미 전근대의
유교 이데올로기와 긴밀히 연관된다는 사실을 알 수 있다.

門을압만잡아단여도않열리는것은안에生活이모자라는까닭이다. 밤이사
나운꾸즈람으로나를졸른다. 나는우리집내門牌앞에서여간성가신게아니다.
나는밤속에들어서서제웅처럼작구민滅해간다. 食口야封한窓戶어데라도한
구석터노아다고내가收入되여들어가야하지않나. 집웅에서리가나리고뾰족
한데는鍼처럼月光이무덨다. 우리집이알나보다그러고누가힘에겨운도장을
찍나보다. 壽命을헐어서典當잡히나보다. 나는그냥門고리에쇠사슬늘어지
듯매여달렷다. 門을열려고않열리는門을열려고.

-「易斷-家庭」 전문

18『레이디경향』11월호, 경향신문사, 1985.

房거죽에極寒이와다앗다. 極寒이房속을넘본다. 房안은견된다. 나는讀
書의뜻과함께힘이든다. 火爐를꽉쥐고집의集中을잡아땡기면유리窓이움폭
해지면서極寒이흑처럼房을눌은다. 참다못하야火爐는식고차겁기때문에나
는適當스러운房안에서쩔쩔맨다. 어느바다에潮水가미나보다. 잘다저진房
바닥에서어머니가生기고어머니는내압흔데에서火爐를떼여가지고부억으
로나가신다. 나는겨우暴動을記憶하는데내게서는억지로가지가돗는다. 두
팔을버리고유리창을가로막으면빨내방맹이가내등의더러운衣裳을뚜들긴
다. 極寒을걸커미는어머니──奇蹟이다. 기침藥처럼딱근딱근한火爐를한아
름담아가지고내體溫우에올나스면讀書는겁이나서근드박질을친다.

─「易斷─火爐」 전문

이상의 백부 김연필은 1932년 5월 7일에 사망하였고, 이상은 다음
해인 1933년 폐결핵의 악화로 조선총독부 기수직을 사직하게 된다.
그 후 연이은 사업의 실패로 노쇠해가는 육친을 제대로 부양할 수 없
었던 이상은 좌절을 겪게 된다. 장자로서 육친을 부양해야 한다는 욕
망이 있는 반면, 이를 실행할 수 없는 스스로에 대한 실망과 죄책감이
한데 뒤섞여 있는 것이다.

시 「易斷─家庭」에서 화자가 집안으로 들어가지 못하는 것은 '生活'
이라고 부를 수 있을 만한 가정의 안정감과 평안함이 부재하기 때문
이다. 이 시에서 화자의 '家庭'은 휴식을 불가능하게 만드는 공간이
며, 사람이 오고가는 자연스러운 행위마저 이행할 수 없을 정도로 고
립된 공간이다. 집 앞에 붙은 '내門牌'는 화자의 책임감과 죄책감을
자극하는 대상이다. 이 시에서는 '밤'을 밝혀주는 '月光'마저 고통을
주는 '鍼'으로 비유되고 있다. '식구'와 만날 수 없는 상황에서 화자

주변을 에워싸고 있는 모든 환경이 그에게 초조함을 전해준다. "우리 집이알나보다"와 같은 구절은 그 안에 있는 식구들의 위태로움을 나타낸다. "壽命을헐어서典當잡히나보다."와 같이, 화자의 수명은 그의 집과 등가를 이루고 있다. 화자는 자신의 모든 생명력을 담보로 하여 집을 지키고자 하였으나, 이에 실패한다. "門고리에쇠사슬늘어지듯 매여달"리는 모습에서 쇠사슬의 무게는 집을 지키지 못한 화자의 무능력의 무게와 동일하게 읽힌다. 화자의 무능력은 가정의 생활고에서 장자의 죄책감으로 이어지게 되는 것이다. 그렇다면 이토록 괴로워하면서까지 가족을 지키려 했던 화자의 근원에는 무엇이 있는 것일까?

시 「易斷-火爐」는 모성에 대한 긍정을 보여주는 시이다. 어머니를 향한 고마움과 사랑의 감정은 곧 가족을 향한 긍정으로 나아가게 된다. 병으로 앓아누운 화자의 곁에는 그의 어머니가 있다. 이 시의 공간적 배경은 방 내부와 외부로 나뉘며 이 두 공간의 경계에는 약하고 쉽게 깨져 버리는 유리창이 있다. 화자는 유리창을 통해 외부의 극한을 바라볼 수 있고, 외부의 극한 또한 유리창을 통해 방 내부로 틈입할 수 있다. 생존하고자 부단히 노력하는 방 내부의 화자는 이를 저지하고 방해하려는 외부의 고난에 맞서 근근이 살아간다("房안은견딘다."). 혹처럼 방을 누르는 혹한과 밀려들어오는 조수는 화로의 불씨를 죽이고 이로 인해 화자의 체온은 급감하게 된다. 외부에서 내부에 가하는 힘은 '누르다', '밀다'와 같은 동사의 사용으로 구체화되며, 상대적으로 화자의 몸은 움츠러들게 된다.

이 시에서 화로와 어머니는 동질성을 지니고 있다. 화로가 따뜻한 불씨를 담는 도구이듯, 어머니 역시 모성으로 화자의 냉기를 온기로 대체시키는 존재인 것이다. 추위로 얼어붙은 화자의 몸은 어머니의 등장과 함께 서서히 온기를 회복하면서 팔을 뻗을 수 있게 된다("억지로 가지가돗는다."). "두팔을버리고유리창을가로막으면빨내방맹이가내등의 더러운衣裳을뚜들긴다."와 같은 구절은 회복기에 놓인 화자의 마지막 진통을 보여준다. '빨래방망이'로 인해 화자의 '더러운의상'은 깨끗해지는 정화의 과정을 거치게 되지만 동시에 화자는 이 행위로부터 고통을 받게 된다. 즉, 빨래방망이는 새로운 생명력과 시련을 전한다는 점에서 '통과제의(Initiation)'로 읽힌다.

어머니는 유리창 안으로 틈입하려는 극한을 밖으로 떠다밀며 화로를 화자 곁에 놓아준다. 이 시에서 어머니에 대한 긍정성은 '奇蹟이다.'라는 화자의 진술에서 극대화된다. 어머니는 화로의 온기이며 병을 치유할 수 있는 기침약과 동일한 존재이다. 이렇듯 모성을 향한 극렬한 긍정성은 가족에 대한 이상의 애정과도 상통한다.

그러나 육친을 향한 '나'의 애정은 때로 증오의 감정으로 드러나기도 한다. 즉, 이상의 '가문존속 지향'은 가족에 대한 애정과 증오가 혼재하는 복잡한 양상을 보인다.

> 基督에 酷似한 한사람의 襤褸한 사나희가 있었다. 다만 基督에比하야 訥辯이요 어지간히 無智한것만이 틀닌다면 틀녔다.
> 年紀五十有一.
> 나는 이 模造基督을 暗殺하지 아니하면 안된다. 그렇지아니하면 내 一生을 押收하라는 氣色이 바야흐로 濃厚하다.
> 한다리를 절늠거리는 女人— 이 한사람이 언제든지 돌아슨姿勢로 내게 肉迫한다. 내 筋肉과 骨片과 또若少한 立方의 淸血과의 原價償還을 請求

하는모양이다. (중략)

어쩌면 저렇게 심술구즌 女人일까나는. 이醜惡한 女人으로부터도 逃亡하지아니하면안된다. (중략)

七年이지나면 人間全身의 細胞가 最後의 하나까지 交替된다고한다. 七年동안나는 이 肉親들과 關係없는 食事를하리라. 그리고 당신네들을 爲하는것도 아니고 또 七年동안은 나를 爲하는것도 아닌 새로운 血統을 얻어보겠다―하는생각을 하야서는안되나.

-「失樂園-肉親의 章」 부분

위 시에서 화자는 부친살해 욕망과 더불어 모친을 부정하고자 한다. 이상은 부친을 무지한 모조기독으로, 모친을 심술궂은 여인으로 그려낸다. 이러한 육친 하에서 화자는 "原價償還"의 압박을 받는다. 이상이 육친을 이토록 극단적으로 서술한 이유는 무엇일까?

수필 중 "肉親들과 關係없는 食事"를 한다는 부분은 자신의 생활기반에서 "肉親"을 배제하고자 하는 의지에서 비롯된 것이다. 일반적으로 가족을 "식구(食口)"라고 부르기도 하는 것처럼, "食事"는 혈연관계라고 지칭되는 사람들의 가장 기본적인 공동행위이다. "당신네들을 爲하는것도 아니고 또 七年동안은 나를 爲하는것도 아닌 새로운 血統을 얻어보겠다"라는 구절에서 보이듯, 이상은 "肉親"을 "당신네들"로 호명하면서 가족을 향한 단절의 욕망을 드러낸다. 화자는 이러한 "생각을 하야서는안되나."라고 반문하고 있는데, 이러한 어조에는 금기를 범한 자의 죄책감이 묻어 있다. 육친을 외면하고 부정하고자 시도하면서도 빈곤한 부모를 떠올리는 순간 다시금 화자 자신의 책임의식이 생겨나는 것이다. 이 책임과 의무는 곧 육친을 온전히 부양하지 못했다는 화자의 죄책감으로 변모하게 된다.

이상은 자신의 건강악화와 더불어 악화된 생활고를 해결해나갈 수 없는 무력한 장자였다. 이러한 상황에서 가난하고 늙은 육친은 이상에게 지워버리고 싶은 존재들이었을 것이다. 화자는 스스로의 무능력함을 절실히 깨닫게 하는 육친을 감당할 수 없었기에, 이들을 '暗殺'하고 부정하고 증오하는 방법을 택한 것이다. 그런데 이러한 정념의 변모과정 역시 그 이면에 육친에 대한 강한 애정과 책임의식이 있음을 주목해야 한다. 장자의 역할에 대한 강박과 집착은 오로지 타인의 강요에 의해서만 형성되지는 않는다. 표면적으로 '장자'에 대해 거부와 저항의 언어를 사용한 듯 보이지만, 끝내 육친과 단절하지 못하고 동생들을 보살피고자 노력한 화자의 모습과 가문의 안위를 끊임없이 염려한 모습으로부터 이상을 근대적 개인으로만 확정지을 수 없는 실마리를 발견할 수 있는 것이다.

가문과 육친을 위해 생활고를 이겨내고자 했던 의지는 근대 자본주의 논리에 의해 좌절된다. 이상은 다방 '제비', '쓰루(鶴)', '무기(麥)' 등의 경영 실패를 경험한 직후부터 많은 작품을 창작한다. 근대 사회의 주변인으로서 '나'는 문학적 형상화를 통해 내면의 세계를 점차 확장시켰다. 이상의 복잡한 내면으로 들어가는 통로 중 하나가 바로 육친을 향한 모순된 감정이다. 가족에 대한 애정과 미안한 마음은 이상의 시와 수필 곳곳에 드러나는데, 이러한 혈연의 하중으로부터 벗어나고자 하는 욕망과 가난하고 병약한 육친의 곁으로 돌아오고야 마는 책임의식이 갈등을 일으키면서 이상 문학의 또 다른 층위를 생성하는 것이다. 가족 관련 작품들에서 '나'의 죄책감과 책임의식은 근대 사회의 속성만으로는 해명되지 않으며, 이 텍스트들로부터 전근대의 유교 이데올로기를 발견할 수 있다는 점에서 의의를 지닌다. 이상의 가족 관련 작품에서 개인으로서의 '나'와 한 가문의 일원으로서의 장자는 서로 모순되는 방식으로 화자의 내면에서 상충한다. 이러한 면모는 표면상 전통을 향한 화자의 공격으로 비춰질 수 있지만, 유교 이데올로기로부터 탈주하고자 하는 욕망에는 육친을 향한 지극한 애정과 연민이라는 아이러니가 있음을 감지해야 할 것이다.

백부의 집에서 성장한 이상은 성인이 된 이후에야 친부모를 만나게된다. 이상은 친부모를 비롯하여 동생 운경과 옥희를 위해 장남으로서의 역할을 수행해야 했고, 백부의 집에서는 한 가문을 이끄는 장자의 역할까지를 맡아야 했다. 당연하게도, 그는 가족의 형상을 드러낸 몇몇의 작품들에 자신의 내면을 그려내었고, 이를 통해 독자는 이상의 자기인식과 절망감을 읽을 수 있게 된다.

일반적인 성장과정이 아닌 친부모와 떨어져 한 가문을 이끌 장자로자라났던 그에게서 육친을 향한 과도한 책임의식과 의무감을 볼 수있는 것이다. 이러한 이상의 육친부양 욕망은 그의 건강 악화로 인해좌절되기에 이르고 스스로를 책망하는 자학의 단계로까지 나아가게된다. 경제활동을 할 수 없어 가족의 생계를 책임지지 못했던 그는무능력함을 자각하며 죄책감에 사로잡히게 되었던 것이다. 이로부터이상의 불안과 고통의 한 원인을 짐작할 수 있다.

이 글은 이상 문학에서 유교 이데올로기에 사로 잡혀 있었던 근대적개인의 모습을 발견하고, 이를 밝히는 데 주안점을 두었다. 아우를 걱정하는 장남의 목소리와 가문을 잇는 장자의 목소리는 그의 작품 곳곳에 스며있다. 이를 통해 전통/근대라는 극단적인 두 축으로 이상의 작품을 평할 수 없는 이유를 찾을 수 있다. 이상의 문학이 전통/근대/탈근대의 속성을 횡단하는 것도 어느 한 곳에 정착할 수 없었던 그의 전기적 삶과 이상(理想)이 갈등을 빚었기 때문이다. 특히, 그의 가족 관련 작품들은 이를 반증하는 적절한 예시가 된다. 근대적 개인의 발견이 있었기에 육친으로부터 도피하거나 외면하고자 하는 욕망이 생겨날 수 있으며, 유교 이데올로기에 대한 이해와 수용이 있었기에 육친을 책임지고자 부단히 노력할 수 있었다. 이러한 책임의식은 한 가문의 장자라는 위치로 인해 죄책감으로까지 이어지는 것이다.

3. 고립된 '거리'의 자폐와 공포

전근대 이데올로기의 영향을 받던 화자는 근대 사회로 편입되면서 혼란을 겪게 된다. 과도기적인 상황에서 스스로를 전근대와 근대 사이에 끼어 있는 것으로 인지한 화자는 자신의 육체와 정신에 대해 탐구하는 모습을 보여준다. 근대 도시로부터 질병을 감지한 이상은 세계에 대한 감각을 문학으로 형상화한다. 특히 최첨단의 신문물을 갖추기 시작한 경성을 삶의 기반으로 삼았던 이상의 경우, 도시의 초라한 맨얼굴을 실감할 수밖에 없었을 것이다. 본 장에서는 어느 한 곳에 정착하지 못하고 근대의 '거리'에서 방황하던 화자의 모습을 살피고자 한다. 정착하지 못한다는 것은 안정감을 갖지 못한다는 의미와 같다. 화자가 근대의 거리에서 고뇌를 하는 룸펜의 모습을 보이는 것과 동일한 원리로, 근대의 사랑 역시 화자로 하여금 안정감을 주지 못한다. 돈을 지불하고 성을 사고파는 근대의 매춘 문제는 가족 구성원의 일부로서 '아내'를 맞이하겠다는 화자의 꿈을 무너뜨린다. 이상 문학 속 '여성'은 화자와 마찬가지로 전근대와 근대 사이에 걸쳐져 있는 과도기적 존재라 할 수 있다.

이상의 작품을 이해할 때 그가 작품 활동을 했던 1930년대라는 시간적 배경과 '경성'이라는 공간적 배경을 염두에 둘 필요가 있다. 1930년대 경성은 그 자체가 한국문학사에서 중요한 위치를 차지하는 시공간이다. 특히 경성은 "한국 현대시에서 모더니티 또는 모더니즘을 설명하는 핵심요소"[19]라 할 수 있다. 이상이 그려내는 경성은 "시적 자아의 자의식을 분명하게 나타내기 위한 도구"[20]로 기능한다. 신기한 물건들을 파는 백화점과 화려한 밤거리는 근대의 눈부신 산물을 분명하게 드러내는 풍경이라 할 수 있다. 미쓰코시 백화점에서 쇼핑을 하고 옥상 정원에서 차를 마시며 대화를 나누는 풍경은 당시 사람들의 욕망을 불러일으킬 수밖에 없었을 것이다. 그러나 근대 도시의 뒤편에는 피식민지인의 설움과 빈민의 소외 현상이 있었다. 즉 "도시 공간의 불연속성은 발전하는 대도시로서의 면모와 더러운 뒷골목을 함께 지닌 1930년대 경성의 이중적인 외양에서 잘 나타난다."[21]고 할 수 있다. 이상의 작품 속에서 화자의 병든 육체와 근대의 거리는 동일

---

19 장동석, 「한국문학과 서울의 토포필리아; 1930년대 한국 현대시에 나타난 "경성" 제시 방식 연구-김기림, 이상, 오장환 시를 중심으로」, 『한국문예비평연구』 제41권, 한국 현대문예비평학회, 2013, 42쪽.

20 위의 논문, 56쪽.

21 조해옥, 『이상 시의 근대성 연구 : 육체의식을 중심으로』, 소명출판, 2001, 71~72쪽.

하게 그려지면서 화자의 위태로움을 부각시키는 역할을 한다.

- 一九三三, 二月十七日의室內의件 -

네온사인은쌕스폰과같이瘦瘠하여있다.

파릿한靜脈을切斷하니새빨간動脈이었다.
- 그것은파릿한動脈이었기때문이다-
- 아니! 샛빨간動脈이라도저렇게皮膚에埋沒이되어있는限……
보라! 네온사인들저렇게가만-히있는것같어보여도其實은不斷히네온가
스가흐르고있는게란다.
- 肺病쟁이가쌕스폰을불었더니危險한血液이檢溫計와같이
- 其實은不斷히壽命이흐르고있는게란다
                                                   -「街衢의추위」전문

　　근대사회의 밤거리를 이전 시대와 변별할 수 있는 가장 중요한 사
물이 무엇일까. 바로 태양의 빛을 모방하여 발명한 인공적인 빛인 '네
온사인'일 것이다. 화려한 빛을 내뿜는 '네온사인'은 원리에 따라 작동
되는 사물이다. '쌕스폰' 역시 마찬가지이다. 음을 낼 수 있는 낭만적인
악기임에도 불구하고 '쌕스폰'은 '네온사인'과 동일하게 '수척'하다. 이
시의 화자는 폐병을 앓고 있는 환자로, 그는 '네온사인' 아래로 흐르는
'네온가스'를 자신의 혈액과 동일하게 여긴다. 근대 문물과 인간의 몸
을 일치하여 드러내는 이상에게서 모더니스트의 면모를 볼 수 있다.
　　그런데 이때의 화자는 자신의 "危險한血液"의 흐름을 드러내기 위해
'네온가스'라는 새로운 사물을 가져왔다는 점에서 여타의 모더니스트

와 다르다고 할 수 있다. 이 시에는 새로운 세계를 통해 언어적 실험을
하는 모더니스트의 모습뿐만 아니라 죽음을 앞둔 한 인간의 절박함이
담겨 있다. 화자는 왜 '네온사인'과 '쌕스폰'을 두고 수척하다는 표현을
사용해야만 했을까. 이 시의 제목이기도 한 '가구의추위'는 거리의 추
위라고 해석된다. 온기를 느낄 수 없는 근대사회의 밤거리에서 생명의
위협을 느끼는 폐병에 걸린 사내가 있다. 병마에 사로잡힌 '나'와 근대
문물인 '네온사인', '쌕스폰'과 같은 차가운 이미지가 한데 어우러져,
나의 병이 더욱 치명적으로 악화되고 있음을 암시하고 있다. '쌕스폰'
을 불기 위해 계속해서 숨을 불어넣는 행위로 인해 '危險한血液'은 '檢
溫計'의 오르내림과 같이 이동한다. 이는 화자가 말했던 '네온가스'의
흐름과 동일하다. 폐병에 걸린 환자에게 가장 무리를 줄 수 있는 행위
인 '쌕스폰' 불기는 역으로 '나'의 살아있음을 증명하는 것이기도 하다.

'나'의 몸이 수척한 것처럼 '네온사인'과 '쌕스폰' 역시 수척하다. 이
러한 이질적 결합은 거리의 추위 속에서 "不斷히壽命이흐르고있는"
것을 느끼는 화자의 절박한 심리를 드러내준다. 이상은 그 누구보다
먼저 당시 근대 문물의 성질을 포착하여 작품으로 나타낸 모더니스트
였다. 화자는 근대의 거리에서 추위를 느끼며 신문물과 자신의 병든
몸의 동질성을 발견할 정도로 근대 이면에 대한 통찰력과 비판정신을
보여준다. 이러한 면모는 이상의 또 다른 시편에서도 발견된다.

내가치든개(狗)는튼튼하대서모조리實驗動物로供養되고그中에서비타
민E를지닌개(狗)는學究의未及과生物다운嫉妬로해서博士에게흠씬어더
맛는다하고십흔말을개짓듯배아터노튼歲月은숨엇다. 醫科大學허전한마당

에우뚝서서나는必死로禁制를알는(患)다. 論文에出席한억울한髑髏에는千
古에氏名이업는法이다.

-「危篤-禁制」 전문

이 시는 "내가치던개(狗)"라는 대상에 대한 소개로 시작된다. 화자
가 기르는 개는 튼튼하다는 이유로 실험동물이 된다. 이때 개가 '공
양'된다는 부분에서 이상의 비판의식이 드러난다. 이상은 인간을 위
해 '모조리' 희생되는 개를 공물과 같은 의미로 표현한다. 인간이 신
에게 공경하는 마음을 표하기 위해 아끼는 것을 내어놓듯이, '개'는
자신의 목숨을 억지로 인간에게 바칠 수밖에 없는 상황에 놓인다.

생명을 위해 또 다른 생명을 이용하는 인간의식 이면에는 '박사'라
는 인물의 생물적 본능이 있다. '박사'는 이상이 바라보는 근대인간의
전형을 비판적으로 드러내는 대상이다. '개'는 '박사'의 "學究의未及
과生物다운嫉妬" 때문에 "흠씬어더맛"기에 이른다. 학문적 성과라는
근대의 경쟁의식과 우월함에 대한 갈구가 '박사'의 폭력적 행위를 정
당화시킨 것이다.

화자는 '박사'와 '개' 사이에서 방황하는 존재로 읽힌다. 표면상 '나'
는 한 생명이 희생되는 장면을 무력하게 지켜보기만 할 뿐, '의과대
학'에서 행해지는 동물실험에 적극적으로 가담하지도 않고 협조하지
도 않는다. "하고십흔말을개짓듯배아터노튼歲月은숨엇다", "나는必死
로禁制를알는(患)다."와 같은 구절에서 보이듯, 화자는 개의 처지와
자신의 부자유함을 동일하게 인식한다. 화자는 박사의 논문에 이름도
없이 실험의 한 결과로 실리게 된 '髑髏'를 '억울'하다고 표현한다. 화

자가 느끼는 심리적 거리는 동일한 인간인 '박사'보다 '개'와 더 가까운 것이다.

화자는 '박사'와 '개', 그 어느 영역에도 완전히 속하지 못하는 소외된 존재이다. 폭력이 난무하고 생명의 존귀함을 잃은 세계가 바로 근대사회의 얼룩진 이면이다. 이 시에서 가장 지배적인 성격을 띠는 '박사'마저도 '논문'의 성과를 위해 살아가는 존재이다. 이 시의 '나', '박사', '개'는 모두 자연스러운 본성이 '禁制'된 대상들이다. 이 희생을 통해 얻게 된 성과는 오직 '박사'의 '논문'에 기록될 뿐이다.

이상의 시선에 의해 포착된 경성은 불안한 미완의 공간이다. 이상의 동경행은 경성에서의 실패를 만회할 수 있는 마지막 시도였다. 다시 말해 동경으로 가는 이상의 여정은 "미쓰코시 경성점이 아닌 미쓰코시 본점을 향한 것이기도 하면서, "인공의 날개"라는 말에서 알 수 있듯이 예술을 통한 자기 구원의 길"[22]이었던 것이다. 또한 전근대와 근대의 충돌과 모순으로부터 벗어날 수 있는 유일한 길이었을 것이다.

이처럼 이상 시의 에로티즘을 말하기 위해 거쳐야 하는 과정이 있다면 그것은 에로티즘에 앞서 생각해보아야 하는 '자아'의 문제이다. 화자가 보여주는 세계와의 대응 방식은 상호소통이 불가능할 정도로 고립되어 있다. 이러한 고립은 마치 타인과 벽을 두고 좁은 방에서 기괴한 놀이를 하는 모습과도 관련된다. 김승희가 이상 시의 특징 중 하나로 "침울한 멜랑콜리"[23]를 꼽은 것도 화자의 불안정성, 공포, 의심 등의

---

22 이경재, 『한국 현대문학의 공간과 장소』, 소명출판, 2017, 228쪽.
23 김승희, 「이상 시에 나타난 "근대성과 파놉티콘"과 아이러니, 멜랑콜리」, 『비교한국학』 제18권 2호, 국제비교한국학회, 2010, 24쪽. 이상의 「烏瞰圖」 연작을 정밀하게

감정이 이러한 고립의 형상으로 나타나기 때문일 것이다. 이상 시에서
리듬의 파괴나 기괴한 이미지의 축조, 의도적인 조어(造語)의 사용 등
은 이분법적이고 질서화된 근대사회를 향한 강력한 대항의 의미를 지
닌다. 세계를 향한 비판·해체욕망과 더불어 살펴야 하는 것은 이러한
태도를 견지하는 화자의 상황이다. 사회가 원하는 정상의 영역에서
멀어질수록 화자의 자폐성 또한 깊어질 수밖에 없기 때문이다.

이러한 자폐적 성향은 이미 에로티시즘의 관계에 실패할 가능성을 보
여주는 징후라 볼 수 있다.[24] 자아와 타인의 관계 문제를 살피기 위해

해석한 김승희의 논의를 덧붙이면 다음과 같다. "'오감도'라는 그 말 자체만으로 의미
를 규정할 수가 없으며 언제나 '조감도'라는 근대적 건축 용어(시점 위치가 높은 투시
도)와의 관계에서 의미를 가지게 된다. (중략) 그리하여 '오감도'라는 제목 자체가
의미의 미결정성, 겹침, 차연으로 인해 중심지향적인 근대성에 대한 도전이 되며 모
든 이분법적인 것을 위계질서화시키려는 이성중심주의에 대한 의심, 조롱, 해체의
유희가 된다." 김승희, 위의 논문, 16쪽. 본고는 김승희의 견해 중에서 이상 시의 '유
희성'에 대한 부분에 주목한다. 이때의 '유희'는 이상 시에서 가벼운 웃음보다는 뒤틀
린 웃음, 세계를 향한 조롱의 웃음에 가깝게 그려진다. 잔뜩 일그러진 '웃음'의 형상
화는 그로테스크 기법에서 빈번히 사용되는 소재이며 이상 시에서도 중요하게 형상
화된다. 본고는 이를 다음 장에서 자세히 다루고자 한다.

24 이상 시에서 자폐성이 두드러지게 드러나는 작품으로 「꽃나무」와 「거울」을 꼽을 수
있다. 「꽃나무」는 근처에 또 다른 '꽃나무'가 없는 고독한 공간을 보여준다. '꽃나무'는
스스로 생각하는 꽃나무의 본질을 향해 '熱心'으로 생각하고 꽃을 피우지만 결코 본질
에 다다를 수 없는 모습을 보여준다. 화자는 이러한 행위를 "참그런이상스러운흉내"라
고 표현한다. 무엇인가를 따라하는 행위인 '흉내'는 복제일 뿐, '무엇' 자체가 될 수
없다는 점에서 본질과 거리를 둘 수밖에 없다. 이러한 단절과 분열은 시 「거울」에서도
발견된다. '나'와 거울 속의 또 다른 '나'는 서로 소통할 수 없는 차단된 상태에 놓여
있다. '나'는 거울 속 '나'의 병을 '診察'하고자 하지만 '거울'이라는 경계지점을 넘나들
수 없기 때문에 병을 진단하고 치유하는 것은 불가능하게 된다. 이는 분열된 자아의
통합 역시 가능하지 않다는 것을 시사하는 부분이기도 하다. 시 「꽃나무」와 「거울」은
대립적인 자아를 내세우면서 합쳐질 수 없는 두 개의 세계를 동시에 보여준다. 이는
절망적인 존재 표현이면서 고립된 유희 정신을 잘 보여주는 예라 할 수 있다.

서는 우선적으로 자아의 상태를 파악하는 것이 선행되어야 한다. 조르주 바따이유에 의하면 성행위는 "그것이 동물적이지 않을 때, 그리고 단순한 초보단계를 벗어날 수 있을 때 에로틱한 것"[25]으로 인식된다. 에로티시즘이 생성될 수 있는 조건으로 '나'에서 타인으로 눈을 돌려 관계를 맺으며 형성되는 '교감'을 꼽을 수 있는데, 이상 시에 드러나는 '나'는 자폐와 고립의 상태에 놓여 있다. 특히 소외와 우울감은 타인의 세계로 진입하는 데 걸림돌이 될 수 있다. "에로스와 우울증은 대립적 관계에 있다. 에로스는 주체를 그 자신에게서 잡아채어 타자를 향해 내던진다. 반면 우울증은 주체를 자기 속으로 추락하게 만든다."[26] 우울증은 타자를 받아들이지 못하고 자기 자신의 병든 내면으로 침잠해 들어갈 때 생겨나는 질병이다. 이는 타인의 세계 속으로 들어가 때로는 타인과의 동일화 과정을 겪으며 하나가 되었다는 황홀을 느끼는 에로티시즘의 세계를 불가능하게 만드는 원인이 된다. 이상의 시에서 드러나는 자아의 문제는 고립된 우울을 넘어서서 분열의 상태까지 다다르게 된다.

이상의 작품에서 해체와 분열의 형상화는 작품에서 그로테스크 이미지로 그려진다. 그로테스크는 "유희적인 명랑함이나 자유로운 환상만을 뜻하는 것이 아니라 현실의 질서가 파괴된 세계와 대면할 때의 긴장감과 섬뜩함"[27]까지를 불러일으킨다. 이러한 그로테스크가 공포와 맞닿는 지점은 현실세계에 기대했던 모든 것들이 배반을 하며 균열을 일으

---

25 조르주 바타이유, 조한경 역, 『에로티즘』, 민음사, 1989, 32쪽.
26 한병철, 김태환 역, 『에로스의 종말』, 문학과지성사, 2015, 20쪽.
27 볼프강 카이저, 앞의 책, 45쪽.

키는 순간이다. 이질적인 것들이 하나로 결합하여 이 세계에 파문을 일으킬 때 '나'의 현실감각은 혼란에 휩싸이게 된다. 그로테스크가 이러한 혼란을 불러일으키는 이유는 "우리에게 친숙한, 고정된 질서에 따라 움직이던 세계가 여기서 무시무시한 힘에 의해 생경한 것으로 변하고 혼란에 휩싸이며 모든 질서 역시 무너져 버리기 때문"[28]이다.

빅토르 위고가 그로테스크의 특성을 "기형과 공포"[29]로 설명한 것도 이와 관련된다. 문학 작품에서 '기형'의 이미지는 현실세계의 비틀린 형태로 드러나고, '공포'는 불현 듯 느껴지는 현실세계의 낯설고 섬뜩한 감각을 자아내는 분위기로 드러난다. 대상의 왜곡과 변형으로 나타나는 기형화는 특히 신체에 적용될 때 우스꽝스러워지거나 추악해진다. 카를 로젠크란츠가 말하듯, "비대칭은 단순한 무형이 아니라 분명한 기형"[30]으로 볼 수 있으며 추를 불러일으키는 요인이 된다. 이상 시 역시 그로테스크한 미감을 자아내는 작품들은 비대칭적인 신체 이미지를 표면화하여 화자의 황폐하고 절망적인 내면을 드러내고 있음을 알 수 있다.

> 그사기컵은내骸骨과흡사하다. 내가그컵을손으로꼭쥐엿슬때내팔에서는 난데업는팔하나가接木처럼도치드니그팔에달린손은그사기컵을번적들어 마루바닥에메여부딧는다.
>
> —「烏瞰圖—詩第十一號」 부분

---

28 위의 책, 72쪽.
29 위의 책, 102쪽.
30 카를 로젠크란츠, 조경식 역, 『추의 미학』, 나남, 2008, 106쪽.

내팔이면도칼을 든채로끈어저떨어젓다. 자세히보면무엇에몹시 威脅당
하는것처럼샛팔앗타. 이럿케하야일허버린내두개팔을나는 燭臺세음으로
내 방안에裝飾하야노앗다.

-「烏瞰圖-詩第十三號」 부분

시「烏瞰圖-詩第十一號」에서 등장하는 '骸骨'과 '椄木'처럼 돋는
'팔'의 이미지는 공포의 정념과 기형의 이미지를 동시에 보여준다. 두
번째 시「烏瞰圖-詩第十三號」에서도 '면도칼', '威脅', "일허버린내두
개팔"과 같은 생존의 위태로움을 암시하는 시어들이 발견된다. 이러
한 시어들은 생기가 아닌 음침함과 섬뜩함을 텍스트에 부여한다. 비
정상적인 신체의 형상화는 정상적인 사회에 정착할 수 없는 존재를
부각시키는 역할을 한다. 화자의 기형적 신체는 화폐경제사회에서 노
동력을 제공할 수 없다는 점에서 세계와 이질적으로 충돌할 수밖에
없다. 또한 이 이질성이 화자의 내부에서도 발생한다는 점이 또 한
번의 섬뜩함을 만들어내는 요인이 된다.

시「烏瞰圖-詩第十三號」에서 "일허버린내두개팔"을 '燭臺세음'과 같
이 장식한다는 것은 신체의 기형적 결합으로부터 거리를 둘 수 있는
자아 분열로 인해 가능해진다. 이러한 분열은 시「烏瞰圖-詩第十一號」
에서 화자의 '骸骨'과 흡사한 '사기컵'을 또 다른 팔이 바닥에 내리치는
시적 전개로 나아가기도 한다. '팔'의 잉여는 '骸骨'의 해체를 만들어내
는데, 이러한 잉여와 결핍은 모두 세계의 중심에서 추방될 수밖에 없는
상황을 유발한다. 신체 중에서 특히 노동을 상징하는 '팔'이 비정상적
으로 늘어나면서 오히려 노동을 불가능하게 만드는 것이다.

세계로부터 고립된 자아는 분열을 통해 세계와 소통할 수 있는 통로를 차단하는 데까지 나아간다. 화자는 분열된 자아를 의식하면서 동시에 유희적 차원으로 진입한다.[31] 철저히 '나' 혼자서 행하는 에로틱한 놀이는 타인과는 공유하는 것이 가능하지 않다는 점에서 고립적이다. 시「烏瞰圖-詩第十三號」에서 잃어버린 두 팔을 촉대와 같이 장식하는 것 역시 그로테스크하며 자폐적인 유희라 볼 수 있다. 기형과 공포는 절망과 연관되지만 한편으로는 질서화된 이 세계의 한 축을 비틀 수 있는 가능성을 갖는다.

　이러한 기형적 이미지와 함께 주목해야 할 또 다른 시가 있다. 시「烏瞰圖-詩第一號」에서 보여주는 공포는 비대칭이 아니라 대칭의 지나친 강조에 의해 드러나고 있음을 주목할 필요가 있다. 비대칭이 정상 범주에서 벗어난 이질적이고 부조화한 감각을 불러일으킨다면 이는 그로테스크와 맞닿아 있다고 볼 수 있다. 그런데 질서와 통일을 목적으로 하는 대칭을 통해 공포를 유발하는 것은 분명 창작자의 의도를 다시금 살피게 되는 부분이라 할 수 있다. 신체 내부의 균열뿐

---

31 그로테스크하고 유희적인 놀이는 이상의 소설「날개」에도 등장하는데, '나'는 아내의 방에 몰래 들어가 아내의 이국적인 화장품 향을 맡거나 아내의 방을 이리저리 구경하면서 평소에 하지 못했던 놀이에 심취한다. 소설 속 장면 중 일부를 제시하면 다음과 같다. "나는 거울을내던지고 안해의 화장대앞으로 가까이가서 나란히 늘어놓은 고가지각색의화장품병들을 드려다본다. 고것들은 세상의 무엇보다도매력적이다. 나는 그중의하나만을골라서 가만히 마개를빼고 병ㅅ구녕을 내코에갖어다대이고 숨죽이듯이 가벼운호흡을 야븐다. 이국적인 쎈슈알한향기가 폐로숨여들면 나는 제절로 스르르 감기는 내눈을느낀다. 확실히 안해의체臭의 파편이다." 화자에게 아내의 '외출'은 곧 홀로 남겨지는 것, 세계와의 소통이 차단되는 것을 의미한다. 아이러니하게도 화자의 유희는 이때 가장 자유로워지는데, 이는 타인과의 소통에서 생겨나는 섹슈얼한 유희는 한계를 지니고 있거나 애초에 불가능함을 보여주는 부분이기도 하다.

아니라 세계 내의 균열자로 머물 수밖에 없는 존재의 절규를 보여주는 시가 바로「烏瞰圖-詩第一號」인 것이다.

十三人의兒孩가道路로疾走하오.
(길은막달은골목이適當하오.)

第一의兒孩가무섭다고그리오.
第二의兒孩도무섭다고그리오.
第三의兒孩도무섭다고그리오.
第四의兒孩도무섭다고그리오.
第五의兒孩도무섭다고그리오.
第六의兒孩도무섭다고그리오.
第七의兒孩도무섭다고그리오.
第八의兒孩도무섭다고그리오.
第九의兒孩도무섭다고그리오.
第十의兒孩도무섭다고그리오.
第十一의兒孩가무섭다고그리오.
第十二의兒孩도무섭다고그리오.
第十三의兒孩도무섭다고그리오.
十三人의兒孩는무서운兒孩와무서워하는兒孩와그렇게뿐이모였소.
(다른事情은없는것이차라리나았소)

그中에一人의兒孩가무서운兒孩라도좋소.
그中에二人의兒孩가무서운兒孩라도좋소.
그中에二人의兒孩가무서워하는兒孩라도좋소.
그中에一人의兒孩가무서워하는兒孩라도좋소.

(길은뚫린골목이라도適當하오.)
十三人의兒孩가道路로疾走하지아니하여도좋소.

-「烏瞰圖-詩第一號」[32] 전문

이 시에서 반복적으로 드러나는 구절의 기본형은 "第一의兒孩가무섭다고그리오."와 같다. '兒孩'의 숫자가 한 명씩 늘어날 뿐 문장은 변주되지 않은 채 반복된다. "그中에1人의兒孩가무서운兒孩라도좋소."와 같은 구절은 앞의 구절에 변화를 주기는 하지만 시 전체의 분위기가 반전되지는 않는다. 오히려 고장 난 라디오의 가라앉은 목소리가 끊임없이 이어지는 것처럼 무거운 분위기를 형성하는 데 일조한다.

---

32 세로쓰기로 되어 있는 이상의 시 가운데 유독 이 시를 원본의 형식으로 제시하는 이유는 시 전체의 형태를 보기 위함이다. 공포와 그로테스크를 전략적으로 그려낸 시인의 의도를 해석하기 위해 시 원본을 삽입하기로 한다.

이상의 시는 "리듬의 기능을 최소한으로 줄였거나 아니면 리듬 인
식 기능을 마비시키는 반복적인 단어의 출현으로써 어지러움을 수반
하는 부정적 방향에서 그 효과"[33]를 찾을 수 있다. 이상 시의 리듬은
일반적인 경우에서 벗어남으로써 독자의 기대를 배반한다. 시의 리듬
은 변화를 통해 메시지를 강조하기도 하고 시 전체에 활기를 불어넣
는 역할을 한다. 때로 리듬이 반복적으로 사용되는 경우도 있지만 이
는 시 전체에 안정감과 통일감을 부여하기 위한 작가의 의도라 볼 수
있다. 그런데 이상은 이 두 경우 모두에 속하지 않으면서 이질적인
감각세계를 새로이 생성한다. 동일한 구절의 반복은 양적으로 누적되
면서 해당 구절의 정서를 강화하게 된다. 또한 띄어쓰기를 배제하여
독자의 호흡을 답답하게 만드는 것 역시 이러한 양적 누적의 효과 중
하나라 할 수 있다.

시 전체를 이루는 '아해'의 '무섭다'는 발화와 같이 공포감을 일으키
는 언어의 되풀이는 의미상 축적되면서 섬뜩한 분위기를 형성하게 된
다. 숨이 막힐 정도로 극단적인 대칭 구조가 '무섭다'라는 공포와 만
났을 때 단호하고 변화가 없는 어조는 폭력이기까지 하다. 공포는 "위
협적이거나 위험한 대상 또는 상황에서 경험하는 두려움"[34]이다. 공
포는 인간을 한순간에 나약한 존재로 만들고 자기 자신의 신체적·정

---

33 서우석, 『시와 리듬』, 문학과지성사, 1981, 97쪽.
34 양돈규, 『심리학사전』, 박학사, 2013, 36쪽. '공포'에 대한 또 다른 정의를 살피면
   다음과 같다. "공포는 감응 능력이 직면한 극한의 추위이다. (…) 공포는 우리가 지는
   능력의 위축, 할 수 있는 것으로부터 철저히 분리된 상태이다. (…) 이 점에서 공포의
   정념은 가장 극단적인 수동성을 만든다." 진은영, 「코뮨주의와 유머」, 고병권 외 5인,
   『코뮨주의 선언』, 교양인, 2007, 303쪽.

신적 한계를 생생하게 체험하게 하는 정념이다. 이 시에서 구절의 반
복은 공포의 증폭을 만들어내고, 이를 가시적으로 형상화한 것이 바
로 점점 늘어나는 '아해'들의 숫자이다. 이상이 어린 아이를 뜻하는
'아해'를 시적 대상으로 선택한 것은 공포심에서 벗어날 힘을 갖추지
못한 채 수동적으로 도망칠 수밖에 없는 인간존재의 절망을 드러내기
위함일 것이다. 강압적인 리듬의 구성이 전체 시 형태에서 부조화를
일으키면서 그로테스크한 미감을 드러내는 데 결정적 역할을 하고 있
음을 알 수 있다.

이러한 공포는 리듬뿐 아니라 시의 형태적 측면으로부터도 생성된
다. 시「烏瞰圖-詩第一號」(《朝鮮中央日報》, 1934.7.24.)가 처음 발표되었
을 때의 형태를 주목할 필요가 있다. 이 시의 리듬이 공포를 유발한다
면, 이 시의 형태는 그러한 공포를 마치 형태시와 같이 가시화하고
있다. 극단적이고 과장된 리듬의 대칭을 시각적 이미지로 드러내는
이 시의 형태는 여러 가지 이미지를 유추할 수 있게 한다. 李箱이라는
필명에서 쓰인 상자 상(箱)은 각이 진 네모의 세계, 갇힌 세계를 연상시
키면서 딱딱하게 굳은 벽과 그 내부의 자아를 떠올리게 한다. 이름과
관련지었을 때 이 시의 공간은 거대한 상자로 이루어진 세계이며, 공포
에 사로잡힌 자아를 억압하는 부정적 역할을 하고 있다고 볼 수 있다.

형태에 대한 또 다른 해석으로 이 시의 내용에 즉했을 때, 도망칠
틈이 없이 답답하게 막혀 있는 '골목'을 떠올릴 수 있다. 이 "막달은골
목"은 시의 마지막 연에서 "뚫린골목"으로 변모하며 공간의 확장을 보
여주지만, 경계가 없는 열린 공간은 한편으로 거대하게 폐쇄된 공간
과 다르지 않음을 이 시의 형태가 압도적으로 일깨워준다. '아해'들은

단단하게 봉쇄된 공간에서 공포를 느낄 뿐 아니라 무제한적인 공간에서 역시 공포를 느끼게 되는 것이다. 이들은 어디로도 도망치는 것이 불가능하며 따라서 갈 곳을 잃은 존재들이다.

이상은 이 시를 통해 희망 없는 세계, 돌파구를 찾은 후에도 또 다시 고개를 쳐드는 절망을 보여준다. 인간의 삶은 끝없는 절망 속에서 자기 자신을 짓누르는 무거운 무게를 감당하면서 살 수밖에 없음을 아해들의 질주에서 깨달을 수 있는 것이다. "그로테스크를 대하는 관찰자의 내부에는 여러 가지 모순적인 감정들이 깨어난다. 가령 기형적인 형태에 대한 조소와 더불어 보기에도 섬뜩하고 괴이한 요소에 대한 혐오감 역시 일렁이"[35]지만, 이러한 모순들이 서로 충돌하고 흡수되는 것이 바로 삶에서 죽음으로 이행하는 과정이기도 하다. 인간 존재의 심오한 고뇌와 진지함은 이 시의 그로테스크를 가치 있고 유의미하게 만든다. 또한 이러한 그로테스크 기법은 필연적으로 에로티즘의 세계를 형성할 수 없는 자아의 병든 내면을 보여주기 위해 사용된다는 점에서 면밀히 살펴야 하는 부분인 것이다.

4. '정조'의 윤리와 아내의 간음

건강 악화와 생산력의 부재가 불가분의 관계라 할 때, 이상은 가족의 부양에 실패하는 것에서 더 나아가 후손을 낳는 장자의 역할까지

---

35 볼프강 카이저, 위의 책, 61쪽.

를 실패하고 만다. 이러한 상황은 그의 작품에 자세하게 제시된다. 시 「肉親의章」에는 어머니를 향한 애잔한 마음과 장자로서 집안의 후손을 만들고자 하는 화자의 마음이 드러나 있다. 전근대의 이데올로기에서 벗어나고자 했지만 다시 가족에게로 발길을 돌릴 수밖에 없었던 까닭이 이 시에 나타난다.

> 三人은서로들아알지못하는兄弟의幻影을그려보았다. 이만큼이나컸지－하고形容하는어머니의팔목과주먹은瘦瘠하여있다. 두번씩이나喀血을한내가冷淸을極하고있는家族을爲하여빨리안해를맞어야겠다고焦燥하는마음이었다. 나는24歲 나도어머니가나를낳으드키무엇인가를낳어야겠다고생각하는것이었다.
>
> －「肉親의章」 부분

가족을 위해 아내를 맞이해야겠다고 다짐하는 것은 전근대 이데올로기의 영향이며 이 역시 장자의식과 연관된다고 할 수 있다. 화자의 객혈은 가족 구성원을 늘려보고자 하는 욕망과 충돌하게 된다. 아내를 맞이하여 어머니가 '나'를 낳은 것처럼 화자 역시 무엇인가를 낳고자 하는 것은 죽음이 아닌 생존 욕망과 관련된다. 어머니의 수척한 팔목과 주먹은 가족의 가난과 병약함을 암시한다. 이로부터 벗어나기 위한 화자의 다짐과 소망이 '아내'와 '자식'이라는 존재와 같다면, 아내와 자식은 화자의 가족에게 새로운 생기를 불어넣을 수 있는 긍정적 존재로 이해된다. 이러한 화자의 소망은 아내의 간음과 외도, 매춘 행위로 인해 불가능하게 된다. 객혈로 드러나는 화자의 병든 몸만큼이나 아내의 간음은 가족 구성원의 균형을 불안하게 만드는 계기로

작용하는 것이다. 이를 전근대 이데올로기 내에서 이해해본다면, 장
자로서 화자의 역할은 실패했다고 볼 수 있다.

　이상의 작품에서 '아내'는 화자의 번민을 불러일으키는 존재로 그
려진다. 작품 속 여성은 주로 화자의 곁을 떠났거나 아니면 언제라도
떠날 준비가 되어 있는 것처럼 화자의 불안증을 야기한다. 여성이 외
출을 하는 이유는 주로 매춘 행위와 연관되어 있다. 때문에 화자는
'간음'과 '정조'라는 양극단의 상황 사이에 놓여 고뇌하는 모습을 보인
다. 화자는 여성과의 관계를 완전히 끊어내지 못한 채 여성을 향한
정신적 갈등과 애증의 감정을 표출한다. 수필 「十九世紀式」에는 이러
한 화자의 복잡한 심경이 상세하게 드러난다.

　　내가 이 世紀에 容納되지 않는 最後의 한꺼풀 幕이 있다면 그것은 오직
『간음한 아내는 내어쫓으라』는 鐵則에서 永遠히 헤어나지 못하는 내 곰
팡내 나는 道德性이다.
-「十九世紀式-貞操」 부분

　　간음한 계집이면 나는 언제든지 곧 버린다. 다만 내가 한참 망서려가며
생각한 것은 아내의 한 짓이 간음인가 아닌가 그것을 判定하는 것이었다.
不幸히도 結論은 늘 『간음이다』였다. 나는 곧 아내를 버렸다. 그러나 내가
아내를 몹씨 사랑하는 동안 나는 우습게도 아내를 辯護하기 까지 하였다.
'될수 있으면 그것이 간음은 아니라는 結論이 나도록' 나는 나自身의 峻嚴
앞에 哀乞하기 까지 하였다.
-「十九世紀式-理由」 부분

　　내게서 버림을 받은 계집이 賣春婦가 되었을 때 나는 차라리 그 계집에
　　게 銀貨를 支拂하고 다시 賣春할망정 간음한 계집을 용서하지도 버리지도
　　않는 殘忍한 惡德은 犯하지 말어야 한다고 나는 나 自身에게 타일른다.
　　　　　　　　　　　　　　　　　　　　　　　　　－「十九世紀式－惡德」 부분

　화자의 고통은 외도한 아내를 버리는 행위 자체보다도 외도한 아내
를 용서할 수 있을 만한 정당성을 스스로 확보하는 가운데 발생된다.
화자는 마치 법정 속 판사처럼 아내의 행동이 죄를 물을 수 있는 범위
내에 있는 것인지 가늠하고 판정을 내린다. 화자가 스스로 고백하듯,
간음한 아내를 내쫓으라는 철칙에서 벗어나지 못하는 것은 화자의
'곰팡내 나는 도덕성' 때문이다. 이 수필에서 간음한 '아내'는 화자로
하여금 '정조' 문제를 제기하게 만드는데, 이 정조 문제는 화자 자신
을 존립하게 했던 엄정한 '峻嚴'에 대고 애걸하게 만들 만큼 복잡한
감정을 내포한다. 한 번의 간음이 다음 간음으로 이어지게 되는 상황
이 화자의 머릿속에서 상당히 인과적으로 펼쳐지면서, 간음한 '아내'
와 매춘을 하는 '계집' 사이에서 정조 문제는 지속적으로 강화된다.
화자에게 버림받아 매춘부가 된 '계집'에게 돈을 지불하고 매춘을 하
겠다는 파격적인 고백은 오히려 '간음'과 '용서' 사이에 끼어 있는 화
자의 혼란스러운 상태를 확연하게 보여주는 부분이다. 이는 자기 자
신을 속이면서까지 아내가 지은 간음의 죄를 용서하거나 최대한 가볍
게 만들고자 했던 과정과 극단에 놓인다고 할 수 있다.
　화자는 십구세기의 도덕성으로부터 벗어나기 위한 방편으로 아내의
정조 문제를 제시한다. 이는 화자를 억누르는 십구세기식 사고의 중심

에 아내(여성)가 있음을 보여주는 방증이 될 수 있다. 간음한 아내를 용서할 수도 없고 완전히 묵인할 수도 없는 틈새에 화자가 끼어있는 것이다. 가족을 위해 아내를 맞이하겠다는 화자의 소망은 윤리를 저버린 아내의 간음 앞에 좌절된다. 화자가 자신의 전근대적 이데올로기의 실체를 확인할 수 있게 하는 것이 바로 정조 관념이라 할 수 있다.

이상이 매춘 문제를 전면에 내세울 수 있었던 것은 당시에 이미 성의 타락과 왜곡이 사회의 문제적 현상으로 제기되고 있었기 때문일 것이다. 소래섭에 따르면 '에로'라는 단어가 활발하게 사용되기 시작했던 때는 1930년대이다. 그 이전인 1920년대 후반에는 "'환각적, 말초적, 향락적, 유혹적, 도발적'이라는 말이 주로 쓰였다"[36]는 것을 알 수 있다. 경성에 카페 문화가 확산되고 정착하면서 카페 여급에 대한 관심도 높아지게 된다. 카페 여급은 일반 여성이 벌어들이는 수입보다 훨씬 많은 액수의 돈을 벌 수 있었다. 물론 많은 액수의 월급만큼 카페 여급을 향한 성적 시선과 성적 서비스의 요구 등이 문제시되기도 하였다. 조선에 화폐를 매개로 한 근대적 개념의 매춘이 등장하기 시작한 때도 이 시기였다.

여성의 간음이 정조관념을 불러들인다면, 돈을 매개로 한 타락한 연애는 사랑의 윤리의식을 불러들이게 된다. 경성 거리의 싸늘한 추위는 근대 사회에 편입된 근대인들에 의해 조성된다. 사랑의 문제에 화폐가 개입되는 것은 관계의 비인간성이 심화되는 현상과 밀접하게 연관된다. 이상이 보여주는 자유연애는 비윤리적인 방식으로 행해지

---

36 소래섭, 『에로 그로 넌센스』, 살림, 2005, 36쪽.

면서 정상적인 남녀의 결합에서 멀어진다.

> 勿論 仙이는 내 仙이 가 아니다. 아닐뿐만 아니라 XX를 사랑하고 그다음 X를 사랑하고 그다음 …….
> 그다음에 지금 나를 사랑한다. 는 체 하야보고 있는 모양같다. 그런데 나는 仙이만을사랑한다. 그러니까 우리는 –
>
> – 「幸福」 부분

위 수필의 '나'는 사랑하는 여성을 떠올리며 자신이 그녀의 몇 번째 남자인지를 셈하면서 초라함을 느낀다. '선'은 현재 '나'와의 만남을 지속하고 있지만, '나'는 여성의 애정을 불신한다. 이처럼 이상의 작품 속에서 사랑은 늘 어긋나거나 서로를 속이는 형태로 그려진다. 화자는 머릿속으로 여성의 부정(不貞)을 떠올리면서 죄를 판가름하고 그에 합당한 처벌을 상상한다. 화자는 매춘 행위를 일부분 묵인하면서도 결국에는 상대의 부정을 은밀하게 노출시키는 단계로 나아가는데, 이로부터 화자의 의식 내부에 윤리와 정조의 문제가 해소되거나 무화되지 않았음을 알 수 있다.

이상 시의 여성은 화자가 끝내 끊어내지 못한 애증의 대상이다. 특히 이들이 사랑의 감정을 공유하는 관계라고 했을 때, 화자에게 감지되는 여성의 존재감은 압도적이었을 것이다. 화자가 만나는 가장 밀접한 외부 세계는 바로 아내인 여성이다. 여성과의 관계가 지속적으로 실패하는 것은 화자와 외부 세계의 소통이 실패한다는 의미와도 같다. 이상의 시 전반에는 이러한 기아 의식과 고아 의식 그리고 불안과 공포의 정념이 스며들어 있다. 화자의 복합적인 내면 상태는 여성과의 관계를 이어나가는 대응 방식에서 확연하게 드러난다.

> 그의 아내가 한 번도 그를 사랑한 적이 없다는 것을 눈치채지 못하고
> 있는 그였다. 그는 고상한 국화꽃처럼 나날이 누더기가 되어 갔다. 아내
> 는 그를 버렸다. 아내의 행방은 불명이다.
> 　그는 아내의 신발을 들여다봤다. 공복(空腹)-절망적인 공허가 그를 조
> 소하는 듯했다. 초조하다.
> 　그 다음에는 무엇이 왔는가.
> 　적빈
>
> 　　　　　　　　　　　　　　　　　　-「恐怖의 記錄 서장」 부분

　수필 속에서 아내는 화자를 두고 가출한 여인으로 등장하고, 아내
의 부재는 '나'에게 감당할 수 없을 정도의 공복으로 형상화된다. 이
때의 '공복'은 신체의 허약하고 피폐한 상태를 드러냄과 동시에 정신
적 공허를 나타내는 단어이다. 아내의 외도와 매춘 행위로 인해 화자
는 버림받았다는 절망감에 빠진다. 아내와 자기 자신을 향한 상념에
빠져 과거의 일을 곱씹거나 비현실적인 환상적 세계를 형상화하는 것
은 이상 작품 속 화자의 특징이기도 하다. 이러한 과정에서 화자는
자신의 신체를 해체하거나 새로 접합하는 등의 이미지와 함께 자아
분열의 현상을 보이기도 한다.

　이상이 보여주는 기아 의식과 고아 의식은 그의 존재론적인 문제와
맞물리면서 어떠한 대상과도 안정적인 관계를 맺을 수 없음을 확연하
게 드러내주는 결정적 역할을 한다. 이상 시의 에로티즘적 세계가 지
속적으로 허물어지는 현상을 보이는 것은 세계와 소통하고자 했던 화

자의 노력이 좌절되고 있음을 의미한다고 할 수 있다. 화자는 자신을 떠나버릴지도 모르는 여성을 붙잡으면서 사랑과 불안의 정념을 동시에 붙잡는 위태로운 행위를 끝내지 않는다. 공포의 거리에서 벗어날 수 없는 아해들처럼, 화자 역시 절망을 주는 에로티즘의 세계 속에서 빠져나오지 못한다. 마치 화자를 감싸는 세계의 몸통이 고독 자체인 것처럼 말이다.

◆ 제3장 ◆

성적 주체와 대상의 병적 욕망

1. 병든 몸의 쇄신과 '생식' 욕망의 주체

몸과 관련된 시편들에서 흔히 발견되는 초현실적인 이미지는 근대 사회의 병적인 단면과 함께 이해될 때, 지식인으로서의 '나'의 좌절과 비판의식까지를 도출해낼 수 있게 된다. 전근대-근대 사회의 과도기에서 모더니티의 병적 징후를 감지한 대상들의 모습은 '병든 몸', '무기력한 몸'으로 드러나는 것이다. 이처럼 이상 시 텍스트에 나타난 몸이미지 연구는 주로 그로테스크한 몸 이미지와 병든 근대 사회의 한 단면을 아울러 다룸으로써 모더니스트의 침잠된 내면의식을 밝히는 방식으로 진행되었다.

본고는 이러한 선행연구에서 한 걸음 더 나아가, 그로테스크한 몸 이미지가 결국 화자의 자기보존 욕망과 연결되면서 고통의 승화 과정까지 드러낸다는 지점에 주목하고자 한다. 이는 유기적 몸에 대한 희구 욕망과 관련되며 결국 화자의 자기보존 욕망으로 이어지는 중요한

부분이라 할 수 있다. 본고는 극단적으로 해체되면서 그로테스크한
미감을 발생시키는 몸 이미지를 시인의 죽음의식으로 한정하여 해석
하지 않고, 신체적 고통 속에서 더욱 강렬해지는 화자의 생존 욕망을
전면적으로 다루고자 한다.

　본고는 이상 시에 형상화된 몸 이미지 중 '피'와 '얼굴(수염)' 그리고
'두개골'을 핵심어로 선별하였다.[1] '각혈'로 드러나는 '피'의 속성과
'두개골'로 드러나는 '뼈'의 속성은 액체와 고체라는 점에서 대립적으
로 인식된다. 화자는 신체의 절단·변형의 과정을 거치면서 '피'와 '뼈'
라는 인체의 가장 본질적 속성으로 파고든다. 표정을 지닌 '얼굴' 역
시 부패되거나 변형된다는 점에서 '피'와 같은 불안정한 면을 지니면
서 단단한 '뼈'와 대응되는 모습을 보인다.

　본고는 이상 시에 드러난 육체 쇄신의 상상 구도를 통해 절망적인
상황을 벗어나고자 치열하게 사투했던 이상의 생존 욕망을 밝히고자
한다. 이는 '피'-'얼굴'-'두개골'의 이미지가 어떠한 방식으로 의미의

1　이만식은 이상 시에 나타난 어휘를 빈도수로 정리하여 네트워크화 한다. 그에 따르
　면, 신체 어휘의 절대 빈도(실제 빈도)는 눈(39), 얼굴(38), 발(18), 피(16), 몸(15),
　피부·발(14), 땀·골편(11)과 같이 나타난다. (괄호 속 숫자는 작품에 나타난 빈도수
　이다.) 이만식, 「이상 시의 어휘 사용 양상과 공기관계 네트워크 연구」, 건국대학교
　박사학위논문, 2013, 122쪽 참조. 젊은 나이에 요절하여 결코 다작이라 할 수 없는
　작품 수를 염두에 둔다면, 이상에게 정신적 차원의 문제만큼이나 몸의 문제가 절실하
　였다는 것을 다시금 인식할 필요가 있다. 물론, 본고는 정신과 육체를 이분법으로
　나누어 이상의 시 작품을 바라보고자 하는 것이 아니며, 즉자적으로 다가온 죽음의
　공포를 몸의 변형과 해체로 이겨내고자 했던 이상의 의지를 밝히는 데 목표를 둔다.
　특히, 이상 시에 전면으로 드러나는 몸 이미지 중 화자의 공포심과 그에 대한 승화
　과정을 보여주는 '피', '얼굴', '두개골' 이미지를 선별하여 구체적 작품 해석과 함께
　이를 보여주고자 한다.

유기성을 획득하면서 화자의 몸 이미지를 구축하는지를 보여주기 위함이다. 즉, 삶에의 의지를 고통의 과정 속에서 드러낸 이상의 시 작품을 또 다른 시각으로 해석하기 위한 시도라 할 수 있다.

본고는 이상이 그려내는 변형된 몸 이미지를 죽음의식의 표출로 제한하여 해석하지 않는다. 각 신체 기관의 결합/거세는 그로테스크한 이미지를 만들어내면서 병든 육체를 그려내는 데 일조한다. 그렇지만 이 정념이 곧 화자의 죽음욕망과 이어진다는 도식은 이상의 사유구조를 단순화시킬 수 있다는 위험성을 내포하기도 한다. 미하일 바흐찐은 그로테스크한 몸과 "생성(生成)하는 몸"[2]을 동일한 차원에서 이해한다.

> (그로테스크한 몸은) 언제나 세워지고 만들어지며, 스스로 다른 몸을 세우고 만드는 것이다. 게다가 이러한 몸은 세계를 삼키고 스스로 세계에서 삼켜 먹힌다. (⋯) 이 모든 육체적 드라마의 사건들 속에서 삶의 시작과 끝은 밀접하게 얽혀 있게 된다. (⋯) 육체적 삶의 끊임없는 연결고리 속에서 그로테스크 이미지들이 주의를 집중하는 부분은 한 고리가 연속적으로 다른 고리와 연결되는 부분, 다른 늙은 몸의 삶에서 새로운 몸의 생이 태어나는 부분이다.[3]

불구의 몸 이미지를 만들어내는 과정이 바로 "생성하는 몸"으로 회귀하고자 하는 인간의 부단한 시도라는 바흐찐의 말은 이상의 육체 쇄신 욕망과 함께 이해될 수 있다. 이상이 그려내는 '피'-'얼굴'-'두

---

2 미하일 바흐찐, 이덕형·최건영 역, 『프랑수아 라블레의 작품과 중세 및 르네상스의 민중문화』, 아카넷, 2001, 493쪽.
3 위의 책, 493~494쪽.

개골'의 상상 구도는 순환이 불가능한 육체를 정화하여, 생식과 배설
이라는 인간의 원초적 욕구를 충족시키고자 하는 본능에서 출발한다.
특히, 신체의 기본 질료라 할 수 있는 '피'는 화자의 몸을 지속적으로
병들게 한다는 점에서 육체 쇄신 욕망의 중요한 축으로 꼽을 수 있으
며, "기쁨, 슬픔, 분노 등 순식간에 일어나는 마음의 변화까지도 정확
하게 드러내"[4]는 '얼굴'은 몸의 정념을 나타낸다는 점에서 변화하고
이동하는 화자의 상태를 고스란히 보여주는 특징을 지닌다.

불구의 몸을 그로테스크하게 그려낼 수밖에 없는 비극적 상황에서
몸을 쇄신하고자 하는 이상의 욕망은 곧 불변하는 '두개골' 이미지를
호출하기에 이르고, 그는 '두개골'과 환유 관계를 맺는 '사유하는' 몸
의 세계를 지향하면서 절망감을 극복하고자 한다. 이처럼 '피'-'얼
굴'-'두개골'의 구도는 죽음의 공포에 사로잡힌 몸을 새롭게 재생시
키고자 하는 이상의 쇄신 욕망과 지향점을 밝힐 수 있는 주된 신체
이미지라 할 수 있다.

1) 욕망의 방해물로서 '악령' 들린 '피'

이상 시에서 고통의 원천이 되는 몸의 질료는 바로 '피'이다. 병든
피는 신체 내부를 떠돌면서 병든 몸을 만들어낸다. 고대 시대부터
'피'는 "그 자체로서 제의의 생명력의 상징이며, 여러 문화에서 흔히
신적인 에너지의 일부를 보유하거나 개별 생물의 영혼을 보유하는
것"[5]으로 믿어졌다. 또한, "『구약성경』의 '레위기'에서는 피를 "모든

---

4 샤오춘레이, 유소영 역, 『욕망과 지혜의 문화사전 몸』, 푸른숲, 2006, 57쪽.

생물의 생명" "⁶이라고 보았다. 정상적인 피의 순환은 인체의 생명성
과 연관된다. 즉, 피의 과잉이나 부족, 비정상적인 순환을 인간의 죽
음과 직접적으로 관련지을 수 있는 것이다.

　이상의 시에서 피와 관련된 소재를 빈번하게 발견할 수 있는 까닭
을 결핵과 연관 지을 수 있다. 이상의 작품 내 화자는 결핵에 의해
고통 받는 존재로 그려진다. 결핵이라는 질병은 몸 밖으로 배출되는
혈액에 의해 가시화된다. 이상에게 피는 생명성이 아닌, 인간의 비생
명성을 유도하는 인체 질료이다. 이로써 피는 화자의 죽음을 앞당기
는 실체로 변모하게 된다. 병든 피를 모조리 뽑는 행위는 곧 죽음을
의미하지만, 질병 자체인 피를 안고 지속적인 고통으로 괴로워할 수
밖에 없는 비극적 상황도 죽음과 다르지 않다. 이상은 특정한 모양을
지니지 않은 채 끊임없이 이동하는 액체의 불안정한 성질을 '병든 피'
이미지로 그려낸다.

　　죽고십흔마음이칼을찻는다. 칼은날이접혀서펴지지안으니날을怒號하는
　　焦燥가絕壁에끈치려든다. 억찌로이것을안에떼밀어노코또懇曲히참으면어느
　　결에날이어드릴건드렷나보다. 內出血이뻑뻑해온다. 그러나皮膚에傷차기
　　를어들길이업스니惡靈나갈門이업다. 가친自殊로하야體重은점점무겁다.
　　　　　　　　　　　　　　　　　　　　　　　　-「危篤-沈歿」 전문

　몸의 고통을 느끼는 화자는 '죽고십흔마음'을 품게 되고, 이 고통의

5 잭 트레시더, 김병화 역, 『상징 이야기』, 도솔출판사, 2007, 27쪽.
6 구리야마 시게히사, 정우진·권상옥 역, 『몸의 노래』, 이음, 2013, 199쪽.

감각을 지워버리고자 '칼'을 몸 안에 밀어 넣는다. 이러한 행위는 죽음 자체의 욕망이 아니라, 죽음의 상태까지 다다른 몸이 다시 한 번 태어나는 '재탄생의 욕망'에서 기인된 것이다.

이 시의 제목이기도 한 '침몰(沈歿)'은 바로 '내출혈(內出血)'의 '홍수(洪水)'에 의한 것으로 화자의 몸은 고통의 하중을 견디지 못하고 점차 가라앉게 된다. 이를 유발하는 원인은 바로 '악령(惡靈)'이자 부패한 혈액이다. 화자가 자신의 몸에 억지로 '칼'을 떠밀어 넣는 이유는 자기 파괴나 죽음충동이 아닌, 고통의 과정을 거쳐서라도 "악령(惡靈)나갈 문(門)"을 만들고자 하는 데 있다. '칼'이 "피부(皮膚)에 상(傷)차기"를 내면서 극도의 고통을 준다 해도, 화자는 '악령'과 같이 병든 피를 몸 밖으로 내보내 자신의 몸을 새롭게 변모시키고자 하는 것이다. 애초에 육체성에 얽힌 몸의 세계는 정체를 알 수 없는 '악령'과 싸울 방법을 찾지 못한다. '악령'은 실체 없이 떠도는 액체와 동일한 속성을 지니고 있기에, 화자의 몸은 구원과 멀어지게 된다. 각혈에 대한 공포의 하중("體重은점점무겁다.")은 '악령'에 의한 것으로, 이 시에서 공포의 원인이 되는 '악령'과 질병에 사로잡힌 '나'는 대립적으로 그려진다.

'칼'이 쇄신의 도구라면, 피를 내보내고자 하는 화자의 시도는 쇄신 욕망과 같다. 상처를 내어 피를 뽑고자 하는 행위는 정체된 피를 내보내 새로운 피를 생성하게 만드는 사혈의 치료 장면을 연상시킨다. 몸의 불균형을 바로잡고자 하는 사혈 행위는 혈액의 순환을 돕기 위한 일차원적인 치유 행위라 할 수 있다.[7] 그러나 펴지지 않는 칼날로 인

---

7 19세기까지 사혈은 인류의 가장 보편적인 치료 과정이었다. "사혈과 관장은 병의 종류와 환자의 나이를 가리지 않고 시행되었다. 질병은 외부에서 온 것이기 때문에 내부의

해, 악령에 시달리는 피는 화자의 몸을 빠져나갈 '상차기'를 낼 수가
없다. '악령'과도 같은 혈액이 몸의 일부라는 사실을 상기한다면, 화
자의 자해 행위는 결국 '악령'과의 싸움이자 새로운 몸에 대한 갈구의
표현이라 볼 수 있다.

시「破帖」중 "건너다보히는二層에서大陸게집들창을닫어버린다 달
기前에 춤을배앝었다 마치 내게射擊하듯이……"와 같은 구절을 보
자. 타인에게 침을 뱉는 행위는 상대를 조롱하거나 멸시하기 위한 의
도에서 비롯된 표현 방식 중 하나라 할 수 있다. 타인이 행하는 '사격
(射擊)'의 목표물이 빈번하게 피를 토하면서 쇠약해진 '나'라고 할 때,
체액을 '뱉는다'는 행위는 불쾌의 정념과 연동되면서 각혈이라는 질
병을 연상시키게 한다. 뱉어지는 대상이 혈액이 아닌 "침"일지라도
이는 "사격"이라는 폭력적 속성과 어우러져 또 다른 층위를 생성해내
게 된다. 일반적으로 '사격'은 총을 쏘는 행위를 뜻한다. 즉, '나'를
향해 침을 뱉는 행위는 사격과 동일하며, '침'은 총탄과 같은 역할을
하는 것이다. 화자는 체액을 무기로 인식할 만큼 몸의 위기를 경험하
고 있다.

이때, 불안정한 액체를 향한 화자의 공포는 '피'의 변용인 '잉크'에도
그대로 적용된다. "나는문어지느라고기침을떨어트린다. 우슴소리가
요란하게나드니自嘲하는表情우에毒한잉크가끼언친다. 기침은思念우
에그냥주저앉어서떠든다. 기가탁막힌다."(「易斷-行路」)와 같은 구절에
서 화자는 인생의 행로를 위태롭게 걷는 병자로 설정되어 있다. 화자의

불순물을 씻어 내면 그 병을 몰아낼 수 있다고 생각했기 때문이다." 자크 르 고프·
장 샤를 수르니아 편, 장석훈 역, 『고통 받는 몸의 역사』, 지호, 2000, 199쪽.

길을 채우는 것의 정체는 바로 '기침'이다. 자신의 경로 위에 스스로 무너질 수밖에 없는 화자에게 '기침소리'는 곧 끔찍한 '웃음소리'와 동일하게 여겨진다.

이때 '자조(自嘲)하는 표정(表情)'은 고통에 일그러진 표정과 다르지 않다. 피를 토하는 객혈과 기침의 행위는 단순히 몸의 일부(호흡 기관)의 문제로 제한되지 않는다. 예를 들어, "내가 다른 사람과 악수를 할 때 내 몸 전체가 악수하는 손으로 끌려들어가 감기고 그 손을 정점으로 해서 상황적인 몸의 공간성이 표출"[8]된다는 메를로 퐁티의 논의가 이와 관련된다. 세계와 몸이 서로 관계 맺는 특정한 상황에서 일부 신체 기관의 대응 방식은 곧 몸 전체로 '스며들어' 간다. 화자가 힘겹게 뱉은 기침의 흔적은 화자의 몸 전체와 연동되면서, 몸과 기침이 동시에 철로 위에 떨어지는 현상이 발생하는 것이다. 이는 존재의 추락과 다르지 않다.

이처럼 "기가탁막"히는 상황에서 화자의 경로에 연달아 끼얹혀진 것은 바로 독을 품고 있는 '잉크'이다. 1930년대에 '잉크'란 지식인의 전유물이자 작가의 상징으로 해석된다. 이 시에서 '독한 잉크'='병든 피'와 같은 도식이 성립한다면, 잉크와 환유 관계를 맺는 '작가'=객혈하는 '나'라는 도식도 가능하게 된다. 이처럼 「易斷-行路」는 '잉크'와 '피'를 동일선상에 놓음으로써, 작가로서의 위기의식까지를 그려내고 있다. 화자의 병든 피는 그 자체로 '나'의 몸 전체로 인식된다.

시 「街衢의추위」의 "보라! 네온사인들저렇게가만-히있는것같어보

---

8 조광제, 「몸 자신의 공간성과 몸 자신의 운동성」, 『몸과 세계, 세계의 몸-메를로-퐁티의 『지각의 현상학』에 대한 강해』, 이학사, 2004, 144쪽.

여도其實은不斷히네온가스가흐르고있는게란다./-肺病쟁이가쌕스폰을
불었드니危險한血液이檢溫計와같이/-其實은不斷히壽命이흐르고있는게란다"
와 같은 구절을 보자. '쌕스폰'은 금속 악기의 냉기를 떠올리게 하는
동시에 신체 호흡기관의 형태를 연상케 한다. '폐병쟁이'가 '쌕스폰'
을 부는 행위는 생존을 위해 숨을 들이마시고 내쉬는 호흡 과정과 닮
아 있다. "네온사인은쌕스폰과같이瘦瘠하여있다."에서처럼, '네온사
인'과 '쌕스폰'이 동일선상에 놓여 있다면, 각각의 내부에서 흐르고
있는 '네온가스'와 '정맥(靜脈)'과 '동맥(動脈)' 역시 동일한 의미로 읽을
수 있다.

　이때 공간 내부에는 '危險한 血液'이 흐르고 있다. 형용사 '위험하다'
는 몸과 관련되어 쓰일 때 늘 '위독'의 의미를 내포하게 된다. '폐병쟁
이'의 위독한 몸에는 '부단히' 네온가스와 '수명'이 흐르고 있다. 이
시에서 몸은 '가구(街衢)' → '실내(室內)' → '네온사인' · '쌕스폰' → '정맥'
과 '동맥' → '수명(壽命)'의 순으로 이미지화 되어 있다. 이는 '폐병쟁이'
의 수명을 좌우하는 정체를 추적해 나가는 과정과 같다.

　몸의 각 부분이 불가분의 관계를 이루면서 하나의 통일된 신체 도
식을 만드는 것처럼, '폐병쟁이'와 병든 몸, 위험한 혈액은 각각 분열
되지 못한다는 점에서 운명공동체라 칭할 수 있다. 이 시에서 병든
피의 쇄신 욕망과 삶에의 의지는 "不斷히壽命이흐르고" 있다는 진술
에서 전면화 된다. 이러한 고백으로부터 화자의 "생명을 향한 간절한
욕망"[9]을 발견할 수 있다. 병든 피가 온몸을 도는 것처럼 수명 역시

---

9 조해옥, 『이상 시의 근대성 연구 : 육체의식을 중심으로』, 소명출판, 2001, 91쪽.

온몸에 흘러 화자를 생존케 한다. 이러한 이중 구조로부터 죽음을 향한 화자의 저항을 발견할 수 있는 것이다. 이렇듯 몸의 생존 욕구는 '나'의 '피'를 새롭게 바꾸고자 하는 쇄신 욕망을 불러일으킨다.

2) 남성성의 거세로서 '수염'

피부를 방어하기 위해 생산되는 털은 피부의 또 다른 형태일 뿐 아니라 미적인 장식의 의미에서도 가치를 갖는다. 털은 인체의 부위에 따라 각각 다른 상징적 의미를 지니게 된다. 그 중 '수염'은 남성의 얼굴 표피에서 자라는 털로, 특히 남성에게 특별한 의미를 갖는다. 수염은 2차 성징 이후 외부로 드러나는 남성성의 직접적인 표출이다. 고대부터 시작된 남성 상징에서도 수염은 "위엄과 패권, 정력, 지혜를 나타낸다. 도상학에서 남성 신들은 대개 수염을 기른 모습이며, 이집트에서는 수염이 나지 않은 왕 – 여왕도 마찬가지 – 은 가짜 수염을 달아 지위를 표시"했다. 상징적으로 남성적 에너지의 충만함과 생명력을 드러내는 것 중 하나로 수염을 꼽을 수 있는 것이다. 수염은 신체를 보호한다는 '털'의 일차적 기능과 더불어 남성성을 외부로 표출하는 역할까지 한다.

수염은 피부의 모낭에서 자라나는 것이지만 겉에서 봤을 때는 마치 식물(풀)이 뿌리를 내리고 있는 것처럼 보이는데, 이상 역시 이와 유사한 상상력을 시로 옮긴다. 시 「수염」은 "눈이存在하여있지아니하면 아니될處所는森林인웃음이存在하여있었다", "홍당무" 등과 같이 수염을 이상만의 특수한 기호로 풀어낸 시이다.[10] 이 시에서 '수염'은 식

물의 속성을 지니고 있다. 눈의 자리에 눈썹으로 해석되는 '森林'이
있다거나, 흙에 뿌리를 내리고 위로는 이파리가 자라나는 '홍당무'의
형상이 그것이다. 장르를 넘나드는 이상의 작품에는 '수염'의 모티프
가 빈번하게 등장한다. 수염을 피부의 연장으로 볼 수 있다면, 이 수
염에 대한 상상력은 그 밑바탕인 피부를 염두에 두고 이해되어야 한
다. 특히 죽음의 공포에 민감하게 반응했던 이상은 '수염'과 '생식'을
연결 지으면서 에로티시즘의 한계를 보여준다.

> 찌저진壁紙에죽어가는나비를본다. 그것은幽界에絡繹되는秘密한通話口
> 다. 어느날거울가운데의鬚髯에죽어가는나비를본다. 날개축처어진나비는
> 입김에어리는가난한이슬을먹는다. 通話口를손바닥으로꼭막으면서내가죽으
> 면안젓다이러서듯키나비도날러가리라. 이런말이決코밧그로새여나가지는안
> 케한다.
>
> -「烏瞰圖-詩第十號 나비」 전문

---

10 박현수는 시 「수염」으로부터 이상의 독특한 미정고 양식을 발견한다. "파편화된 구절
들로 한 편의 작품을 구성하는 미정고 양식은 이상의 수사학에서만 발견되는 것이다.
미정고 양식은 작품에 있어서의 제작의식 혹은 인공성을 중시하는 근대의 수사학이
낳은 하나의 양식으로 볼 수 있다. (중략) 이런 경향의 시에 깔린 방법론이 바로 이상의
'위티즘'이라 할 수 있다. 이런 위티즘의 강조는 지적 통찰을 드러내는 부분에 대한
강조로 이어지고 이는 미완의 형식을 하나의 형식으로 수용할 수 있는 기반을 제공해
주었던 것이다." 박현수, 『모더니즘과 포스트모더니즘의 수사학』, 소명, 2003, 146쪽.
미정고 양식이 '수염'이라는 모티프와 만났을 때 새롭게 얻을 수 있는 미감은 무엇일
까? 이상의 시에서 '수염'은 단순한 소재의 차원을 넘어서서, 죽음과 존재의 문제를
제기하는 데까지 나아가게 하는 소재이다. 신체의 일부이자 정신적인 요소까지 담고
있는 것이다. 지적인 놀이로서의 위티즘은 유희정신을 바탕으로 하여 탄생된다. 지난
하고 고달픈 삶의 토대로부터 세워진 유희성은 진지하고 무거운 웃음을 촉발시킨다.

여기는어느나라의떼드마스크다. 떼드마스트는盜賊마젓다는소문도잇다. 풀
이極北에서破瓜하지안튼이수염은絶望을알아차리고生殖하지안는다. 千古
로蒼天이허방빠저잇는陷穽에遺言이石碑처럼은근히沈沒되어잇다. 그러면
이겨틀生疎한손짓발짓의信號가지나가면서無事히스스로워한다. 점잔튼內
容이이래저래구기기시작이다.

—「危篤 — 自像」 전문

신체 이미지 중 '수염'은 얼굴에 돋아나는 털로 시각 이미지를 지니
고 있으며, 까슬까슬하거나 부드러운 촉각 이미지 또한 갖는다. 시
「烏瞰圖 詩第十號」에서 '수염'은 은유법을 사용하여 의미의 확장을 보
여준다. 이 시는 "찌저진壁紙에죽어가는나비를본다."와 같은 구절로
시작된다. 여기에서 '찌저진壁紙'는 거울을 바라보는 화자의 얼굴이
고, '죽어가는나비'는 '수염'과 동일하게 읽힌다. 화자가 "거울 속에
비친 자신의 얼굴에 나 있는 수염을 찢어진 것으로 인식하는 것은 육체
적 파열 상태에 있는 화자의 자각을 상징적"[11]으로 드러내는 부분이라
할 수 있다. 나비의 축 처진 날개는 힘없이 늘어진 수염 모양을 상기시
키면서 생기를 잃은 화자의 얼굴을 떠올리게 한다. '죽어가는나비'(수
염)는 화자의 입김에 어리는 '가난한이슬'을 먹으며 생명을 유지시키는
데, 형용사 '가난하다'의 수식을 통해 영양분의 공급이 원활하지 않은
화자의 신체 상태를 짐작할 수 있다.

그럼에도 화자는 죽음의 상태로 빠지지 않게 스스로를 경계한다.
이 시에서 '죽어가는나비'는 '저승(幽界)'을 왕래하는 통로의 역할을 하

---

11 조해옥, 앞의 책, 147쪽.

는데, 이 '나비'를 날아가게 하는 방법은 '나'의 죽음뿐이다. 은유적으로 '수염'='나비'='통화구'라고 할 때, 화자가 손바닥으로 '통화구'를 막는 행위는 수염 근처의 호흡기(코와 입)까지 막는 것과 같다. 호흡기를 막는 것은 죽음을 의미하며, 죽음 이후 나비(수염)는 '유계(幽界)'로 진입하게 된다. 때문에 화자는 "이런말이決코밧그로새여나가지는안케한다."라고 언급하며, 이 '비밀(秘密)'을 외부로 발설하지 않으려 한다. 죽음 직전까지 간 병든 몸과 '수염'은 제유관계를 맺는다. 이 '수염'의 이미지는 형태적 동일성인 '나비'의 날개로 은유화 되고, 지상에서 저승으로 날아가는 행위는 소멸의 위기를 암시한다.

　육체의 소멸과 죽음에 대한 불안은 시 「危篤-自像」 중 '생식(生殖)'하지 않는 '수염'의 형상화에서 뚜렷이 드러난다. 시 「烏瞰圖 詩第十號」와 동일한 시적 설정을 보여주고 있는데, 발표된 시기가 각각 1934년('오감도 시제십호')과 1936년('자상')이라는 점을 염두에 둘 필요가 있다. 오감도 시리즈에서 '나비'의 죽음을 막으려 했던 병든 몸의 찢어진 얼굴이 등장했다면, 위독 시리즈에서는 '도적(盜賊)' 맞았다는 소문이 도는 '떼드마스크'가 등장한다. 데드마스크는 죽은 사람의 얼굴을 본떠 만드는 탈로, 위독 시리즈에서 죽음의 상태가 더 진전되었음을 보여준다.

　이 시에 쓰인 '극북(極北)', '유언(遺言)', '석비(石碑)', '침몰(沈沒)'은 죽음을 연상시키는 시어로, '추위(極北)' 속에서 '절망(絕望)'에 사로잡힐 수밖에 없는 화자의 심경을 드러내는 역할을 한다. '풀'이 '극북(極北)'에서 '파과(破瓜)'[12]하지 않는 것과 마찬가지로 '수염' 역시 생식하지

---

12 '破瓜'는 생식을 할 수 있는 갓 성인이 된 시점을 일컫는다. "파과(破瓜)는 파과지년(破瓜之年)의 준말로 여자나이 열여섯 살을 의미하며 남자나이 64살을 가리킨다. (중략)

않는다. 죽은 땅 위에서 풀이 자랄 수 없는 것처럼, 살아 있는 '수염'
역시 데드마스크 위에서 살아 있을 수 없는 것이다. 이 죽음의 '절망'은
생식을 불가능한 것으로 만들면서 '수염'의 생기를 앗아간다. 수염과
은유 관계인 '풀'의 죽음은 생명의 원동력인 토양의 죽음을 상기시킨
다. 이는 풀에 영양분을 공급하지 못하는 토양(피부)의 죽음이자 존재의
죽음으로 이어지는 것이다.

화자의 '유언(遺言)'은 오랜 세월 동안('千古') 함정에 빠져 석비처럼
'침몰'되어 있는 상태이다. 이와 동일한 전개를 보여주는 「自畵像(習
作)」에는 "죽엄은 서리와같이 나려있다. 풀이 말너버리듯이 수염은 자
라지않는채 거츠러갈뿐이다."와 같은 구절이 있다. 화자의 '수염'은
죽음 이후 수분이 증발되는 그 상태에 놓여 있다. 바스락거리며 부서
지고 말라버린 '풀'은 시각적으로 죽음을 직감하게 만들고, 촉각적으
로 죽음을 실감하게 만든다.

죽음은 증발되고 소멸하는 상태로 이행하는 것이다. 이상이 계속
해서 자라지 않는 '수염'을 형상화하는 것은 죽음에 대한 그의 공포가
얼굴 위로 드리워져 있음을 뜻하기도 한다. 얼굴은 오감이 모여 있는
곳으로, 존재의 상태를 가장 직접적으로 보여주는 공간이다. 오감으
로 감지되는 감각은 "인간의 공포인 동시에 특권"[13]이라 할 수 있다.
감각은 "인간을 확장시키지만, 구속하고 속박하기도"[14] 하는 것이다.

이 작품에서 의미하는 파과(破瓜)는 열여섯 살, 첫 월경을 할 나이(破瓜期)를 맞은
여자의 나이를 뜻한다." 위의 책, 163~164쪽.
13 다이앤 애커먼, 백영미 역, 『감각의 박물학』, 작가정신, 2004, 11쪽.
14 같은 곳.

화자는 건조하고 말라가는 '풀'이자 '수염'을 감각하면서 자신의 죽음
을 직감하게 된다. 죽은 얼굴에서 또 다른 죽음을 복제하면서 생명성
이 완전히 거세된 데드마스크에서 '수염'은 '절망' 외에 그 어떠한 것
도 할 수 없는 상황에 놓이게 된다. 즉, 소멸되어가는 죽음의 상태에
서 더 이상 자생할 수 없다는 불안의식이 이 시에 내포되어 있는 것이
다. 이로써 에로티시즘의 필수 요건인 타인의 존재가 전제되지 않은
채 자아는 고독감을 느낄 수밖에 없다.

　이와 같이 몸의 유한성에 대한 불신은 질병에 사로잡힌 이상의 경
우 작품 전면에 부각되어 형상화된다. 즉, 병든 몸의 절망감과 대척
점에 놓인 불멸에 대한 매혹은 승화의 단계로 나아가게 하는 원동력
이 되는 것이다.

3) 고통의 승화로서 '두개골'

　병든 피가 화자의 생존에 직접적인 위해를 가할 수 있는 신체 질료
라면, 인간의 신체 중 '얼굴'은 근육의 움직임으로 '나'의 표정을 드러
내는 창이 된다. 많은 화가들이 자신의 얼굴을 모델로 하여 초상화를
그리는 이유도 인간의 얼굴이 '나'의 내면을 가장 직접적으로 드러낼
수 있기 때문이다. 초상화는 "존재의 복합성과 존재의 총체성에 대한
긍정의 표현이며, 자아 정체성에 대한 불가능하고 고통스러운 부정"[15]
을 드러낸다는 이중성을 지닌다. 특히, 우리가 주목해야 하는 부분은
후자이다.

---

15 권은미, 『현대프랑스 문학과 예술』, 이화여자대학교출판부, 2006, 144쪽.

근대 이후 개인의 고독과 소외의 정서는 자아에 대한 면밀한 탐구로 이어지고, 실제의 '나'와 이상적 '나'의 불일치는 개인의 절망을 가중시키게 하는 계기로 이어진다. 이상 역시 거울 속 '나'와 거울을 바라보는 '나' 사이의 소통 불가능성을 보여준다.[16]

시시각각 변화하는 '얼굴(상태·표정)'의 불안정함과 '살'의 유한성은 존재의 본질에 가 닿지 못하게 한다. 이상 문학에서 '피' 이미지가 질병의 중요 요인으로 드러난다면, '얼굴' 이미지는 질병을 가시적으로 드러내는 한 존재의 현 상태와 관련된다. '두개골'을 감싸 안으면서 살과 근육으로 이루어진 '얼굴'은 쉽게 부패되고 변형된다는 점에서 '피'와 같은 불안정함을 지닌다. 이상의 시에서 화자의 현 상태를 드러내는 얼굴은 혈통의 부정성과 연관 관계를 맺으면서 형상화된다.

배고픈얼굴을 본다.

반드르르한머리카락밑에어째서배고픈얼굴은있느냐.

(중략)
아무튼兒孩라고하는것은어머니를가장依支하는것인즉어머니의얼굴만을보고저것이정말로마땅스런얼굴이구나하고믿어버리고선어머니의얼굴

---

16 "거울속의나는참나와는反對요마는 / 또쐐닮앗소 / 나는거울속의나를근심하고診察할수업스니퍽섭々하오"(「거울」 부분)와 같이, 이상의 괴로움은 온전한 '나'에게 가 닿을 수 없다는 사실 인식으로부터 온다. 특히, '診察'이라는 시어가 질병을 치유하기 위한 전초 단계라는 점을 감안할 때, 거울 속 '나'를 만질 수 없는 화자는 고통을 안을 수밖에 없는 상황에 놓여 있게 된다. 이 시에서 간과해서는 안 되는 부분은 화자를 총체적 통일체로서 인식할 수 없게 하는 치유 불가능한 상황이다.

만을熱心으로숭내낸것임에틀림없는것이어서그것이只今은입에다金니를박은身分과時節이되었으면서도이젠어쩔수도없으리만큼굳어버리고만것이나아닐까고생각되는것은無理도없는일인데그것은그렇다하드라도반드르르한머리카락밑에어째서저험상궂은배고픈얼굴은있느냐

–「鳥瞰圖–얼굴」 부분

화자의 이중 과제는 악령 들린 피를 안고 살아가면서 이 피의 원천인 육친의 가난함과 삶의 고달픔을 고스란히 전해 받을 수밖에 없는 사태와 관련된다. '사내'의 '배고픈얼굴'은 어머니의 얼굴을 흉내 낸 결과물이다. '사내'의 아버지는 잘생긴 얼굴에 부자였지만, 사내의 곁을 지킨 존재는 어머니였다. 때문에 사내는 어머니와 동일한 '험상궂은' 표정을 갖게 된 것이다. "내 몸을 내가 의식한다고 해서 내 몸과 내 몸을 의식하는 내가 존재론적으로 분리되는 것이 아니"[17]기 때문에, 사내는 자신의 얼굴로부터 어머니의 얼굴을 분리시킬 수 없는 것이다. 어머니의 인생을 답습하는 과정 중 하나가 바로 어머니의 얼굴을 닮는 것이며, 세계와 대면한 사내의 배고프고 험상궂은 얼굴은 바로 '사내'라는 존재 그 자체이다.

'얼굴'은 신체의 가장 높은 곳에 위치해 있으면서 정신의 사유과정과 관련된 부분이기도 하다. 특히, 얼굴은 인간의 모든 감각을 느끼게 하는 신체 부위이자 각 존재의 변별된 표정을 드러내게 하는 창이 된다. 그렇지만 '사내'는 어머니의 얼굴에 가려져 있기 때문에 그 자

17 조광제, 『몸과 세계, 세계의 몸–메를로–퐁티의 『지각의 현상학』에 대한 강해』, 이학사, 2004, 211쪽.

신만이 지니는 본질적 성격을 발견할 수 없게 된다. 이로써 한 존재의 불안은 증폭될 수밖에 없는 것이다.

　이상 시에서 '얼굴'은 유동하는 피와 불변하는 두개골 사이에 놓여 각각의 속성을 지니는 중간 지대로 나타난다. 즉, '얼굴'은 혈통과 관련된 화자의 상태를 드러내면서 그 자체가 고정화되지 않는다는 점에서 피와 연관되고, 이 '얼굴'은 또한 사유를 관장하는 머리와 환유 관계를 맺는 신체 부위라는 점에서 두개골과 연관된다. 이는 정신의 승화 과정으로 이행하는 단계를 거쳐 "병든 '피'와 절망→쇄신 욕망→실패→유한한 '살'의 거세→몸의 본질을 드러내는 '뼈'의 발견→정신적 승화 과정→사유와 관련된 '두개골' 형상화→육체적–정신적 본질의 동일화"와 같은 경로로 드러난다.

　불변에 대한 지향은 시 「危篤–買春」의 "記憶을마타보는器官이炎天아래生선처럼傷해들어가기始作이다."와 같은 구절과 함께 이해될 수 있다. 인간의 '기억(記憶)'은 모든 사유 활동의 흔적이자 삶의 궤적과 같다. '기억'에 대한 불안감은 존재의 위기를 증폭시키는 계기가 된다. 즉, 화자는 존재의 소멸에 대한 공포감을 느끼는 것이다. 때문에 이상은 '기억'을 부패하는 '생선'으로 직유화하여 형상화한다. 이것이 기억과 두개골을 동일한 차원에서 해석하지 않는 이유이다. 이미 부패하고 있는 '생선'은 영원히 회복할 수 없기에 죽음의 상태에 놓였다고 볼 수 있다. 이상은 왜곡과 변형의 과정을 거치는 기억을 죽음의 상태와 동일하게 인식한다.

　몸의 재구성·재구조화 과정은 한편 지향점의 유동성을 뜻하기도 한다. 이상이 그려내는 '두개골'의 형상화가 그러하다. 이상이 '피'를 통해 육체의 쇄신 욕망을 드러냈다면, 이때의 쇄신은 무엇을 위한 것일까? 병약한 몸에서 건강한 몸으로의 이동은 최종적으로 이상의 어떠한 욕망을 채우기 위한 것일까?

움직이지 않는 것, 썩지 않고 고정되는 것, 인간의 생사를 처음부터 끝까지 지켜보는 것. 인체 가운데 이 모든 요건을 만족시키는 질료가 있다면 그것은 바로 '뼈'이다. '뼈'는 "우리가 죽은 후에도 남길 수 있는 유일한 유물로 대지와 영원히 함께"[18] 한다는 점에서, 인체의 다른 기관 중 유일하게 불변하는 속성을 지닌다.

시 「遺稿」의 "피는 뼈에는 스며들지 않으니까 뼈는 언제까지나 희고 체온(體溫)이 없다."와 같은 구절을 보자. 위 인용 부분은 '피'와 '뼈'의 모순된 성질을 단적으로 보여준다. 여기에서 '붉은색/흰색, 액체/고체, 체온의 있음/없음'과 같은 대립 구도가 발생된다. 앞장에서 말한 '피'가 질병과 연관된다면, '뼈'는 질병이 침투하지 못하는 신성한 영역으로 그려진다.

미르치아 엘리아데에 따르면 '뼈'는 "동물의 생명의 궁극적 뿌리"[19]이다. 엘리아데는 육체의 죽음과 부활·재생의 상징물로 '뼈'를 언급하는데, 그 중에서도 '해골'은 더욱 특유한 성질과 함께 설명된다.

동물과 인간이 다시 태어나는 것은 그들의 뼈로부터다. 그것들은 육체적 존재 안에서 얼마간 유지된다. 그리고 죽을 때 그들의 '생명'은 해골 안에 집중된다. 거기로부터 그들은 영원히 회귀하는 계속되는 주기에 따라 다시

---

18 샤오춘레이, 유소영 역, 『욕망과 지혜의 문화사전 몸』, 푸른숲, 2006, 340쪽.
19 미르치아 엘리아데, 강응섭 역, 『신화·꿈·신비』, 숲, 2006, 107쪽.

태어날 것이다. 계속되는 주기란 뼈 안에 농축된 생명의 정수, 즉 시간에 구애하지 않고 연결된 바로 그 상태의 시간과 기간을 의미한다.[20]

인간의 육체 가운데 뼈는 불멸성을 지닌다는 특징으로 생명의 갱신을 상징한다. 이처럼 뼈는 삶과 죽음의 시간을 초월할 가능성을 보여주는 이 세계의 근원으로 해석된다. 뼈를 향한 화자의 지향과 갈구는 새로운 생명으로 가기 위한 출발 지점이자 피폐한 몸에 대한 저항이다.

> 신통하게도血紅으로染色되지아니하고하이한대로
> 뺑끼를칠한사과를톱으로쪼갠즉속살은하이한대로
> 하느님도亦是뺑끼칠한細工品을좋아하시지—사과가아무리빨갛더라도
> 속살은亦是하이한대로. 하느님은이걸가지고人間을살작속이겠다고.
> 墨竹을寫眞撮影해서原板을햇볕에비쳐보구료—骨骼과같다.
> 頭蓋骨은柘榴같고 아니 石榴의陰畵가頭蓋骨같다(?)
> 여보오 산사람骨片을보신일있우? 手術室에서—그건죽은거야요 살어
> 있는骨片을보신일있우? 이빨! 어마나—이빨두그래骨片일까요. 그렇담손
> 톱두骨片이게요?
> 난人間만은植物이라고생각됩니다.
>
> —「骨片에關한無題」 전문

위 시는 「遺稿」와 마찬가지로 '피'와 '뼈'의 색채 대비를 극명하게 보여준다. '사과'가 인간의 몸과 같다면, '혈홍(血紅)'은 인간의 뼈를 둘러싼 '피'로 해석될 수 있다. 그런데 이때의 '사과'는 표면에 '뺑끼'를

---

20 같은 곳.

칠한 '세공품(細工品)'으로 자연 그대로의 상태가 아닌 인공적 대상으로 그려진다. 이는 신체의 가장 본질적인 '뼈'의 순수성을 부각시키기 위한 전략이라 할 수 있다. '뼈'는 언제까지나 자연 그대로의 상태를 유지하는데, 인간을 창조한 '하느님'일지라도 이 사실을 왜곡할 수는 없다.

이 시에서 이상은 골격과 두개골의 형태적 상상력을 드러내는 방식으로 명암을 이용한다. 햇볕이 '묵죽(墨竹)'을 통과할 때 확연해지는 대나무의 형태는 '뼈'의 곧게 자라는 성질을 나타내며, '음화(陰畵)'로 인한 석류의 형태는 희고 투명한 두개골의 형상을 보여준다. '뼈'는 표면상의 넓이가 아닌, 인체의 가장 내밀한 곳에 위치해 있다는 점에서 깊이와 관련된다.

'뼈'를 향한 화자의 긍정성은 인공적 질료를 하나씩 벗기는 단계를 통해 드러난다. 화자는 뺑끼를 칠한 사과를 톱으로 쪼개면서 '하이얀' 뼈의 속살을 보여준다. 또한, 골격과 두개골은 '묵죽', '자류(柘榴)'와 같은 자연 친화적 대상으로 빗대어 표현된다. 이때, 화자가 골격과 두개골을 보기 위해 '햇볕', '음화'와 같이 빛을 이용하는 것도 '뼈'의 새하얗고 밝은 색감을 두드러지게 부각시키기 위함이다. 최종적으로 인간과 등가를 이루는 '식물(植物)'을 통해 화자가 생각하는 몸의 근원점을 알 수 있게 된다. 동물의 털이나 가죽, 살과 피는 쉽게 변형되는 질료이다. 이와 반대로 식물은 대나무와 같이 고정적이면서, 인간의 '뼈'와 같이 본질적 구조물로 이루어져 있다. 화자는 인간의 육체적 본질을 '뼈'에서 찾는 것이다.

특히, 본 장에서 주목하는 '두개골'은 인체의 '뼈' 가운데서 특히 복합적인 성격을 갖는다. '두개골'은 뼈의 단단하고 쉽게 변형되지 않는 특유성과 감각을 느끼게 하고 사유를 관장하는 머리의 가장 본질적 형상이라 할 수 있다. 이상이 "양팔을 자르고 나의 職務를 회피한다 / 더는 나에게 일을 하라는 자는 없다 / 내가 무서워하는 支配는 어디서도 찾아 볼 수 없다"(「悔恨의 章」)라고 진술한 것을 보자. 개인의 구체적 삶과 세계를 연결하는 직접적인 끈은 비가시적인 지식·관념이 아니라 개인의 책임과 의무를 다하면서 사회적 역할을 이행하도록 하는 노동의 장이다.

위 시의 '양팔'과 대척점에 놓인 신체 부분이 바로 '두개골'이다. 이상의 몸은 노동하는 몸이 아닌 사유하는 몸이다. 노동을 위한 도구화된 몸, 기능화된 몸에 대한 비판은 이상의 존재론과 맞물린다. 이상은 육체의 결핍과 과잉 속에서 끝까지 변형되지 않는 '뼈'를 통해 자신의 본질을 되묻고 있다. 특히, '두개골'은 지식인의 정신 활동과 가장 긴밀히 연결되는 신체 부위이다. 몸의 지향점과 정신의 지향점이 만나는 지점이 바로 '두개골'인 것이다.

이상 시에 드러나는 몸 이미지는 주로 그로테스크하게 그려진다. 이때 그로테스크한 미감을 발생시키는 가장 효과적인 방법은 바로 신체를 변형하는 것이다. 이상 시의 몸 이미지 중 신체의 변형이 거의 시도되지 않은 부분이 바로 '뼈'라 할 수 있는데, 그 중 '두개골'은 거의 원형 그대로 텍스트에서 다루어진다. 이는 '두개골'을 순수의 상태로 보존시키고자 하는 시인의 의도에 의한 것이라 할 수 있다. 이처럼 이상은 '피'에서 '두개골'로 이행하는 육체 쇄신의 상상 구도를 통해 결코 썩거나 변형되지 않는 존재의 본질성에 대한 지향을 보여준다.

이상의 시 텍스트에서 형상화되는 '몸'은 '병든 몸'이지만 한편 '역동적인 몸'이다. 이상은 병상에 꼼짝없이 누워있는 시체를 그려내지 않고, 몸의 변형을 통해 독자에게 메시지를 전한다. 즉, 이상은 몸을 통해 존재의 본질성에 가 닿으려 분투한다. 본고는 '피' 이미지를 드러내는 시편들에서 육체의 쇄신 욕망을 발견한 후, '두개골' 이미지로부터 새로운 가능성으로서의 사유하는 몸을 밝히고자 하였다. 이와 같은 단계는 이상의 몸 이미지만이 갖고 있는 독특한 지점이라 할 수 있다.

이상 시에 드러나는 '피'가 언제나 화자의 질병과 죽음의 공포를 이미지화하여 그려진다는 점과 '나'의 정체성을 세계에 드러내는 '얼굴'이 쉽게 부패하는 유한성의 성질을 지니고 있다는 점, 그리고 이 과정을 거쳐 병마에 시달리는 몸을 쇄신하여 '두개골'의 불멸성으로 나아간다는 점은 이상의 많은 신체 이미지 중 '피', '얼굴', '두개골'을 선별한 이유가 된다. 이러한 세 이미지는 표면상 대립적으로 나타나지만 그 이면에는 생존을 향한 절박한 사투의 과정이라는 차원에서 유기성을 지닌다고 볼 수 있다.

생식과 배설이 불가능한 병든 몸의 상태가 지속될 때 인간은 죽음을 맞이하게 된다. 때문에 이상은 육체의 고통을 승화시킬 수 있는 또 다른 신체 기관을 그려낸다. 이상의 쇄신 욕망이 최종적으로 다다르는 지점을 통해 이상의 지향점까지를 짚어볼 수 있다. 이러한 관점에서 '두개골' 이미지는 두 가지의 의미를 지닌다. 첫째는 정신의 사유 과정을 가능케 하고 이와 환유 관계를 맺는 '두개골'을 통해 지식인으로서 가져야 했던 이상의 존엄과 고뇌를 감지할 수 있다는 점이다. 둘째는 인체 기관 중 불변하는 속성을 지닌 '뼈'를 통해 죽음의 공포에 대항하고자 했던 고투의 과정을 유기적으로 떠올려 볼 수 있다는 점이다.

이는 소멸해가는 몸에 대한 공포의 하중이 얼마나 컸는지를 보여주는
방증이 된다. 특히, '뼈'와 연관되는 '두개골' 이미지는 육체의 죽음
이후에도 고스란히 남아 있는 불멸의 성격을 지닌다. 이는 이상의 육체
쇄신 욕망을 가장 강력하게 드러내는 신체 이미지라 할 수 있다.

2. 타자화된 몸의 전시(展示)

본 장은 이상의 시편들에서 자아와 피부 감각과의 상관성을 살피
고, 이 피부 감각의 형상화가 이들 관계에 미치는 영향을 분석하기
위해 남성 화자와 '여성'에 주목하고자 한다. 이상의 시편들에서 매춘
을 하는 여성과 이를 적극적으로 저지하지 못하는 남성 화자의 관계
는 비정상적인 방식으로 유지된다. 물론 이러한 매춘의 문제가 이상
의 작품에서만 발견되는 특이한 면모라고 할 수는 없다. 1930년대의
모더니즘 작품들에서 보이는 퇴폐와 방탕의 이미지는 종종 시대의 문
제의식을 드러내는 역할로 나타났기 때문이다.[21]

그럼에도 이상의 작품이 여타의 작품과 변별되는 지점을 찾기 어려
운 것은 아니다. 이상의 작품 속에서 매춘을 하는 여성의 영역과 아내

---

21 도시공간과 신여성의 관계를 면밀히 살핀 김경일은 이 시기의 문학에서 보이는 특성을
다음과 같이 말한다. "도시가 가지고 있었던 퇴폐와 타락, 그리고 환락의 이미지는
이 시기의 많은 문학작품들에서 흔히 묘사되어 왔다. 이러한 경향은 특히 1930년대
이후 농후하게 나타나는 것으로, 이 시기 문학에서는 도시, 그 중에서도 서울을 유혹과
사기, 타락, 방탕이 난무하는 퇴폐적인 공간으로 묘사하고 있다." 김경일, 「서울의
소비문화와 신여성 : 1920~1930년대를 중심으로」, 『서울학연구』 제19호, 서울시립대
학교 부설 서울학연구소, 2002, 237쪽.

의 영역은 완전히 구분되지 않는다. 아내의 매춘 행위가 화자의 눈앞에서 직접적으로 펼쳐지는 것이 아니라 할지라도, 문을 사이에 두고 벌어지는 아내와 낯선 남성의 행위는 완전히 숨겨지지 않으며, 한 집 안에서 벌어지는 이들의 행위는 인물의 부도덕한 성격을 강화하는 데 일조한다(소설 「날개」). 완전하게 감춰지지 않는다는 점에서 아내의 매춘 행위는 절반의 '비밀'로서 드러난다. 이상은 여성의 매춘 행위를 남성 화자와 아내라는 파격적인 설정 속에 넣음으로써 작품 속에 윤리적 문제와 인간적 고뇌를 내포시킨다.

이상의 작품에서 여성 얼굴의 피부는 아내의 매춘 행위와 관련하여 정조 문제를 들추는 계기로 작용한다. 이상의 작품인 「紙碑―어디갓는지모르는안해」의 한 구절인 "化粧은잇고 人相은없는얼골"과 같이, 화장한 피부는 아내의 진실을 덮어버리는 가면의 역할을 한다. 또 다른 시 「追求」에서도 남성 화자는 화장을 지우는 아내의 행위를 "닭아온여러벌表情을벗어버리는醜行"이라고 말하는데, 이때 '여러벌'의 표정은 겹겹이 쌓인 아내의 거짓이자 부정을 의미한다. 진실한 접촉을 차단한다는 점에서 아내의 얼굴 피부는 기만적이다. 얼굴의 연장선상으로 이해될 수 있는 '화장'의 겹이 두꺼워지고 늘어나는 것은 그만큼 화자를 속이는 정도가 빈번해지고 있다는 뜻이기도 하다.

이처럼 피부는 외적인 치장으로 드러나면서 아내의 매춘을 암시하는 한편 자아의 상황을 보여주기 위해 형상화된다. 정온 동물인 인간의 피부는 외부의 자극이나 환경에 따라 체온을 일정하게 조절하여 우리의 몸을 보호하는 기능을 한다. 때로 피부의 온도 조절 기능이 정상의 범주에서 벗어날 때가 있는데, 그때 인간은 불편함과 고통을 느끼게 된다. 일정한 체온의 유지는 신체적으로는 정상적인 활동을 가능하게 한다는 점에서 중요하고, 심리적으로는 안정감을 부여한다는 점에서 중요하다.

심리를 감싸준다는 의미로 사용된 디디에 앙지외의 '싸개(enveloppes)'는 '피부자아'의 확장된 개념이다. 싸개의 여러 기능 중 하나로 외부 온도를 감지하는 것을 들 수 있는데, 앙지외는 열 현상과 관련하여 싸개를 '따뜻함의 싸개(Enveloppe de chaleur)'와 '차가움의 싸개(Enveloppe de froid)'로 나눈다. '따뜻함의 싸개'는 타인과의 신뢰 관계를 바탕으로 형성된 심리적 안정 상태로 이해할 수 있다. 때로 이 안정적인 공간에 갑자기 들이닥친 타인의 존재는 '나'에게 심리적 외상을 입힐 수 있다. 스스로를 방어할 준비가 되어 있지 않은 상태에서 신뢰하지 않는 타인의 방문은 자아를 불안하게 만드는 것이다.

아이가 부모의 품에서 따뜻함을 느낀다면, 이는 부모와 접촉하고 있다는 안정감과 실제의 따뜻한 체온을 동시에 느낄 수 있기 때문일 것이다. 따뜻함의 싸개는 "타인과의 관계 속으로 들어가기 위한 충분한 애착 욕동으로의 투여와 자기애적인 안전"[22]을 나타낸다. 인간이 체감하는 열 현상으로서의 '따뜻함'은 신체 감각 기관의 영역이자, 자아를 위험한 상황으로부터 지켜내고자 하는 심리 방어 영역인 셈이다. 이상 시편의 경우, 따뜻함의 싸개에 둘러싸인 화자의 모습은 거의 드러나지 않는다.[23]

---

22 디디에 앙지외, 권정아·안석 역, 『피부자아』, 인간희극, 2008, 275쪽.
23 이상의 작품 중에서 따뜻함의 싸개를 발견할 수 있는 시로 「易斷-火爐」를 꼽을 수 있다. 그 일부를 인용하면 다음과 같다. "火爐를꽉쥐고집의集中을잡아땡기면유리窓

이와 대립되는 '차가움의 싸개'는 이상 시의 화자와 여성에게 발견되는 현상이다. 인간이 "신체 자아를 통해 느끼는 차가움의 물리적인 느낌은, 심리적 자아가 자신과 관계를 맺으려는 타인을 향해 표출하는 정신적 의미에서의 차가움과 연관"[24]된다. 타인과의 냉전 관계는 자아의 방어벽을 지나치게 두텁게 쌓아올리면서 스스로를 보호하기 위한 행동을 하게 만든다. 인간은 타인과 거리를 두거나 그 상황에서 도망치는 등의 적극적인 노력을 통해 '따뜻함의 싸개'를 되찾기 위해 노력한다.

본고는 이상의 시편들에서 남성 화자와 여성의 피부자아가 각각 어떠한 방식으로 형상화되는지를 살피기 위해, 피부 감각 이미지가 부각된 시편들을 선별하여 연구의 대상으로 삼도록 하겠다.

1) 여성에 의한 존재강요로서 동결된 '심장'

일반적으로 인간은 타인과 원만하고 따뜻한 관계를 맺기를 원한다. 특히 '사랑'은 상대의 몸과 마음 안으로 미끄러져 들어가 황홀한 일체

이윽폭해지면서 極寒이혹처럼 房을누른다. 참다못하여 火爐는식고차갑기때문에나는適當스러운 房안에서쩔쩔맨다." 화자가 속해 있는 방 외부에서 '極寒'이 혹처럼 방을 누르고 있다. 방 안에 있는 화자는 식어버린 화로를 붙잡고 혹한의 기운을 느낀다. 이때 어머니는 화자의 추위를 따뜻한 기운으로 바꾸는 역할을 한다. 어머니는 "기침藥처럼 따끈따끈한 火爐를한아름담아가지고" 화자의 體溫 위에 올려두는데, 이로 인해 화자의 외로움과 고통을 유발하는 추위는 물러나게 된다. 즉 어머니는 화자를 보호하는 역할을 하고 있는데, 이때 보호의 영역은 안정감뿐 아니라 '기침藥'에서 암시되듯 질병을 치유하는 데까지 확장된다. 한편, 이러한 어머니의 모습과 상반되는 또 다른 시 작품 「얼굴」은 어머니와 관련된 태생적 '배고픔'을 그려낸다. 이로써 화자에게 어머니의 존재는 상당히 복합적인 형태로 형상화되고 있음을 알 수 있는 것이다.
24 디디에 앙지외, 앞의 책, 276쪽.

감을 느끼게 한다. 황홀함을 느끼게 했던 사랑하는 사람과의 이별은 자신과 동일시했던 상대로부터 떨어져 나올 때의 고통과 외로움을 실감하게 만들면서 자아를 병들게 한다. 스스로를 방어하기 위해 작동되는 '차가움의 싸개'는 이완이 아닌 위축을, 안정감이 아닌 긴장감으로써 자아를 지탱시킨다. 이것은 냉기이자 동결된 자아의 상태이다.

이상의 시 중에서 남성 화자의 동결된 피부 이미지를 보여주는 시로 「·素·榮·爲·題·」를 꼽을 수 있다. 화자가 대면하는 여성을 하나의 세계라고 보았을 때, 이 여성과의 내밀한 소통 방식은 자아와 세계의 관계성을 논하는 데 중요한 지점이 될 수 있다.

1

달빗속에잇는네얼골앞에서내얼골은한장얇은皮膚가되여너를칭찬하는내말슴이發音하지아니하고미다지를간즐으는한숨처럼冬柏꼿밧내음새진이고잇는네머리털속으로기여들면서모심듯키내설음을하나하나심어가네나

2

진흙밭헤매일적에네구두뒤축이눌러놋는자욱에비나려가득고엿스니이는온갓네거짓말네弄談에한없이고단한이설음을꼿으로울기전에따에노아하늘에부어놋는내억울한술잔네발자욱이진흙밭을헤매이며헛뜨려노음이냐

3

달빗이내등에무든거적자욱에앉으면내그림자에는실고초같은피가아믈거리고대신血管에는달빗에놀래인冷水가방울방울젓기로너는내벽돌

을씹어삼킨원통하게배곱하이즈러진헌겹心臟을드려다보면서魚항이라하
느냐

—「·素·榮·爲·題·」 전문

이 시의 제목 중 '素榮'을 문자 그대로 '흰 꽃'으로 본다면 깨끗하고
순결한 꽃의 이미지를 가진 여성을 떠올릴 수 있다. 또한, 이 시 속의
여성인 '소영'을 '금홍'으로 보는 해석도 있다.[25] 이 시는 다양한 이미
지들이 화자의 고통에 초점을 맞추어 사용되고 있다.

첫 행에서 이상은 '달빗속' 두 남녀라는 환상적인 시공간을 보여준
다. 이때 '달빗'은 위태로운 남녀 관계에 창백한 흰 조명을 켜주는 듯
은밀하고도 차가운 색감을 지니면서 추위를 불러들이는 역할을 한다.
이상의 아내 관련 시편들에서 종종 등장하는 얼굴의 '피부'는 파리하
고 생기가 없는 대상의 심경을 드러내기 위해 사용된다.

화자의 얼굴은 사랑하는 대상 앞에서 "한장얇은皮膚"의 얼굴로 혈
색 없이 달빛 아래 있다. 이와 관련하여 또 다른 시 「아침」 중 "한장얇
은접시를닮아안해의表情은蒼白하게瘦瘠하여있다."와 동일한 의미의
감각 이미지를 떠올려볼 필요가 있는데, 이상은 불균형하고 부조화한
남녀 관계의 불행을 표정 없는 흰 공간으로 그려내면서 이들 관계에

---

25 이남호는 시 「·素·榮·爲·題·」 속 여성의 정체가 '금홍'일 가능성에 대해 언급한다.
　　이상이 금홍을 만난 시기는 1933년이고 금홍과 헤어진 해가 1935년이라고 할 때,
　　1934년에 발표된 이 시는 '금홍'과의 이야기를 시로 쓴 작품일 가능성이 있다는 것이
　　다. 이남호, 「이상의 시의 해석과 비유에 대한 연구」, 『어문논집』 제66권, 민족어문학
　　회, 2012, 399쪽 참조. 이는 하나의 추측이며 본고는 시 속의 여성을 '금홍'으로 단정
　　짓지 않는다.

있었을 열기를 가라앉히고 차가운 '냉기'를 끌어올린다.

시 「·素·榮·爲·題·」에서 "한장얇은皮膚"[26]를 가진 화자는 사랑하는 여성을 붙잡을 수 없는 무력한 남성이다. 화자는 "冬柏꽃밧내음새"를 풍기는 여성의 머리카락 속으로 기어들어가 모를 심듯이 '설움'을 심는다. 화자가 여성의 머리카락 속으로 기어들면서 설움을 심는 이미지는 사랑의 상실을 보여주기도 하지만, 향기로운 여성의 머리카락 속으로 감겨 들어갈 때 느껴지는 촉각 이미지를 생성하면서 남녀의 육체적 결합을 놓치지 않고 드러내는 역할을 한다.[27]

이처럼 1연에서 창백한 얇은 피부의 시각 이미지는 동백꽃밭 향기의 시각이자 후각 이미지와 결합하면서 여성에 사로잡힌 화자의 수동적 상태를 강조한다. 동백꽃밭 향기는 '따뜻함의 싸개'로 회귀할 수

---

26 이때의 '얇다'는 두께의 정도를 보여주는 형용사인데, 이상은 특히나 무력한 存在에 연민을 느낄 때 이러한 형용사를 붙이는 경우가 있다. 「失樂園」에는 아내이자 '소녀'의 인상에 대한 설명이 기술되어 있다. "덮은 册 속에 或은 書齋어떤틈에 곳잘한장의 「얇다단것」이되여버려서는 숨고한다. 내活字에少女의 살결내음새가 섞여있다." 누군가 유독한 연필로 장난을 치는 소녀는 '사진'처럼 잠자코 있다가 종래에는 책 속에 끼어들어갈 정도로 얇은 두께로 변해버린다. 소녀는 가벼워지지만 사라지지 않고, 한 존재에서 사물(사진)의 차원으로 변모하고, 곧이어 화자에게 강렬한 후각 이미지로 각인된다. '얇다'라는 형용사는 생명력을 잃어가는 빛바랜 존재의 상태를 드러내며, 때로는 끈질기게 사랑을 붙잡고 있는 자의 고단한 疲勞가 묻어 있는 수식어이기도 하다.

27 정체를 알 수 없는 꽃향기에 매혹되어 죽음의 상태마저 황홀하게 느끼는 화자의 모습은 시 「危篤 – 絶壁」에서도 발견된다. "꽃이보이지안는다. 꽃이香氣롭다. 香氣가滿開한다. 나는거기墓穴을판다. 墓穴도보이지안는다. 보이지안는墓穴속에나는들어안는다. 나는눕는다. 또꽃이香氣롭다. 꽃은보이지안는다. 香氣가滿開한다."(부분 인용) 이 시에서 화자는 비밀스러운 꽃의 정체를 찾다가 마침내 '墓穴'에 누워 보이지도 않는 꽃의 만개를 느낀다. 이는 육체의 사랑과 죽음이 하나로 어우러지는 에로티시즘의 몰입된 경지를 보여주는 시이다. 이처럼 이상의 시편에서 꽃향기를 내뿜는 여성은 화자를 사로잡는 강력한 유혹자이자 애정의 대상으로 그려진다.

없다는 사실을 감지하면서도 사랑의 매혹을 떨칠 수 없게 만든다. 유
혹을 촉발하는 '향기'는 촉각의 에로티시즘을 한층 풍요롭게 만드는
역할을 하는 것이다.

한편 달빛 속 '너'를 만난 화자의 창백하고 얇은 피부는 '공백(空白)'
의 공간이다.[28] 화자의 설움을 담고 있는 이 공백은 여성이 구두로 눌
러 놓은 구두자국과 연관된다. 푹 파인 구두자국은 '술잔'으로 변모하
면서 공간의 은유를 보여준다. '곡(哭)'으로 우는 화자의 눈물과 '비'는
흘러 떠나가는 액체이다. 이 액체를 담아내려는 술잔을 땅에 두고,
하늘로 설움을 부어버리는 행위는 사랑의 실패로 인한 화자가 심경이
극단으로 치달음을 나타낸다. 관계의 동결로 인한 '비'와 '눈물'의 온
도는 차가우리라는 추측이 가능하다. 화자의 피부자아는 여성에 의해
수동적이며 무력하게 '차가움의 싸개'의 상태로 돌입하게 된다.

이때 2연에서 반복되는 구절인 "진흙밭헤매이일적에", "진흙밭을
헤매이며"와 같은 부분을 주목할 필요가 있다. 진흙밭에 남겨진 구두
자국을 술잔으로 여기는 화자는 남겨진 자다. 그렇다면 진흙밭을 헤
매이는 주체는 떠나는 자인 여성이 된다. '헤매이다'라는 동사에서 알
수 있듯 이 시에서 여성은 지저분하고 평탄하지 않은 진흙길을 떠도

---

28 김예리, 「이상 시의 공백으로서의 '거울'과 地圖的 글쓰기의 상상력」, 『한국현대문학
연구』 제25권, 한국현대문학회, 2008. 김예리는 이상 시의 공백으로서의 '거울'과
'얼굴'을 주목하면서 이것들이 이상 작품에서 글쓰기판으로 은유되고 있음을 밝힌다.
이러한 공백으로서의 주체가 행하는 지도적 글쓰기가 이상 문학의 속성 중 하나임을
지적하고 있다. 김예리의 논의를 참고하면서 본고는 시「·素·榮·爲·題·」에서 '비어
있음'을 의미하는 화자의 공백으로서의 얼굴이 남겨진 자의 상실과 외로움을 드러내
면서 여성의 부재를 공간화 하여 보여준다고 보았다.

는 존재이다. 이상의 시에서 여성이자 아내는 성적 대상으로 전락하여 흙탕투성이와 같이 끊임없이 고단한 길 위에 서 있어야 하는 존재로 그려진다.

시 「·素·榮·爲·題·」에서 화자 곁에 정착하지 않는 여성은 동백꽃밭 내음새의 후각 이미지와 함께 쉽게 휘발되어버리는 불안정한 존재이다. 그러나 이 허무한 휘발성은 오히려 떠나버린 여성의 흔적을 깊게 각인시키는 효과를 낳는다. 사랑을 잃은 자의 상실감이 클수록, 사랑의 기억은 불시에 호출되고 강화되면서 끊임없이 화자의 시간 속으로 침투하기 때문이다. 화자가 "온갖네거짓말네弄談"이라고 말한 것처럼 진실을 숨기는 부정한 여성을 끝내 놓지 못하는 것은 여전히 진흙밭을 헤매일 수밖에 없는 여성에 대한 사랑과 연민의 감정이 남아 있기 때문이다.

이 시의 다채로운 감각 이미지는 3연에서 두드러지게 드러난다. 1연에서 찢어질 듯 얇고 창백한 피부를 비추고 있는 '달빛'은 3연에서 차가운 촉각 이미지를 강화시키는 역할을 한다. 3연에서 화자의 몸과 그림자는 분리되어 있다. 화자의 몸에는 피가 아닌 냉수가 흐르고, 반대로 그림자에는 화자의 몸속에 흘러야 했던 '피'가 아물거린다. 그림자에 아물거리는 "실고초같은피" 역시 건강한 생명력(生命力)을 암시하지 않는다.

여기서 주목해야 할 것은 달빛 속 어둠의 그림자에 육체성이 부여되어 있는 부분이다. 그렇다면 화자의 몸에는 무엇이 남아 있는가? 화자의 몸속을 흐르는 '냉수(冷水)'의 차가움은 아픔이자 쓰라린 고통의 온도이다. 2연에서 비가 가득 내려 화자의 억울한 술잔(구두자국)에

고인 것처럼, 화자의 몸속에는 차가운 냉수가 고여 있게 된다. 이 냉수는 체온이 다 빠져나간 뒤에 냉통을 느끼게 하는 통각 이미지로 형상화된다.

이러한 이미지는 이상의 또 다른 시「危篤-生涯」의 "써늘한무게때문에내頭痛이비켜슬氣力도업다."와 같은 구절과 연관된다. 싸늘한 추위는 병증을 유발하는 날카로운 촉각(觸覺) 이미지로 드러나고, 이러한 추위를 유발하는 주체가 여성(아내)이라는 점에서 화자의 피부자아는 '차가움의 싸개'가 될 수밖에 없다. 타인과의 접촉이 차단된 자아는 온기를 잃어가면서 불안전하게 유지되는 것이다.

시「·素·榮·爲·題·」에서 화자에게 간신히 남은 "실고초같은피"가 그림자로 옮기어 가서 화자의 얇은 피부에 혈색이 남아 있지 않게 된다. 화자의 '심장'[29]은 모형의 '헌겁心臟'[30]으로 변모하였다가 결국 '魚항'으로까지 다다르게 된다. 화자의 체온과 같은 생명력은 계속해서 화자의 외부세계로 밀려난다. 때문에 피부자아의 외면은 "외부 현실과

---

29 상징적으로 '심장'은 "흔히 영혼과 동일하게 여겨진다. (중략) 심장은 신체의 모든 부분에 생기를 불어넣는 태양"이다.(잭 트레시더, 김병화 역, 『상징 이야기』, 도솔출판사, 2007, 26쪽.) 이상이 신체 기관 중에서 '심장' 이미지를 보여주는 것은 육체의 생명력을 상징하는 '심장' 이미지의 변모 과정을 형상화함으로써 자아의 위태로움을 생생하게 그려내기 위함일 것이다. 이때 자아의 위태로움은 피부의 정상적인 온기 → 냉기로 옮겨가는 과정과 동일하다.

30 모형 심장의 이미지는 특히 이상의 자화상 관련 시편들에서 종종 발견된다. 시「烏瞰圖 詩題"十五號」중 "模型心腸에서붉은잉크가엎질러졌다. 내가遲刻한내꿈에서나는極刑을받았다. 내꿈을支配하는자는내가아니다. 握手할수조차없는두사람을封鎖한巨大한罪가있다."와 같이 변형된 심장은 늘 죽음의 위기와 함께 형상화된다. 이는 또 다른 '나'의 죽음을 관찰하거나, 받아들일 수밖에 없는 무력한 수동성과 그에 따른 절망의 정념을 보여준다.

의 관계를 응결시키면서 멈추게 하는 차가움의 싸개"[31]의 상태를 지속시킬 수밖에 없게 되는 것이다. '헌겁心臟'은 화자가 인식하는 스스로의 모습이고, '어(魚)항'은 여성이 지칭하는 화자의 모습이다. 피로 가득 찬 인간의 불투명한 몸은 흐물흐물하고 생명력이 없는 헝겊을 거쳐 속이 훤히 들여다보이는 투명한 질감의 차가운 유리로 변모된다.

1연의 "한장얇은皮膚"와 맞물리면서 차가운 달빛에 젖은 화자의 모습을 떠올리게 하는 '어항'의 이미지는 외부로 노출된 유리 심장으로, 감미로운 접촉이 차단된 남녀 관계의 싸늘한 촉각을 강조하는 역할을 한다. 이때의 차가운 촉각은 스스로를 보호하기 위해 작동된 방어기제가 아닌, 여성에 의해 강요(强要)된 싸늘함이라는 점에서 '피부자아'의 중요한 기능 중 하나인 "스스로 사고할 수 있는 능력"[32]이 마비된 자아의 모습을 보여준다. 이처럼 차가움의 싸개는 정신적·육체적으로 감지되는 싸늘한 느낌으로, 자아를 동결(凍結)된 상태로 만든다.

화자의 설움은 "너는내벽돌을씹어삼킨원통하게배곱하이즈러진헌겁心臟을드려다보면서魚항이라하느냐"와 같은 마지막 구절에서 강하게 드러난다. 그동안 이상의 시편들에서 한 존재의 위태로움을 유발한 소재는 차가운 질감과 무거운 중량의 속성을 가진 금속이었다. 단단한 강도를 지닌 금속의 이미지[33]는 대상을 속박하거나 고통을 주는 역할을

---

31 디디에 앙지외, 권정아·안석 역, 『피부자아』, 인간희극, 2008, 276쪽.

32 위의 책, 277쪽.

33 '금속'의 소재가 사용된 몇 편의 시편을 인용하면 다음과 같다. 아내의 절망을 보여주는 작품인 「紙碑—어디갔는지모르는안해」 중 "아아안해는 鳥類이면서 염체 닷과같은쇠를 삼켰드라그리고 주저안젓섯드라 散彈은 녹슬었고 솜털내음새도 나고 千斤무게드라 아아"와 같은 구절에서 '쇠'는 아내의 몸속에서 고통을 주는 소재로 사용된다.

해왔다. 이때 비슷한 강도를 지닌 소재라 해도 '벽돌'은 금속 이미지가
사용되었던 시편들과 다른 의미망에서 해석된다. 진흙과 모래를 섞어
만드는 '벽돌'은 단단하지만 금속보다 차갑지 않은 광물질이다. 이 시
에서 '벽돌'은 여성이 헤매고 다니는 고된 진흙밭의 응축된 이미지이
며, 화자의 설움을 부어 놓는 술잔의 변용이다. 즉 사랑의 실패와 상실
의 응결된 이미지가 '벽돌'인 것인데, 생명력이 거세된 헝겊심장으로
소화시킬 수 없는 단단한 벽돌을 '씹어 삼킨' 화자의 행위는 묵직하게
남아 있는 상실감이 온몸을 장악하고 있는 사태를 부각시킨다.

  광물질과 헝겊이라는 이질적인 물성의 결합은 원통하게 배고픈 화
자의 상실과 공복을 영원히 채울 수 없음을 암시한다. 이상 시의 화자
는 유독 '공복'에 민감하게 반응한다. 이상이 또 다른 작품인 「紙碑-
어디갔는지모르는안해」에서 "嘲笑와같이 안해의버서노은 버선이 나
같은空腹을表情하면서 곧걸어갈것갓다."와 같이 진술한 부분을 보
면, 화자에게 '공복'은 생리적 허기가 아닌 남겨진 자의 외로움을 포
함하면서 끊임없이 스스로를 버려진 존재(存在)로 인식하게 만드는 신
체 감각임을 알 수 있다. 또한, "반드르한머리카락밑에어쩨서저험상
궂은배고픈얼굴은있느냐."(「鳥瞰圖-얼굴」)와 같이, 화자의 공복은 가
계를 포함한 존재론적인 문제와 맞닿아 있다.

또한 '금속' 이미지는 화자의 신체 질병과 관련하여 고통을 증폭시키는 역할을 한다.
또 다른 시 「危篤 - 沈沒」 중 "죽고십흔마음이칼을찾는다. 칼은날이접혀서펴지지안
으니날을怒號하는焦燥가絕壁에끈치려든다."와 같은 구절에서 '칼'이라는 금속 소재
는 '자살' 모티프를 위한 도구로 사용된다. 이처럼 금속은 타인과 '나' 자신에 위협을
가하는 대상이다. 이러한 금속의 속성과 변별되는 시 「·素·榮·爲·題·」의 '벽돌'은
또 다른 해석의 장을 제공한다.

시「·素·榮·爲·題·」에서 이러한 허기는 화자의 심장을 헝겊 심장
과 어항으로 칭하는 여성의 시선에 의해 싸늘한 촉각 이미지가 부가
되면서 '따뜻함의 싸개'로 돌아갈 여지를 완전히 잃게 된다. 화자의
존재성이 여성에 의해 정의 내려졌다는 것은 이 남녀 관계에서 조화
와 균형이 불가능하다는 것을 의미할 뿐만 아니라, 차가움에서 따뜻
함으로 되돌아가려는 기본적인 생존 욕구마저 제 기능을 하지 못한다
는 것을 보여준다. 화자의 자아는 동결된 상태에서 자아의 기능을 마
비시키면서 유지되는 것이다.

2) '매춘 여성'의 성적 전시로서 나부끼는 '피부'

이상은 '동결된 皮膚'를 보여줄 뿐만 아니라, 신체에서 피부를 벗겨
내면서 한층 더 과격한 감각의 형상화를 보여준다. 화자의 피부자아
가 '차가움의 싸개'로 드러나면서 그의 물리적·정신적 고통을 가늠하
게 했다면, '여성'의 경우에는 아예 싸개 자체가 제거되는 상황이 제
시되는데 이는 존재에 가해지는 가장 치명적인 위협이라 할 수 있다.

동물의 세계에서 아름다움은 본능적으로 생식 능력과 이어지고 이
는 생존 문제와 직결된다. 특히 '피부(皮膚)'를 통한 "인간의 신체적
특징은 나이, 성별, 민족, 개인사 등에 따라 외부 관찰자에게 다양한
모습으로 인식"[34]된다. 이상은 의도적으로 여성에게서 '아름다움'의
요건을 지워버릴 뿐만 아니라 '인간다움'의 요건마저 없애버린다. 아
름다운 모습이 아닌 '추(醜)'의 차원으로 격하된 이상 시의 '여성'은 아

---

[34] 디디에 앙지외, 앞의 책, 43쪽.

이러니하게도 여전히 매춘으로부터 자유롭지 못하고, 이 여성의 성적 매력을 취하고자 하는 남성이 계속해서 그녀의 곁을 에워싼다.

이상 시에 등장하는 여성의 형상화는 근대사회의 매춘 문제와 직접적으로 맞닿아 있다.[35] 1930년대 사회상을 보여주는 문학 작품에서 "공공장소에 노출된 여성의 몸에 대한 식민지 남성의 시선은 늘 에로틱한 성적 연상을 불러일으키는 일종의 관음증적 성향을 내포"[36]하고 있음을 상기할 필요가 있다. 성적 발산을 위한 여성의 치장과 성적인 몸의 전시는 '차가움의 싸개'로서 피부자아를 확립할 수밖에 없다. '따뜻함의 싸개'는 "각자의 독특함과 자율성을 서로가 존중한다는 조

---

35 홍성철의 『유곽의 역사』(페이퍼로드, 2007년)는 근대의 집창촌 역사를 자세하게 기록하였는데, 이 저서는 우선적으로 근대와 조선시대의 매춘 행위를 구분하고 있다. 조선시대에도 몸을 파는 여성은 있었지만 근대의 매춘처럼 전업으로 하지는 않았다. 관청에 속해 있던 조선시대의 기생은 "성의 대가로 일정 기간 숙식을 보장"(25쪽) 받았는데, 이러한 모습은 성매매라기보다는 "축첩제 연장선"(같은 쪽)으로 이해된다. 이외에 화대를 받고 성관계를 맺은 여성으로 '들병이'를 꼽을 수 있지만, 이들 역시 전업으로 성매매를 하지는 않았다. 집창촌에서 집단적으로 거주하면서 매춘을 전업으로 삼은 것은 1876년 강화도조약 이후 일본식 유곽이 들어온 이후이다. 부산이나 인천과 같이 항구를 중심으로 생겨난 집창촌은 일본의 공창제 도입과 함께 확산된다. 유곽은 "1910년에서 1915년 사이 사창의 단속과 공창의 보호라는 일본 제국주의 정책"(79쪽) 아래 급속도로 늘어난다. 그러다가 "1920년대 전반기를 걸치면서 성매매업은 보편적인 사회현상"(82쪽)으로 자리 잡게 된다. 1930년 『전국유곽안내』라는 책자가 발간되기까지 하는데 이 책자에는 조선의 유곽 중 일부인 30곳이 실린다. 공창을 중심으로 행해지던 성매매업이 사창으로 번지면서 매춘의 윤리적 문제가 더욱 심화된다. 대표적인 공간이 카페이다. 1923년 조선에 최초로 설립된 카페 '아카다마'의 여급은 손님의 비위를 맞추면서 받은 팁으로 생활했다. 이러한 카페 문화가 절정에 이른 시기가 1930년대라 할 수 있다. 카페 문화는 "1930년대 들어서면서 점차 확대되는 사창의 시발탄"(128쪽)으로 인식된다. 이상의 소설에도 종종 등장하는 카페의 여급은 성적 문제와 도덕의 타락을 드러내는 인물로 그려진다.

36 김경일, 「서울의 소비문화와 신여성 : 1920~1930년대를 중심으로」, 『서울학연구』 제19호, 서울시립대학교 부설 서울학연구소, 2002, 247쪽.

건하"[37]에 가능하다. 화폐를 통한 성적 육체의 매춘 행위는 이러한 '존
중'이 제거된 성적 탐닉이기에 "신체 자아로부터 심리적 자아로, 그리
고 자기(soi)의 싸개로 확장"[38]되는 과정이 아예 불가능하다. 이상 시
에서 여성을 둘러싼 초현실적인 시적 설정은 '싸개'가 벗겨지는 과정
을 보여주면서 그로테스크하게 전개된다.

> 여자는勿論모든것을抛棄하였다. 여자의姓名도, 여자의皮膚에있는오랜
> 歲月중에간신히생겨진때(垢)의薄膜도甚至於는여자의唾線까지도, 여자의
> 머리는소금으로닦은것이나다름이없는것이다. 그리하여溫度를갖지아니하
> 는엷은바람이참康衢煙月과같이불고있다. 여자는혼자望遠鏡으로SOS를듣
> 는다. 그리곤덱크를달린다. 여자는푸른불꽃彈丸이벌거숭이인채달리고있
> 는것을본다. 여자는오오로라를본다. 덱크의勾欄은北極星의甘味로움을본
> 다. 巨大한바닷개(海狗)잔등을無事히달린다는것이여자로서果然可能할수
> 있을까, 여자는發光하는波濤를본다. 發光하는波濤는여자에게白紙의花瓣
> 을준다. 여자의皮膚는벗기이고벗기인皮膚는仙女의옷자락과같이바람에나
> 부끼고있는참서늘한風景이라는點을깨닫고다들은고무와같은두손을들어
> 입을拍手하게하는것이다.
>
> -「狂女의告白」 부분

이상은 '여자'의 육체 중 가장 화려하고 비밀스러운 피부를 하나씩
벗겨낸다. 피부는 "단순한 감각기관이 아니라 캔버스이기도 했다. 피
부의 이러한 기능은 계급, 가치, 그리고 품성을 형성"[39]한다는 점에서

---

37 디디에 앙지외, 앞의 책, 275쪽.
38 같은 곳.

중요하다. 온갖 비밀을 감춘 '여자'의 화려한 표정 뒤에는 초라하고 외로운 맨얼굴이 드러난다. '여자'는 자신을 수식하는 모든 것을 '포기'한다. 이름을 버린 여성은 오랜 세월 동안 '간신히' 확보한 피부의 '박막(薄膜)'까지를 잃게 된다. 피부는 다양한 형태로 치장되어 자신을 알리는 역할도 하지만, 일차적으로 몸의 내부기관을 보호하고 체온을 조절하는 역할을 한다. 스스로를 보호할 마지막 방어막까지 포기한 여성의 머리는 '소금'으로 닦은 것처럼 거칠고 따가운 촉각 이미지를 갖게 된다.

이때 온도를 갖지 않는 바람이 '강구연월(康衢煙月)'처럼 분다는 것은 바람 자체에 대한 설명이 아닌, 바람의 온도에 무감해지는 여성의 상태를 말하기 위해 사용된다. 여성은 자신의 본질을 버리면서 꼭두각시와 같이 수동적인 입장에 서게 된다.

여성은 '망원경(望遠鏡)'으로 'SOS'를 듣는다. SOS(Save our souls)는 위험에 처했다는 것을 알리는 긴급 구조 신호이다. 누군가의 다급한 외침은 '망원경'을 사용해야 할 정도의 먼 거리에서 이루어지는 일로 도움의 손길을 주고받는 것이 불가능해지면서 좌절된다. 또한 SOS 신호를 망원경으로 '보는 것'이 아닌, '듣고 있다'는 구절에 주목할 필요가 있다. 이상의 또 다른 시 「普通記念」 중 "계즙은 늘내말을 눈으로드럿다 내말한마데가 계즙의눈자위에 썰어저 본적이업다."와 같은 구절은 소통(疏通)이 불가능한 관계를 드러낸다. 이처럼 SOS라는 극한의 상황에도 불구하고 '나'와 타인 사이의 감각 체계는 완전히 어긋

---

39 마크 스미스, 김상훈 역, 『감각의 역사』, 성균관대학교 출판부, 2010, 196쪽.

나 있다.

　이 어긋난 상황이 지속되는 까닭은 무엇일까? 여성은 자신의 모든 것을 포기한 상황에도 불구하고 '덱크'(갑판)를 달린다. 여성은 "푸른불꽃彈丸"이 벌거숭이인 채로 달리는 것을 본다. '탄환'은 총에서 폭발하는 힘으로 튀어 나가는 무기의 일종이다. 이 폭발은 뜨거운 열기가 아닌 푸르고 시린 불꽃의 힘으로 터지는데, 이때의 추위는 뒤에 나오는 "發光하는波濤"의 이미지와 연결되면서 한층 강화된다. 즉 '탄환', '발광하는 파도', '박수(拍手)' 소리는 여성을 끝내 무대 위로 세우게 만드는 남성들의 요구라 할 수 있다.

　이 시는 낯선 이미지들의 조합으로 그로테스크한 미감을 느끼게 한다. 모든 것을 버렸음에도 여자가 완전히 이 세계로부터 벗어날 수 없는 이유는 여성에게 SOS를 보내는 상대편의 타자(他者)들이 있기 때문이다. 여성은 '오오로라'와 '북극성(北極星)'의 감미로움을 본다. 손안에 쥘 수 없는 허공의 빛은 여자를 구원해주지 못하지만, 이 허무한 아름다움은 여성을 다시 한 번 신비롭게 치장하는 역할을 한다.

　여성 앞에서 발광하는 파도는 그녀에게 흰 '화판(花瓣)'을 전한다. '화판'은 이상의 시에서 성적 매력을 발산하는 여성의 유혹을 가리킬 때 사용된다. 이상의 또 다른 시 「無題」 중 "너는엇지하여 네素行을 地圖에없는 地理에두고 / 花瓣떨어진 줄거리 모양으로香料와 暗號만을 携帶하고돌아왔음이냐."와 같은 구절에서 볼 수 있듯, '화판'은 향료와 암호를 담고 있는 아내의 비밀스러운 성적 기호이다. 이 '화판'을 받는 것은 매춘으로 일컬어지는 성적 행위를 주고받을 관계의 여지(餘地)가 남아 있음을 의미한다. 여성은 결국 '발광(發光)'의 '박수(拍

手)'로부터 벗어날 수 없는 것이다.

이로써 시「狂女의告白」속 여성의 확장된 '피부(皮膚)'는 선녀의 옷
자락처럼 펄럭이면서 세계의 바람과 맞닿게 된다. 이러한 신체 기관
의 불균형한 잉여는 존재와 세계의 조화로운 결합을 불가능한 것으로
만든다. 여성의 피부가 옷의 이미지로 치환되고 있는 것을 볼 때, 이
피부는 더 이상 여성을 감싸고 있는 보호의 역할이 아닌, 외부로 노출
시키는 전시의 목적만을 갖게 된다. 여성의 존재성은 다 벗겨진 피부
처럼 외부로 까발려지면서 수치스럽게 드러난다.

한병철은 "피부 없음의 에로틱은 근본적인 수동성에 기초한다. 피
부가 벗겨진 존재는 노출된 존재보다 더 무방비 상태에 놓인다. 이
상태는 고통과 상처를 의미한다."[40]라고 지적한다. 앙지외 역시 피부
의 "노출은 우리의 빈약함을 나타내는 동시에 우리의 성적 흥분을 구
체화"[41]한다고 언급한다. 이 시에서의 섹슈얼한 행위는 일방향적이고
폭력적이며 불행을 전제로 하고 있는 여성의 상황 속에서 펼쳐진다.
스스로를 보호할 '피부 장벽'을 세우지 못한 존재는 정상적인 자아상
의 구축에 실패하게 되고 타인의 공격에 고스란히 노출되는 상황에
처하게 되는 것이다. 이는 '피부(皮膚)'이자 '자아(自我)'의 장벽을 세우
는 방어기제를 제대로 만들어내지 못했다는 의미이다.

어머니의 몸을 통해 탄생하는 최초의 몸의 접촉을 거쳐 심리적 자
아를 형성하고 자기(soi)의 싸개로 확장되는 현상은 정상적인 인간의

---

40 한병철, 이재영 역, 『아름다움의 구원』, 문학과지성사, 2016, 53쪽.
41 디디에 앙지외, 권정아·안석 역, 『피부자아』, 인간희극, 2008, 47쪽.

피부자아가 형성되는 과정과 같다. 시「狂女의告白」속 여성의 피부
자아는 스스로를 방어하는 데 완전히 실패했다는 점에서 '차가움의
싸개'마저 잃은 상태이다. 여성의 '벗겨진 피부'는 피부자아의 박탈이
자 존재성의 추락이다. '차가움의 싸개'는 대립지점에 놓인 '따뜻함의
싸개'로 돌아갈 일말의 여지를 지니지만, '벗겨진 피부'에는 이 여지
조차 남아 있지 않다.

스스로를 지키기 위한 최소한의 방어벽도 세우지 못한 자는 친밀한
소통으로부터 오는 따뜻함을 제대로 느낄 수가 없다. 이상의 시에서
여성의 피부자아는 얇아지고 연약해진다. 피부자아의 장벽이 제 기능
을 못한다는 것은 신뢰하지 않는 타인이라도 쉽사리 자아의 내부로
침입할 수 있다는 의미이며, 이는 불안과 불쾌 그리고 수치심을 일으
킨다. 이러한 불편한 감정은 여성에게 따뜻함과 안정감으로 이루어진
상호 소통적 세계가 펼쳐지는 것이 불가능함을 뜻한다.

3) 존재의 추락으로서 노출된 '자궁'

'피부자아'는 신체적·심리적 측면 모두를 아우르는 개념이다. 앞서
살핀 '차가움의 싸개'와 '벗겨진 피부'는 동결되고 박탈된 피부의 이미
지를 통해 한 존재에게 친밀감의 세계가 어떻게 소거되는지를 보여준
다. 특히 내밀한 피부 접촉을 가능하게 하는 사랑하는 관계 내에서의
단절과 소외의 형상화는 존재의 고독을 부각시키는 데 일조한다. 이
때의 피부 감각은 따가움, 싸늘함, 외로움 등의 정념을 불러일으키기
위해 그려진다고 할 수 있다.

자아와 신체 전체를 감싸는 '싸개'는 한편으로 '담아주는 용기'인 주머니로서의 역할을 한다고 볼 수 있다. 이는 내부를 보호하고 감싸안는 피부 표면의 기능적 측면이자 형태론적 상상력에 의한 개념이다. 예를 들어, 어머니의 자궁과 신생아의 관계는 "담아주는 용기-담기는 내용물"[42]의 관계로 이해될 수 있다. 어머니는 신생아를 따뜻하게 안아주고 젖을 주는 보호자이다. '담아주는 용기'는 '내용물'을 감싸면서 심리적 자아의 형성과 신체의 보호라는 이중의 효과를 낳는다. 우리의 신체 내에서 최초의 '담아주는 용기'의 모델은 바로 어머니의 자궁이라 할 수 있다. 디디에 앙지외는 이를 '자궁의 싸개(enveloppe utérine)'라고 명명한다.

> 태아를 해부학적으로 담아주는 어머니의 자궁은 심리적인 '담아주는 용기(contenant)'의 최초의 윤곽을 제공한다. (중략) 자극막이는 어머니의 신체, 즉 어머니의 배에 의해 구성된다. 태아와 어머니의 공통 감각성의 영역이 발달한다. (중략) 어머니가 뜨개질한 아기의 배내옷은 이러한 자궁의 싸개의 대체물이고 어머니의 '몽상'을 지지해주는 것이다.[43]

비유적으로 보면 여성의 몸과 자궁은 제유 관계에 놓여 있다. 때문에 자궁 안에서 성장하는 태아는 여성의 몸 안에 감싸져 있는 '내용물'이 된다. 자궁의 안락함은 태아의 피부자아에 '최초의 윤곽'을 제공한다고 해도 과언이 아니다. 여기서 주목할 점은 자궁이 태아에게 영향

---

42 위의 책, 80쪽.
43 위의 책, 371쪽.

을 미치는 것 이상으로, 태아의 상태 역시 자궁과 모체 전체에 영향을 미친다는 점이다. 태아의 건강 이상은 태아 전체를 품고 있는 자궁, 더 나아가 모체의 치명적인 위기로 이어진다. 자궁은 생명을 탄생시키는 대지모의 상징적 의미와 더불어 성적 의미도 지닌다. 피부 접촉과 성 발달의 연관성은 "파트너 찾기, 자극을 받아들이는 능력, 전희의 쾌감, 오르가즘 혹은 수유의 개시"[44] 등에서 찾을 수 있다. 생식 기관은 쾌락의 증폭과 생명의 탄생을 가능하게 한다는 점에서 성적 활동과 밀접한 관련을 지닌다. 생식 기관의 하나로서 자궁은 난자와 정자의 최종적인 결합 공간이다. 이러한 자궁은 이상의 시에서 매춘 문제와 함께 다루어지면서 여성의 성 문제를 제기하는 역할을 한다.

> 이내몸은돌아온길손, 잘래야잘곳없어요.
>
> 여자는마침내落胎한것이다. 트렁크속에는千갈래萬갈래로찢어진POUDRE VERTUEUSE가複製된것과함께가득채워져있다. 死胎도있다. 여자는古風스러운地圖위를毒毛를撒布하면서불나비와같이날은다. 여자는이제는이미五百羅漢의불쌍한홀아비들에게는없을래야없을수없는唯一한아내인것이다. 여자는콧노래와같은ADIEU를地圖의에레베에슌에다告하고No. 1-500의 어느寺刹인지向하여걸음을재촉하는것이다.
>
> ─「狂女의告白」부분
>
> 여자는트렁크속에흙탕투성이가된즈로오스와함께엎드러져운다. 여자는 트렁크를運搬한다.

여자의트렁크는蓄音機다.

蓄音機는喇叭과같이紅도깨비靑도깨비를불러들였다.

—「興行物天使」 부분

위의 두 시는 상당히 비슷한 시적 설정을 보여준다. 그것은 여성을 둘러싼 남성들과 이러한 상황으로부터 벗어날 수 없는 여성의 모습이다. 두 시에서 여성은 갈 곳을 잃어 떠도는 존재이고, 세계로부터 환영 받지 못하는 소외된 존재이다. 매춘 여성에게는 "본질적으로 혐오스런 타락, 천박한 좌절이 따른다. 그들의 삶을 부러워할 사람은 아무도 없다. 그들의 삶은 인간성의 근본이자 삶의 원동력인 탄성을 잃었기 때문"[45]이다. '여성'의 몸은 성적 매력을 위해 끊임없이 치장되어야 하고, 본래의 표정을 감추면서 유혹의 몸짓을 행해야 한다. 이것이 '여성'의 유일한 생존 방식이다.

위의 두 시에는 공통적으로 '트렁크'라는 사물이 등장한다. 이 '트렁크' 안에는 갈가리 찢어진 'POUDRE VERTUEUSE', '死胎', '즈로오스'가 들어 있다. '트렁크'는 온갖 짐을 넣을 수 있게 만든 크기가 큰 가방이다. 트렁크를 운반하면서 생활하는 여성의 삶은 떠돌이의 삶이다. 때문에 트렁크 속 물건은 여성의 삶을 대변한다.

이 시에서 주머니의 의미를 지닌 트렁크는 여성의 신체 기관 중 자궁의 속성을 지닌다. 트렁크 속에 들어 있는 '사태(死胎)'는 글자 그대로 죽은 태아를 뜻하며, 트렁크는 태아와 하나로 연결되어 있던 자궁을 상기시키면서 모체인 여자의 상태까지 짐작하게 한다. 상징적으로

---

45 조르주 바따이유, 조한경 역, 『에로티즘』, 민음사, 1989, 272쪽.

여성과 관련된 '주머니' 모양은 자궁을 의미하며, 트렁크는 여성의 외부로 꺼내진 자궁의 형태적 상상력에 의한 사물이다. 트렁크 속에는 'POUDRE VERTUEUSE(고결한 분)'가 가득 채워져 있는데, 이는 여성의 직업이 미적인 치장과 상당히 관련되어 있음을 뜻한다. 이때 이 미적인 장식 도구가 '千갈래萬갈래' 찢어져 복제되어 있다는 구절이 의미심장하다. 여성은 본래의 얼굴이 아닌, 계속해서 분열되고 변주되는 얼굴로 살아가는 존재이다. 치장의 역할을 하는 粉은 고결하다는 표현이 무색해질 정도로 훼손되어 있다. 고결하지 않은 분이 잔뜩 복제되어 있는 트렁크는 거짓과 상처로 얼룩진 여성의 삶을 뜻한다.

부서진 'POUDRE VERTUEUSE'와 죽은 태아가 트렁크 안에 있다는 설정은 '담아주는 용기'로서 여성의 자궁이 '담아주는 내용물'을 전혀 보호하지 못했다는 것을 보여준다. 존재의 상태를 드러내는 표면이기도 한 '싸개'는 내부를 보호하는 역할을 한다. 여성이 소중하게 여기는 것이 깨지고 변형되며 생명을 잃는다는 것은 결국 내용물을 감싸고 있는 자궁과 더 나아가 여성의 신체 전체가 죽음에 오염되었다는 사실을 보여준다.

앞서 시「·素·榮·爲·題·」에서 화자의 심장이 피부근육에서 헝겊으로, 뒤이어 차가운 유리의 이미지로 변모하는 것을 살핀 바 있다. 이러한 변모가 체온을 잃고 동결되는 열 현상으로서의 피부싸개를 보여주는 과정이라고 할 때, 여성의 '자궁(子宮)'이 트렁크의 이미지로 변모하는 것은 여성성을 드러내는 신체 기관인 '子宮'이 사물화 되는 과정을 나타내기 위함이다.[46] 자궁의 싸개가 物性을 띤다는 것은 자궁 자체가 생명을 탄생시킬 수 없는 불모의 공간이자, 더 이상 내부를 보호하는 '싸개'의 역할을 행할 수 없음을 의미한다.

그리고 트렁크 안에 있는 찢어진 '분'과 흙탕물로 더럽혀진 '즈로오스'의 이미지는 앞서 다룬 시「·素·榮·爲·題·」의 진흙밭을 헤매는 여성의 이미지와 겹치면서, 성적으로 대상화된 여성의 타락하고 더러워진 삶을 대변한다. 즉 트렁크는 여성의 모성성과 성적 전시를 동시에 보여주는 사물이며, 이러한 자궁을 외부로 노출시킴으로써 존재의 당위를 성적 역할에서만 찾을 수 있는 여성의 삶을 극단적으로 드러내고 있는 것이다.

시「狂女의告白」과「興行物天使」에서 형상화되는 자궁 속에 담기는 내용물은 불결함과 더러움 그리고 죽음이다. 그럼에도 불구하고 이 여성은 "五百羅漢의불쌍한홀아비들"의 유일한 아내로 남아 있게 된다. 수많은 남성들의 아내로 남는다는 것은 앞으로의 매춘 행위를 암시하는 부분이기도 하다. 여성은 '독모(毒毛)를 살포(撒布)'하는 치명적인 유혹의 행위를 지속하면서 '홀아비들'이 모여 있는 '사리(寺利)'를 향해 걸음을 재촉한다. 남성들이 이 여성에게 유혹 당하는 이유는 무엇일까?

---

46 조르주 바따이유는 여성을 '소유한 사물'의 하나로 이해하는 남성의 성향을 지적한다. "노예 제도와는 무관하게, 남자들은 일반적으로 여자들을 사물로 보려는 경향이 있었다. (중략) 여자들은 결혼 전에는 아버지, 오빠의 사물이었다. 아버지 또는 오빠가 결혼을 통해 그들의 소유권을 이전시키면, 남편은 이제 여자가 남편에게 제공할 수 있는 성적 부분과 그녀가 남편에게 봉사할 수 있는 유용한 노동력의 주인이 된다." 조르주 바따이유, 조한경 역, 『에로티즘의 역사』, 민음사, 1998, 192쪽. 매춘 여성의 성적 기관은 남성들에 의해 계속해서 그 소유권이 옮기어지면서 남성에게 귀속되는 모습을 보인다. 물론 이때의 귀속은 안정적 삶의 보장으로 이어지는 것이 아닌, 여성의 주체성이 상실되는 과정을 전제한 것이라는 점을 염두에 둘 필요가 있다.

시 「興行物天使」에서 트렁크와 '축음기(蓄音機)'는 은유관계에 놓여 있다. 즉 여성의 자궁=트렁크=축음기의 도식이 만들어지는 것이다. 축음기는 "喇叭처럼紅도깨비靑도깨비"를 불러들여 남성들을 호객하는 유혹의 소리를 외부로 확산시킨다. 죽은 태아를 감싸고 있는 '자궁의 싸개'에서 퍼져나가는 유혹의 소리에 현혹되는 남성들의 모습으로부터 병든 에로티시즘을 감지할 수 있다.

'사태(死胎)'는 자궁에 영향을 미치고, 자궁에 깃든 죽음은 여성의 몸 전체를 장악하게 된다. 모성의 싸개가 아니라 성적 전시를 위해 이미지화된 자궁은 여성의 피부자아를 기형적으로 구성하게 만든다. 이 기형의 형상은 한 존재의 신체적·정신적 손상을 의미한다. 이상 시에 나타난 피부자아는 정상적인 접촉에 실패할 수밖에 없는 죽음의 상태로 치달으면서 구성된다. 즉 남성 화자와 여성을 통해 이 세계에 죽음의 싸개에 뒤덮인 존재가 남겨져 있음을 보여주고 있는 것이다.

◆ 제4장 ◆

에로티시즘의 비극적 충돌로서 역설적 관계 방식

비정상적 관계 구축 방식은 이상만이 그려낼 수 있는 에로티시즘의 세계라 할 수 있다. 화자와 아내는 서로 완전하게 결합할 수 없다는 것을 알면서도 관계를 지속시키기 위해 각자의 방식대로 노력한다. 그러나 이러한 노력에도 불구하고 화자와 여성의 관계는 결합을 시도할수록 각각의 존재가 고립되는 아이러니를 낳는다.

이상의 시선은 에로티시즘에 실패한 자의 절망스러운 내면에서 발견된다. 본고에서 살핀 시편들과 같이, 타자와의 특수한 관계에 필연적으로 내포되어 있는 허무와 기대, 황홀과 비극이라는 극적인 상황은 이상 시의 에로티시즘에 복합적 의미망을 형성하는 데 기여한다. 결합 불가능한 존재인식은 자아 분열뿐만 아니라 남녀 관계에서도 드러나게 되는 본질적 비극성을 내포하고 있다.

1. 병든 카니발적 세계와 황홀한 불협화음으로서 사랑의 관계

본고는 사회적으로 금기시된 문제를 작품에 드러내면서 '나'의 혼란과 고뇌를 보여주는 이상의 시편들을 분석함으로써, 이상이 그려낸 에로티시즘의 성격과 그 이면에 작동하는 남녀의 감정 문제를 면밀히 다루고자 한다. 이를 위해, 남녀가 관계를 구축하면서 벌어지는 온갖 유혹의 기술과 그에 따른 성공과 실패를 가늠하면서 화자와 시적 대상인 여성의 관계가 어떠한 방식으로 전개되는지를 추적하고자 한다.

일반적인 남녀 관계에서 유혹하는 자와 유혹 당하는 자의 위치는 상호 교체되면서 긴장과 이완의 반복이라는 역동적인 형태를 유지하게 된다. 그러나 이상 시에 나타난 화자와 상대 여성의 경우는 일반적인 방식과 다른 양상을 보이면서 이상만의 독특한 에로티시즘을 형성하는 데 기여한다. 즉, 사랑과 연애의 과정에서 여성에 의한 긴장의 순간들이 지속될 뿐, 화자는 결코 완전한 정복이나 소유의 정점에 다다랐다는 감정의 착각마저 느끼지 못한다. 여성을 향한 불안과 의심의 반복은 화자(남성)의 위치를 불안정하게 만들면서 화자로 하여금 건강한 관계를 구축할 수 없다는 진실과 대면하게 만든다. 이러한 순간들의 기저에서 남녀의 아슬아슬한 관계를 지탱하는 것이 바로 유혹의 힘이다.

이상 시에서 발견되는 남녀 관계의 불균형한 증여와 불화의 증폭은 불가분의 관계를 맺고 있다. 아내는 화자가 대면하는 하나의 세계라 할 수 있다. 때문에 '나'와 아내의 결합 불가능한 관계는 에로티시즘의 실패를 의미할 뿐만 아니라 자아와 세계의 불협화음을 드러내는 데 결정적 역할을 한다고 해석할 수 있다.

본고는 상호성이 파괴된 아내와의 관계망 속에서 이를 전복시키려 부단히 고투하였던 화자에 주목하여 이상의 시편들을 해석하고자 한다. 이러한 시도는 결국 자아와 세계가 어떤 관계를 맺고 있는지를 진단내릴 수 있다는 점에서 이상의 세계인식의 문제와도 깊은 관련이 있다고 판단된다.

1) 비밀스러운 '묘혈'의 향기와 유혹하는 여성

이상이 그의 수필 「十九世紀式—秘密」에서 "비밀(秘密)이 없다는 것은 재산(財産) 없는것 처럼 가난할뿐만 아니라 더 불쌍하다."라고 언급한 것과 같이, '비밀'은 이상(李箱)의 작품에서 빈번하게 다루어지면서 '나'와 타자 사이를 잇는 중요 모티프라 할 수 있다. 이상 시에서 관념으로서의 비밀은 특정 대상물로 치환되거나 화자가 감지하는 감각으로 대체되는 양상을 보인다. 특히, 남녀 사이에서의 비밀은 진실을 감추거나 왜곡하는 아내의 모습과 이를 비난하면서도 매혹되는 화자의 아이러니한 모습을 드러내는 역할을 한다. 이때의 비밀이 기존 체제와 어긋나는 금기의 속성을 강하게 내포할수록 남녀 관계는 더욱 내밀해지고 서로를 결속하는 계기를 만들어나갈 수 있다.

아내의 매춘 행위를 발설하지 않고 침묵하는 화자의 모습으로부터 비밀의 내용을 현실의 언어로 표면화시키지 않으려는 화자의 의도를 읽을 수 있다. "폭로될 수 있는 모든 것은 비밀에서 벗어나"게 된다는 보드리야르의 지적과 같이, 비밀은 세계로부터 차단되고 닫혀 있다는 속성을 내포한다. 비밀이 공개되자마자 인간은 진실의 순간과 대면하게 되는데 이는 때로 공포의 정념을 불러일으키기도 한다. 진실과 마주한 자는 어떻게든 해당 상황에 판단을 내리고 결정을 내려야 하기 때문이다. 화자는 모든 것을 폭로하는 관계보다 은밀한 비밀을 간직한 채 불안정하게나마 지속시켜나갈 수 있는 관계를 선택한 것으로 보인다.

본고에서 특히 주목하는 연구는 이상 소설에 나타난 '유혹자로서의 여성'의 형상화를 면밀히 검토한 김경욱의 논의이다. 김경욱은 '단발머리'로 상징화되는 '모던 걸'과 작품 속 화자의 대립 구도를 모더니티 문제와 연관시킨다. "소비사회의 정점에 자리매김되는 여성은 생산이 아니라 소비, 성욕으로서의 욕망이 아니라 유혹으로 상징"[2]된다는 것이 김경욱의 논의의 출발점이며 이는 보드리야르의 이론에 바탕한 것이기도 하다.

매춘을 하는 아내에 대한 논의도 흥미로운데, "본질적으로 미망인인 아내에게 매춘이란 생산의 체계 바깥에 위치한 놀이로서의 유혹에

---

1 장 보드리야르, 배영달 역, 『유혹에 대하여』, 도서출판 백의, 1996, 107쪽. 秘密에 대한 보드리야르의 더 상세한 해석을 보자. "비밀은, 아무런 의미를 지니지 않기 때문에 말해질 수 없는 것, 그리고 그래도 역시 전해지기 때문에 말해지지 않는 것이 지니는 유혹적이고 입문의식적인(initiatique) 특성을 내포하고 있다. 그리하여 나는 다른 사람의 비밀을 알고 있지만 그것을 말하지 않고, 그 역시 내가 그것을 알고 있지만 폭로하지 않는다는 사실을 알고 있다. 두 사람 간의 강렬함은 비밀의 이 비밀 외에는 전혀 다름 아니다."(같은 곳) 보드리야르가 말한 것처럼, 정체를 파헤칠 수 있는 비밀은 이미 비밀이 아니게 된다. 비밀은 특정한 내용을 갖되, 그것이 외부의 장에서 소통화 되지 않는다는 특징을 지닌다.
2 김경욱, 「이상 소설에 나타난 '단발(斷髮)'과 유혹자로서의 여성」, 『관악어문연구』 제24권 1호, 서울대학교 국어국문학과, 1999, 301쪽.

불과하기 때문에 19세기적인 윤리의식으로부터 자유로울 수 있다. 아내에게 유혹이란 게임에 불과하기 때문에 남편조차도 매춘의 대상으로 삼을 수 있는 것이다. 따라서 매춘의 현장을 남편에게 들켰을 때조차 아내는 남편에게 당당할 수 있으며 심지어 공격적인 반응을 보이기까지 한다."³와 같은 해석은 생산의 시대를 넘어서 소비의 시대로 이행하는 과도기적인 당대 상황과 더불어 일반적인 남녀의 양상과 다른 파격적인 아내의 행위를 충실히 설명한 부분이라 할 수 있다.

화자는 이러한 유혹에 대항하기 위하여 '자기증식적인 방법론'을 고안해내는데, 유혹의 놀이에서 이탈하지 않기 위한 화자의 수없는 '분열번식'은 한편으로 당대 모더니즘을 넘어설 가능성을 보여주기도 한다.

> 『이小姐는紳士李箱의夫人이냐』『그러타』
> 나는거기서鸚鵡가怒한것을보앗느니라. 나는붓그러워서얼골이붉어젓섯겠느니라.
> 鸚鵡   二匹
>   二匹
> 勿論나는追放당하얏느니라. 追放당할것까지도업시自退하얏느니라. 나의體軀는中軸을喪失하고또相當히蹌踉하야그랫든지나는微微하게涕泣하얏느니라.
> 『저기가저기지』『나』『나의―아―너와나』
> 『나』
> sCANDAL이라는것은무엇이냐. 『너』『너구나』
> 『너지』『너다』『아니다 너로구나』 나는함

---

3 위의 논문, 302쪽.

뾱저저서그래서獸類처럼逃亡하얏느니라. 勿論그것을아는사람惑은보는사람은업섯지만그러나果然그럴는지그것조차그럴는지.

-「烏瞰圖-詩第六號」 부분

이 시에서 '앵무'로 형상화된 아내는 '紳士李箱의夫人'이냐는 물음에 '그렇다'고 대답한 화자를 향해 화를 내는 모습을 보인다. 이는 화자와 아내 사이에 암묵적으로 체결된 약속이 깨짐으로써 벌어진 상황이다. 즉, 화자는 외부에 '아내'라는 호칭을 노출시킴으로써 '매춘하는 여성'과 '남편'이라는 비상식적인 관계마저 드러내고 만 것이다.

비밀의 유출로 떠도는 소문, 즉 'sCANDAL'은 남녀 사이의 사적인 내막을 일순간에 추문의 대상으로 만들고 만다. 애초에 사회에서 인정하는 윤리적 관계에는 스캔들이 발생하지 않는다. 소문 속에서 평가되는 화자는 수많은 '너'의 왜곡된 모습으로 그려지고, 이로써 아내 곁에 머무는 화자의 위치 또한 위태롭게 흔들리게 되는 상황에 직면하게 된다.

이러한 시적 설정은 일종의 비윤리적 사건에 속해 있는 남녀의 모습을 암시하고 있으며, 관계의 지속을 위해 비밀을 지켜내야만 하는 화자의 처지를 짐작하게 한다. 아내와 부정과 비밀, 이를 알고도 모르는 체 하는 화자의 모습은 이상의 시편들에서 빈번히 발견되는 양상이다. 이와 같은 침묵은 단순히 관계의 지속을 위한 목적만이 아니라, 화자의 자리를 보존하기 위한 사투라고 해석된다. 화자가 자신의 아내를 '부인'이라고 칭한 이후 발생한 상황은 '추방(追放)', '자퇴(自退)', '도망(逃亡)'과 같은 시어들로 짐작할 수 있는데, 화자는 아내의 곁을 떠날 뿐만 아니라 자기 자신이 속해 있는 위치에서 벗어나는 것을 볼 수 있다.

관계의 파국을 맞이하며 '체읍(逃亡)'하는 화자는 "함뽁저저서그래서獸類처럼逃亡"칠 수밖에 없는 무력한 입장에 놓이게 된다. 이처럼 '紳士李箱'의 위치에서 도망하는 '수류(獸類)'의 위치로 격하되는 설정을 통해, 비밀의 누설이 남녀 관계를 넘어서 화자 자신의 존재의 문제로까지 확장됨을 볼 수 있다. 그렇다면 비가시적인 비밀은 어떠한 방식으로 파악되며 로출 또는 은폐될 수 있는가?

> 여성유혹자가 지닌 최상의 권리는 그 어떤 상황이나 그 어떤 의지라도 '압도하는 것이다.' 여성 유혹자는 많은 다른 관계들(감정적인 관계, 사랑하는 관계, 성적인 관계, 특히 가장 비슷한 관계)이 확립되게 내버려두지 않는다 - 요컨대 이러한 관계들을 깨뜨리지 않고서는, 그리고 그것들을 기이한 매혹으로 전환시키지 않고서는 이 관계들이 확립되게 내버려두지 않는다. 그녀는 진리의 문제가 어느 순간에 확실히 제기될 수 있을 모든 관계들을 끊임없이 회피한다. 그녀는 이러한 관계들을 쉽게 해체한다. 그러나 이러한 관계들을 부정하거나 파괴하지 않는다. 즉 그녀는 이러한 관계들을 반짝이게 하는 것이다. 그녀의 모든 비밀은 바로 거기에, 존재의 반짝임 속에 있다. 그러나 그녀는 사람들이 그녀를 믿는 곳에, 사람들이 그녀를 욕망하는 곳에 결코 있지 않다.[4]

여성 유혹자는 이미 이 세계에 고착된 듯 보이는 모든 질서에 손을 뻗어 교묘한 방식으로 기존 선로에서 이탈하게 만든다. 그렇다면 여성

4 장 보드리야르, 앞의 책, 115쪽.

유혹자는 해체된 질서 위에 서서 권력의 최상위층으로 상승하고자 하
는 의지를 갖고 있는가? 이 지점에서 유혹의 아이러니가 드러나게 되
는데, 유혹은 어느 한곳에 고정되지 않으며 무엇의 소유물로 정착하지
않는 속성을 지니고 있다. 즉, 유혹은 그 자체로 하나의 움직임이며
진리를 들쑤시는 목적 외에는 추구하는 바가 없다고까지 말할 수 있다.
때문에 유혹은 무엇으로도 해체되지 않으며 사라지지 않는 것이다.

이러한 유혹에는 필연적으로 유희와 매혹이 내포되어 유혹 당하는
자의 심연을 뒤흔들어 놓게 된다. 무지막지한 권력 자체가 아닌, 권
력의 허무와 존재의 진실을 철저히 깨닫게 하는 게 바로 유혹의 치명
적 힘이다. 이상의 시에서 유혹하는 여성인 아내가 타인에게 열정과
애정을 전하는 방식으로 택한 비밀과 거짓말은 사랑의 내밀한 속성과
부합하면서 화자의 존재 이유마저 장악하는 단계로까지 나아가게 된
다. 이에 화자는 아내의 비밀을 끊임없이 기호화하여 그 흔적을 추적
하고자 시도한다.

> 先行하는奔忙을실고 電車의앞窓은
> 내透思를막는데
> 出奔한안해의 歸家를알니는「레리오드」의 大團圓이었다.
>
> 너는엇지하여 네素行을 地圖에없는 地理에두고
> 花瓣떨어진 줄거리 모양으로香料와 暗號만을 携帶하고돌아왔음이냐.
>
> 時計를보면 아모리하여도 一致하는 時日을 誘引할수없고
> 내것 않인指紋이 그득한네肉體가 무슨 條文을 내게求刑하겠느냐

그러나 이곧에出口와 入口가늘開放된 네私私로운 休憩室이있으니 내가奔忙中에라도 네그즛말을 적은片紙을『데스크』우에놓아라.

-「無題(其二)」전문

안해를즐겁게할條件들이闖入하지못하도록나는窓戶를닷고밤낫으로꿈자리가사나와서나는가위를눌린다어둠속에서무슨내음새의꼬리를逮捕하야端緖로내집내未踏의痕跡을追求한다. 안해는外出에서도라오면房에들어서기전에洗手를한다. 닮아온여러벌表情을벗어버리는醜行이다. 나는드듸어한조각毒한비누를發見하고그것을내虛僞뒤에다살작감춰버렷다. 그리고이번꿈자리를豫期한다.

-「危篤-追求」전문

유혹하는 여성의 몸은 "타자의 욕망이 빠져들게 되는 인위적인 구축물"[5]로 온갖 비밀로 치장된 채 진실을 알 수 없게 만든다. 화자가 포착하는 아내의 비밀은 남편이 아닌 다른 남자와의 외도를 각인시킨 몸에 남아 있다. 아내의 몸에 암호화된 비밀은 화자의 의심을 불러일으키는 기호이면서 화자의 시선을 집중시키는 치명적인 유혹의 역할을 한다. 아내는 화자의 소유권 밖에 존재하는 여성으로, 집안에서 남편을 보필하는 전통적인 여성상으로부터 멀어져 있다.

또한, 이 아내는 일대일 대응으로 서로의 삶에 감겨들어가면서 이상적 결합을 꾀하는 근대적 사랑을 갈구하지도 않는다.[6] 화자와 아내

---

5 위의 책, 116쪽.
6 "근대 의사소통의 이상은 감정을 유발하고 유대를 촉진하는 즐거움의 추구라는 명목 하에 제시된다." 에바 일루즈, 박형신·권오헌 역, 「열정의 이유」, 『낭만적 유토피아 소비하기』, 이학사, 2014, 408쪽. 이상 시편들에 드러나는 아내와 화자의 의사소통

의 관계는 종속되고 서로의 세계로 편입되는 일반적 부부 관계와는
거리가 멀다. 비밀을 갖고 있는 아내와 그 비밀의 정체에 대해 의심하
면서도 진실을 두려워하는 남편은 불균형한 관계를 구축하게 된다.
그런데 이들의 아슬아슬한 관계를 지탱하는 게 바로 '비밀(秘密)'이라
는 점이 흥미로운 것이다.

시「無題」에서 남녀의 관계는 외출한 여성과 여성을 기다리는 화자
로 설정되어 있다. 외출을 마치고 돌아온 아내의 행적을 "「레리오드」
의 대단원(大團圓)"이라 칭하는 어조에는 사태에 대한 화자의 체념과
상실 그리고 조소가 묻어 있다. '대단원'이 모든 사건의 결말을 뜻하
는 용어임을 염두에 둔다면, 아내의 외출을 향한 화자의 진술에는 많
은 서사가 담겨 있게 된다. 즉, 화자의 머릿속에는 이미 아내의 정조
를 의심할 만한 숱한 행적들이 그려져 있다는 의미가 된다. 그러나
화자는 도저히 아내의 '소행(素行)'을 추적할 수 없는 상황으로, 그는
'향료(香料)와 암호(暗號)'라는 기호만을 가지고 돌아온 아내의 부정을
의심할 뿐이다.

화자는 아내라는 존재를 온전히 소유할 수 없으며, 단지 아내가 지
니고 있는 기호들을 감지할 수밖에 없다. "내것 않인 지문(指紋)이 그
득한네 육체(肉體)가 무슨 조문(條文)을 내게 구형(求刑)하겠느냐"와 같
은 구절에서 느껴지는 화자의 원망은 아내의 육체를 여러 사내와 공
유해야만 하는 자의 슬픔과 무기력한 체념으로도 읽힌다. 아내의 육
체가 담지하고 있는 속성을 상징적으로 드러내는 '향료(香料)', '암호

은 진실을 가려둔 채, 이 '진실 말하기'를 무기한 연기한다는 점에서 학대적이고 한편
유희적이라 할 수 있다.

(暗號)', '지문(指紋)'과 같은 시어들은 다른 남성의 흔적이자 한곳에 정착하지 않는 아내의 속성을 드러낸다. 아내의 행적을 추적할 수 있는 가장 강력한 증거이자 기호로 기능하는 비밀은 감각적으로 포착할 수 있지만 금세 사라지는 '단서(端緖)'의 기능만을 할 뿐인 것이다.

시「危篤-追求」역시 동일한 시적 전개를 보여준다고 할 수 있는데, 아내의 부정을 드러내는 '무슨내음새의꼬리', '닦아온여러벌表情'과 같은 시어들은 비밀의 세계를 감지하는 단서로 기능한다. 끊임없이 비밀(秘密)을 감추는 아내가 미처 감추지 못한 채 화자에게 들킨 후각 이미지와 시각 이미지는 감각화되어 독자로 하여금 서사를 짐작하게 만드는 것이다. 아내의 '표정(表情)'은 치장의 한 종류인 화장으로 이해된다.

이때, 화자 앞에서 '한조각 독(毒)한 비누'로 여러 겹의 화장을 지우려 하는 아내의 행위는 또 다른 치장을 가능케 한다는 점에서 의미심장하다.[7] 비누를 감추는 화자의 행위에는 이미 완전한 진실을 고백하지 않으리라는 아내를 향한 의심어린 시선이 담겨 있다. 악몽이 지속되는 '어둠' 속에서 외부의 '내음새'를 달고 돌아온 아내의 체취는 '독한비누'라는 또 다른 기호로 대체되면서 화자를 혼란에 빠뜨리는 역할을 한다. 아내는 화장을 통해 지속적으로 진실의 왜곡과 조작을 시도하면서

---

7 "주목할 것은 독한 비누가 여러 벌의 표정을 닦아내고 진실을 드러나게 하는 매개가 아니라는 점이다. '독한'이라는 수식이 암시하는 것처럼 비누는 남편 앞에서 또 하나의 표정을 만들어낼 화장품의 일종이다. 아내는 외출해서는 화장으로, 돌아와서는 독한 비누로 위장하는 것이다. 비누를 감추는 행위는 아내가 화장을 벗고 독한 비누로 다시 위장할 것이라는 화자의 의심 가득한 심리를 반영한다." 엄경희, 「이상의 시에 내포된 소외와 정념」, 『한민족문화연구』 제48권, 한민족문화학회, 2014, 350쪽.

화자를 비밀의 세계에서 벗어나지 못하도록 만든다. 이상의 또 다른 시 「紙碑-어디갔는지모르는안해」에서 "秘密한발은 늘보선신ㅅ고 남에게 안보이다가 어느날 정말 안해는 업어젓다"와 같은 구절에서 보이듯, 아내는 일반적인 부부관계의 성역할에서 벗어나 언제든지 화자의 곁을 떠날 준비가 되어 있고 화자는 그러한 아내를 완전히 속박할 수 없는 입장에 처해 있다.

매춘을 하는 여성은 여러 남성들과 육체적 교감을 나누며 그에 상응하는 대가를 받는다. 남편을 집에 두고 외출에서 돌아온 아내는 "化粧은잇고 人相은없는얼골"(「紙碑-어디갔는지모르는안해」)로 남편인 화자 앞에 선다. 이상의 시에서 아내의 화장은 여성의 미적 치장이라는 일차적 효과를 넘어서는 것으로, 사회에서 통용되는 도덕·윤리적 질서를 해체하고 남녀 관계를 은밀하고 개별적인 유희의 세계로 진입하게 하는 매개로 기능한다.

일상 공간에서 벌어지는 남녀의 애정 사건은 현실에서 감당해야 하는 문제들을 보다 쉽게 떠올린다는 점에서, 남녀의 결합 불가능한 관계에 비극성을 내포하게 한다. 이상은 이러한 비극성에 유희적 성격을 부여함으로써 극점에 다다르는 에로티시즘의 황홀과 쾌락 그리고 절망을 보여주고 있다.

이상이 그려내는 에로티시즘적 세계는 비극성뿐만이 아니라 화자가 어떠한 이유로 이 비극성을 감내하면서까지 유혹의 세계에서 벗어나지 못하는지를 고도의 상징적 방법을 통해 보여주는 지점에서 분명히 드러난다고 할 수 있다. 특히, 일상에서 벗어나는 상징적 공간은 이상만의 구체적 사유에서 형성되는 세계이기 때문에, 이 공간으로부터 타자와의 관계성에 대한 이상의 내면의식을 유추해볼 수 있는 것이다.

> 꼿이보이지안는다. 꼿이香기롭다. 香氣가滿開한다. 나는거기墓穴을판
> 다. 墓穴도보이지안는다. 보이지안는墓穴속에나는들어안는다. 나는눕는
> 다. 또꼿이香기롭다. 꼿은보이지안는다. 香氣가滿開한다. 나는이저버리
> 고再처거기墓穴을판다. 墓穴은보이지안는다. 보이지안는墓穴로나는꼿을
> 깜빡이저버리고들어간다. 나는정말눕는다. 아아. 꼿이또香기롭다. 보이
> 지도안는꼿이 - 보이지도안는꼿이.
>
> －「危篤－絶壁」 전문

유혹자로서의 여성은 때로는 '죽음에 다가서는 공포'와 '쾌락의 황
홀' 사이에서 남성을 유혹하는 존재로 상정되기도 한다. "진짜 여성유
혹자는 오직 유혹의 상태에만 있을 수 있다. 이 상태에서 벗어나면,
그녀는 더 이상 여자도, 대상도, 욕망의 주체도 아니다. 그리고 그녀는
정체불명이고 매력도 없다 - 그녀의 유일한 열정은 바로 거기에 있기
때문이다."[8] 유혹하는 여성은 어느 곳에나 산재해 있으면서 정작 어느
곳에서도 찾을 수 없다는 기묘한 기술로 남성의 주위에 맴돈다.

시 「危篤－絶壁」은 죽음의 황홀과 화자는 "보이지도안는꼿"에 매혹
되어 '묘혈(墓穴)'을 파고 그 속에 눕는다. '묘혈'이 죽음을 연상시키는
공간이라면, 화자의 행위는 치명적인 위험을 안고 점점 더 깊은 '묘혈'
로 들어가는 것으로 이해될 수 있다.[9] 이형진의 지적대로 "자신의 실체

---

8 장 보드리야르, 배영달 역, 『유혹에 대하여』, 도서출판 백의, 1996, 116쪽.
9 이러한 시적 설정과 관련된 에로티즘의 특성은 조르주 바따이유에 의해 지적된 바
  있다. 바따이유는 그의 저서 『에로티즘』에서 금기와 위반, 성적 충동과 죽음 충동을

를 숨기면서 '나'를 죽음으로 유혹하는 '꽃', 이러한 꽃의 이미지는 이상
(李箱)의 작품 전반에 걸쳐 '여성'이 반복적으로 형상화되고 있는 방
식"[10]이다. 특히, "향기(香氣)가 만개(滿開)한다."와 같은 구절은 이 시의
에로티시즘적 속성을 강화시키는 역할을 한다. '만개'라는 시어에서
알 수 있듯, 꽃은 더 이상 활짝 필 수 없을 정도로 성숙한 채 화자를
유혹하고 있다.

이때, 화자는 꽃 자체가 아닌, 향기를 감지하고 이 향기에 매혹될
뿐이다. 이러한 매혹은 꽃의 정체와 묘혈의 위험을 망각하게 만들고
("나는이저버리고再처거기墓穴을판다."), 화자의 내면을 꽃의 향기로 가득
채우면서 에로티시즘의 절정에 이르게 한다. 유혹은 "자기 도취적이
고, 또한 그것의 비밀은 이러한 덧없는 몰입 속에 있다. 그리하여 여
자들이 그들의 육체와 모습을 감추는 저 다른 숨겨진 거울에 더 가까
워질수록, 그들은 유혹의 효과에 더 가까워"[11]진다는 특징을 지닌다.
이 시에서 공기 이미지를 지니는 향기는 '묘혈'과 결합하면서 비밀의
향기이자 죽음의 향기라는 의미를 내포하게 된다.

시「危篤-絶壁」에서 "꼿이보이지안는다.", "묘혈을판다.", "꼿이香
기롭다."와 같은 구절은 일부 문장 형태의 변형만 있을 뿐, 반복적으

긴밀히 연결시킨다. 합리적인 세계에서 인간을 통제하는 규칙은 금기를 낳고, 인간은
이 금기를 위반하면서 쾌락에 이르게 된다. 죽음의 세계에 진입하면서 맛볼 수 있는
황홀경은 인류학적 관점에서 축제의 제의 현장에서 발견할 수 있는 장면이며, 인간이
만들어 낸 쾌락의 장을 가장 강렬하게 보여주는 단면이라 할 수 있다. 조르주 바따이
유, 조한경 역, 『에로티즘』, 민음사, 1989, 97~101쪽. 참조.
10 이형진, 「李箱 문학의 '비밀'과 '여성'의 의미 연구」, 한국현대문학회 학술발표회자료
집, 한국현대문학회, 2009, 155~156쪽.
11 앞의 책, 95쪽.

로 언급되며 한 편의 시를 형성하고 있다.[12] 꽃의 실체가 드러나지 않
는 시적 상황 속에서 향기에 매료된 화자의 모습은 오히려 "보이지도
안는꽃"의 존재감을 부각시키며 신비로운 시적 분위기를 생성해 낸
다. 이때, '보이지 않는다'는 진술은 시각적 의미뿐만이 아니라, 꽃인
여성의 실체를 파악하는 것이 불가능하다는 판단을 거듭 상기시킨다.

이처럼 직접적으로 접촉하여 소유할 수 없지만 꽃의 향기에 취하는
화자의 모습은 일반적인 애정 관계의 결합과 다른 양상을 보이면서
독특한 에로티시즘을 보여준다. 마치 숨바꼭질을 하는 듯, 향기의 뒤
를 쫓는 화자와 결코 모습을 보이지 않으면서 화자를 유혹하는 여성
이 비밀스러운 장면을 통해 드러나는 것이다.

이처럼 이상 시에서 남녀가 벌이는 연애는 비극성과 유희성을 모두
내포하는 특이한 면모를 보인다. 특히, '아내'는 화자뿐만 아니라 여타
의 남성들을 유혹하는 모습을 보이는 동시에 몸을 매개로 하여 남성과
거래를 할 수밖에 없는 한 존재의 절망까지를 보여준다는 점에서 주목

---

12 이러한 반복과 화자의 정서에 관한 서영채의 지적을 살피면 다음과 같다. "묘혈에서
드러나는 죽음의 이미지와 반복이라는 양상, 그리고 "아아, 꽃이또향기롭다. 보이지
않는꽃이"의 영탄에서 읽히는, 거역하기 어려운 반복강박(compulsion to repeat)에
대한 안타까움이나 비애, 은근한 절망감 등이 그것이며, 그런 정서는 그 대상이 묘혈이
건 꽃이건 간에 보이지 않음이라는 상태로 수렴되고 있다. 요컨대 주체가 선명하게
인식할 수 없는 어떤 영역에서 향기와 죽음의 만남이 반복되고 있으며, 그런 반복은
거부할 수 없는 인력으로 주체를 강하게 끌어당기고 있다는 것, 그리고 그런 반복의
힘이 주체에게는 안타까움으로 다가오고 있다는 점만은 분명하다고 할 수 있을 것이
다." 서영채, 「韓國 近代小說에 나타난 사랑의 樣相과 意味에 관한 硏究 : 이광수,
염상섭, 이상을 중심으로」, 서울대학교 박사학위논문, 2002, 229~230쪽. '꽃'과 '향
기'를 향한 화자의 강한 이끌림은 대상에 매혹되어 죽음의 공간으로 빠지게 만드는
동력이라 할 수 있다.

을 요한다. 또한, 매춘하는 여성의 내면을 들여다보는 화자의 시선으로부터 '나'와 타자의 관계를 유추할 수 있는데, 이는 곧 '나' 자신의 문제로 귀결됨을 의미하기도 한다. 이상의 시에서 유혹하는 자와 유혹 당하는 자는 각각 불안정한 관계성 속에서 사투하는 모습을 보인다.

이상은 '매춘하는 여성'과 이러한 사실을 알면서도 '묵인할 수밖에 없는 남성'이라는 관계 설정을 통해 완전한 결합이 불가능한 존재의 비극을 드러낸다. 일상에서 유리된 남녀 관계는 현실에서 제기되는 문제를 내포하고 있으면서도 한편으로는 유혹 자체에 도취되는 모습을 보이고 있다. 이처럼 '관계'에 대한 비극적 인식 하에서도 사랑의 황홀과 유희를 버리지 못하는 것이 이상의 에로티시즘적 세계관이라 할 수 있다.

2) '비만'한 '펭귄'과 웃는 여자의 찐득한 '향연'

이상의 문제의식은 자아 문제와 더불어 이 세계의 잔혹성을 드러내는 데까지 나아간다. 이상에게 자아와 세계의 경계 지점은 여성이라 할 수 있다. 화자와의 직접적인 접촉으로 애정 관계를 이루는 여성은 자아가 만나는 하나의 세계이다. 때문에 여성과의 관계에 실패한다는 것은 곧 자아와 세계의 불일치, 부조화를 의미한다고 볼 수 있다. 이상 시에서 화자와 여성의 에로티시즘적 세계가 실패를 거듭한다면, 화자뿐 아니라 작품 속 여성이 어떠한 방식으로 형상화되는지를 살필 필요가 있을 것이다. 이상 시에 드러나는 남녀의 에로티시즘적 세계의 형성을 방해하는 것은 무엇인가?

성은 "종족 번식을 위한 생식 기능에 국한되어 있는 것이 아니라, 자아 형성과 자의식, 사회적 관계와 역할, 사회적 규범 등에 의해서 규정"[13]된다. '나'와 타인의 세계가 하나로 어우러지면서 교감하고 황홀한 일체화의 감정까지 느끼기 위해서는 또 다른 타자가 둘 사이에 끼어들지 않는다는 에로티시즘의 조건이 충족되어야 한다.

즉 에로티시즘의 조건은 "외부인을 고려하지 않는다는 점, 타인들이 찬성하는지를 고려하지 않으면서 실현된다는 점, 오히려 그 관계의 의미는 그 관계 자체에서 충족된다는 점, 그래서 외부에 표현하도록 강제하는 기제가 없다 하더라도 그 의미는 그 관계 자체에서 섬세하게 가다듬어질 수 있다는 점"[14]과 같다. 타인이 침범하지 못하는 남녀 사이는 에로티시즘의 일차적 조건이며, 이로써 둘의 감정은 비밀스럽고도 무결하게 깊어질 수 있다.

또한 에로티시즘적 관계는 사회상을 보여주는 거울로도 기능한다. 두 남녀가 생성하는 에로티시즘은 내밀하고도 신비로운 감정인 동시에 문화적·경제적 측면을 반영할 수밖에 없는 사회적 성격을 갖는다. 탄생 이후의 모든 인간은 사회화 과정을 거쳐 한 사회의 구성원으로 살아가기 때문이다. 그렇다면 이상이 보여주는 에로티시즘은 어떠한 사회상을 보여주고 있는가?

이상 시의 에로티시즘적 세계는 자본주의 화폐경제에 의해 비정상적으로 유지되고 있다는 점에서 문제적으로 읽힌다. 특히 남녀 사이

---

13 니클라스 루만, 정성훈·권기돈·조형준 역, 『열정으로서의 사랑 : 친밀성의 코드화』, 새물결, 2009, 246~247쪽.
14 위의 책, 47~48쪽.

에서 감정의 직접적인 매개가 되는 '몸'이 화폐에 의해 판매되고 소비
된다는 시적 상황은 대상의 감정을 거세한 채 대중에게 전시된다. 이
상이 그려내는 에로티시즘의 비속화는 정상의 영역에서 벗어나 있다.
에로티시즘의 성스러움은 화폐로 인해 타락하고 인간의 존엄은 추락
한다. 정상의 영역에서 이탈한 화자가 만난 거리의 여성 역시 전통적
인 성 윤리에서 밀려난 인물로 그려진다.

이상은 시 「危篤-白畵」에서 '정조(貞操)'와 '화폐(貨幣)'가 동일한 가
치로 상정되어 있는 상황을 조소한다. 매춘부로 설정된 여성은 자신의
'정조'가 화폐가치로 어느 정도인지 셈하고자 한다("나더려世上에서얼마
짜리貨幣노릇을하는셈이냐는뜻이다"). 화자와 매춘부의 관계가 서로 "성
립될 수 있는 인간관계의 유일한 매개체는 '화폐'일 뿐"[15]이다. 이상의
시에서 여성의 몸과 화폐는 밀접하게 연결되면서 그로테스크한 이미
지로 형상화된다. 위의 시 역시 마찬가지로 여성은 "칠면조(七面鳥)처
럼 쩔쩔" 매면서 조롱당하는데, 화를 내는 여성의 모습은 '칠면조'의
형상으로 우스꽝스럽게 격하된다.

이상 시에서 그로테스크하게 형상화되는 여성의 신체는 다수의 남
성에 의해 화폐로 거래된다는 점에서 서로에게 교감을 차단시킬 뿐만
아니라, 주체의 능동성을 잃어버렸다는 점에서 자유가 거세된 추의
속성을 드러낸다.

이상의 또 다른 시 「興行物天使」는 자본주의와 여성의 밀접한 관계
망을 그려내고 있다. 시 「興行物天使」와 「狂女의告白」에 나오는 여성

---

15 조해옥, 『이상 시의 근대성 연구』, 소명출판, 2001, 112쪽.

은 주체적이지 않다.

　　── 어떤後日譚으로

　　整形外科는여자의눈을찢어버리고形便없이늙어빠진曲藝象의눈으로만들고만것이다. 여자는싫것웃어도또한웃지아니하여도웃는것이다.

　　여자의눈은北極에서邂逅하였다. 北極은초겨울이다. 여자의눈에는白夜가나타났다. 여자의눈은바닷개(海狗)잔등과같이얼음판우에미끄러져떨어지고만것이다.

　　世界의寒流를낳는바람이여자의눈에불었다. 여자의눈은거칠어졌지만여자의눈은무서운氷山에싸여있어서波濤를일으키는것은不可能하다.

　　여자는大膽하게NU가되었다. 汗孔은汗孔만큼의荊棘이되었다. 여자는노래부른다는것이찢어지는소리로울었다. 北極은鐘소리에戰慄하였던것이다.

　　거리의音樂師는따스한봄을마구뿌린乞人과같은天使. 天使는참새와같이瘦瘠한天使를데리고다닌다.

　　天使의배암과같은회초리로天使를때린다.
　　天使는웃는다, 天使는고무風船과같이부플어진다.

　　天使의興行은사람들의눈을끈다.
　　사람들은天使의貞操의모습을지닌다고하는原色寫眞版그림엽서를산다.

天使는신발을떨어뜨리고逃亡한다.

天使는한꺼번에열個以上의덫을내어던진다.

◇　　　　　　　　　◇

日曆은쵸콜레이트를늘인(增)다.

여자는쵸콜레이트로化粧하는것이다.

여자는트렁크속에흙탕투성이가된즈로오스와함께엎드러져운다.　여자는
트렁트를運搬한다.

여자의트렁크는蓄音機다.

蓄音機는喇叭과같이紅도깨비靑도깨비를불러들였다.

紅도깨비靑도깨비는펜긴이다.　사루마다밖에입지않은펜긴은水腫이다.
여자는코끼리의눈과頭蓋骨크기만큼한水晶눈을縱橫으로굴리어秋波를
濫發하였다.

여자는滿月을잘게잘게썰어서饗宴을베푼다.　사람들은그것을먹고돼지같
이肥滿하는쵸콜레이트냄새를放散하는것이다.

ー「鳥瞰圖ー興行物天使」 전문

등쳐먹을려고하길래내가먼첨한대먹여놓았죠

잔내비와같이웃는여자의얼굴에는하룻밤사이에참아름답고빤드르르한
赤褐色쵸콜레이트가無數히열매맷혀버렸기때문에여자는마구대고쵸콜레
이트를放射하였다.　쵸콜레이트는黑檀의사아벨을질질끌면서照明사이사이에
擊劍을하기만하여도웃는다.　웃는다.　어느것이나모다웃는다.　웃음이마침
내엿과같이걸쭉걸쭉하게찐더거려서쵸콜레이트를다삼켜버리고彈力剛氣

에찬온갖標的은모다無用이되고웃음은散散히부서지고도웃는다. 웃는다. 파랗게웃는다. 바늘의鐵橋와같이웃는다. 여자는羅漢을밴(孕)것인줄다들알고여자도안다.羅漢은肥大하고여자의子宮은雲母와같이부풀고여자는돌과같이딱딱한쵸콜레이트가먹고싶었던것이다.여자가올라가는層階는한층한층이더욱새로운焦熱氷結地獄이었기때문에여자는즐거운쵸콜레이트가먹고싶다고생각하지아니하는것은困難하기는하지만慈善家로서의여자는한몫보아준心算이지만그러면서도여자는못견디리만큼답답함을느꼈는데이다지도新鮮하지아니한慈善事業이또있을까요하고여자는밤새도록苦悶苦悶하였지만여자는全身이갖는若千個의濕氣를띤穿孔(例컨대눈其他)近處의먼지는떨어버릴수없는것이었다.

(중략)

이내몸은돌아온길손, 잘래야잘곳없어요.

-「狂女의告白」부분

시「興行物天使」는 남성의 성적 대상으로 전락하여 흥행을 위해 자신의 몸을 전시하는 여성의 이야기를 그리고 있다. 시「狂女의告白」에도 역시 한곳에 정착하지 못하고 거리를 떠도는 여성이 등장한다. 이 두 편의 시는 상당히 비슷한 시적 상황을 보여주며, 두 시에 등장하는 여성이 동일인이라고 보아도 무방할 정도이다. 두 작품에서 여성은 성적으로 대상화되어 있다.[16] 남성들은 관음증적 시선으로 여성

---

16 다소 다른 점이 있다면「興行物天使」의 여성이 남성의 폭력에 그대로 노출되어 있는 것에 비해,「狂女의告白」속 여성은 적극적으로 억압에 대응한 부분이다. "천사의배암과같은회초리로천사를때린다."(「興行物天使」)와 같이 회초리를 맞으면서도 웃어야하는 거리의 여자와 "등쳐먹을려고하길래내가면첨한대먹여놓았죠"(「狂女의告白」)와 같이 세계의 폭력에 예민하게 반응하며 대처하는 여자의 대응 방식은 서로 다르다. 그럼에도 두 편의 시에는 화폐를 매개로 하여 여성의 성을 사고파는 남성의 행위가

을 대한다.

자유를 잃은 천사(여자)의 몸은 거리에서 전시되고 구경거리가 되는 자본주의의 상품이다. 이 시에서 성적으로 대상화된 여성은 대중의 멸시와 비판을 감수하면서 남성의 성적 환상을 충족시키는 대상이다. 일반적으로 에로티시즘은 두 남녀의 정서적 교감으로부터 생성되는 관계성의 문제와 연관이 깊다. 그러나 이상이 보여주는 시적 상황은 '교감'이 아닌 폭력적인 관계를 중심으로 전개되는 것을 볼 수 있다.[17]

시「興行物天使」에서 여자의 '수척(瘦瘠)'한 모습은 '원색사진판(原色寫眞版) 그림엽서'의 성적 이미지로 포장된다. 포장된 천사의 이미지는 남성들에게는 쾌락의 도구이며, 여자 자신에게는 생존의 수단이 된다. 흥행을 위해 거리로 나선 여자의 뒤에는 자본주의의 권력관계를 전면적으로 보여주는 인물인 '거리의 음악사(音樂師)'가 있다. 여자를 '배암과같은회초리'로 때리는 음악사의 폭력적 행위와 '천사(天使)의 정조(貞操)'를 욕망하면서 그림엽서에 탐닉하는 남성들의 기만적 행위는 성적 도구로 착취당하는 여자와 대비를 이룬다.

여자가 풍요로움의 상징인 '만월(滿月)'을 잘게 나누어 '향연(饗宴)'

동일하게 그려진다. 시「狂女의告白」중 "이내몸은돌아온길손, 잘래야잘곳없어요."와 같은 구절은 흥행의 거리를 떠났다가 다시 되돌아온 여성의 허무함과 절망이 뒤섞인 발언으로 해석된다. 거리에서만 머무는「興行物天使」의 여자보다 훨씬 더 많은 서사를 담고 있는 여성인 것이다. 이 두 편의 시는 여성의 몸을 매개로 하여 그로테스크와 에로티시즘의 기법이 작품 곳곳에 형상화되어 있다.

17 이와 관련하여 송민호는 "李箱은 한편으로 작품 속에서 그를 불안하게 하고 공포에 떨게 만드는 실체를 드러냈는데, 그것은 다름아니라 화폐 질서 속에서 끊임없이 물질에 대한 욕망을 갖도록 하는 자본주의의 물신화에 대한 공포이다."라고 지적한 바 있다. 송민호, 앞의 논문, 165쪽.

을 베풀 때, 여자는 주체적 위치에 있지 않다. 이 향연은 놀이의 즐거움과 풍요로움이 배제된, 모호한 환상에 싸여 착취와 소모로 이루어진 세계의 균열 지점이다. "신발을떨어트리고逃亡"하는 여자에게 한꺼번에 던져진 "열個以上의 덫"은 이 세계 어디로도 달아날 수 없는 여자의 절망을 보여준다. 여자의 베풂은 비정상적 방식에 의한 강제적 웃음이자 여자에게 가해진 폭력의 최대치이다. 여자는 자신의 시간을 조금씩 떼어내면서 향연을 베풀고 자기가치를 잃고 죽음에 다가가는 존재와 다름없다.

시 「興行物天使」에서 '향연'은 부정적 이미지로 형상화된다. 빅토르 위고는 "고귀함과 그로테스크 사이의 긴장 관계를 표현하기 위해 순수하게 영적인 것과 "짐승 같은 인간(beta humaine)"의 대비를 활용했다. 전자가 고귀함을 상징한다면 후자는 그로테스크적인 요소"[18]라 할 수 있다. 향연을 즐기는 손님들은 여자의 성적 유혹에 이끌린 남성들로, 이들은 '짐승같은 인간'의 전형을 보여준다. 작품 속 남성들은 '(그림엽서를 사는) 사람들'→'紅도깨비 靑도깨비'→'펜긴'→'돼지'로 변모한다. 즉 남성들은 여자의 존재가 격하됨에 비례하여 탐욕스럽고 우스꽝스러운 동물의 이미지로 희화화되는 것이다. 자본주의의 생산구도에서 주체인 듯 보였던 남성들 역시 화려한 소비문화에 종속된 존재에 지나지 않음을 보여준다.

시 「狂女의告白」에서도 이러한 존재의 격하가 나타나는 것을 볼 수 있다. 여자의 얼굴은 '잔내비'(원숭이)와 동일하게 그려지는데, 여자는

---

18 볼프강 카이저, 이지혜 역, 『미술과 문학에 나타난 그로테스크』, 아모르문디, 2011, 106쪽.

호객 행위를 위해 행인의 이목을 끄는 동물로 격하되면서 우스꽝스럽게 변한다. 여자의 "잘래야잘곳없어요"와 같은 발언은 "만월"이 기울어 모든 것을 소모한 여자의 상황을 짐작하게 한다. 과도한 쾌락과 지나친 소모로 만들어진 향연의 도가니에는 세속화되고 속물화된 존재들만이 득실거릴 뿐이다. 승리자가 없이 모두 조금씩 허물어지는 이 그로테스크한 향연은 자본주의 사회의 어두운 그늘과 다르지 않다.

그렇다면 빅토르 위고가 말한 고귀함은 어디에서 찾을 수 있는가? 서로 어울리지 않는 것들끼리의 이질적 결합이 최대의 효과를 낳기 위해서는 그로테스크한 이미지와 극단을 이루는 대상물을 나란히 놓는 것이다. 이에 이상은 빅토르 위고와 다른 방식으로 그로테스크의 긴장감을 만들어낸다. 고귀한 존재인 천사를 성적 대상으로 전락시키며, 이상은 한 가지 질문을 던진다. 이 세계의 고귀함은 어디에서 찾을 수 있으며, 세계의 진실은 무엇인가? 고귀한 아름다움보다 짐승 같은 인간의 행태가 더 인간의 진실에 가까운 것은 아닌가?

낭만주의 작품에서 빈번하게 발견되는 천사 혹은 악마의 형상화와 그들이 행사하는 절대적 힘은 자본주의 사회에서 화폐로 대체된다. "사람들은 천사(天使)의 정조(貞操)의 모습을 지닌다고 하는 원색사진판 그림엽서를 산다."와 같은 구절에 나타나 있는 '천사'의 형상화에 주목할 필요가 있다. 일반적으로 천사는 성스럽고 따뜻한 빛에 가까이 있는 미적 존재로 상징화된다. 그런데 이 시에서의 천사(여자)는 성스러움이 아닌 천박한 자본주의에 의해 상품화된 존재로, 따뜻한 빛이 아닌 북극의 빙산과 같은 추위에 둘러싸인 존재로, 미적 존재가 아닌 추한 존재로 격하되고 있다.

성적 연상을 유발하는 '즈로오스'(여성용 팬츠)가 '흙탕투성이'가 되었
다는 시적 설정은 순결의 상실이자 존재의 불길한 징조를 보여준다.
이는 '사루마다'(남성용 팬츠)만 입은 채 뒤뚱거리는 '펜긴'(남성)의 탐욕
스러움과 대비되는 장면이다. 에로티시즘의 생명력과 신비스러움이
거세된 채, 거리에서 자신의 몸을 드러낼 수밖에 없는 존재가 바로
천사(여자)인 것이다. 에로티시즘의 전제인 일대일의 감정적 대응이
불가능한 이유가 여기에 있다.

이상의 시 「興行物天使」를 가장 그로테스크하게 만드는 부분은 바
로 여자의 '웃는 얼굴'[19]이다. 즉발적으로 터져 나오는 웃음의 '인간적
인' 행위를 강조한다. 이상의 시 「興行物天使」에서 여자의 행위는 극
명하게 나뉜다. 한 쪽은 "웃는다. 운다. 맞는다. 도망한다."이고, 다른

---

[19] 이상 시에 나타난 '웃음'은 다양한 관점에서 해석된다. 연구들의 공통된 지적은 이
'웃음'에서 시적 대상의 병적 상태를 감지할 수 있다는 것과 이러한 병든 웃음이 세계의
부정성을 내포하고 있다는 부분이다. "홍행물 천사는 "실컷 웃어도 또한 웃지 아니하
여도 웃는"다. 이 웃음이야말로 타락한 '에로 그로 넌센스'의 웃음이다. 사람들은 그
웃음에 매혹되지만, 그것은 이미 상업화된 웃음, 억지 웃음일 뿐이다. 그것은 '곡예'
공연에 사용되는 연출된 웃음이고, 이상식의 언어유희대로라면 '곡예상(曲藝商)'의
웃음이기 때문이다. (중략) 그것은 아무 의미도 없는, 아무런 급진성이나 전복성도
지니지 못한 공허한 웃음이기 때문이다. 이상은 그러한 웃음을 비웃는다. 카페와 홍행
물의 이미지를 에로틱하고 그로테스크하게 변화면서 웃음에 웃음으로 맞선다."(소래
섭, 『에로 그로 넌센스』, 살림출판사, 2005, 71~72쪽.) 소래섭이 해석하는 이상의
'웃음'은 세계에 어떠한 영향력도 끼치지 못하는 '무용성'을 지니고 있다. 아무 쓸모없
는 웃음은 기괴하게 변질되면서 자조적인 웃음으로 변모한다. 이와 함께 최금진의
해석도 살피면 다음과 같다. "정상적이고도 보편적인 세계, 일상적이고 평범한 세계에
대해, 불온한 농담과 웃음을 제공하여, 삶을 환기시키는 역할을 수행한다. 병든 자신
의 신체를 대상으로 스스로를 조롱하며, 동시에 세계를 조롱하는 방식은 세상을 절망
과 허무에 빠뜨린다." 최금진, 「이상 시에 나타난 몸과 시적 구조의 관계」, 『한민족문
화연구』 제43권, 한민족문화학회, 2013. 158쪽.

한 쪽은 "웃는다. 화장한다. (남성들을) 불러들이다. 추파를 남발하다. 향연을 베푼다."와 같다. 여성은 '유혹하는 주체'이자 동시에 끊임없이 소모되는 세계 밖의 존재이다.

이 시에서 '늙어 빠진 곡예상의 눈'이 되어버린 여자는 웃는 가면을 쓰고 있는 듯 언제나 웃는 표정을 지을 수밖에 없다. 여자는 남성의 성적 환상을 채워주는 역할만이 허용되어 있다. 여자의 눈은 '북극'의 추위와 '얼음판위'의 날카로움을 느끼면서 세계와 마주한다. 눈물을 흘리는 여자의 눈이 '무서운 빙산(氷山)'에 싸여 있는 것은 얼어붙어 동결된 존재의 상태를 가리키기 위함이다. 즉 감정의 거세를 강압적으로 강요받은 눈인 것이다. 때문에 여자는 웃는 얼굴과 우는 얼굴이 뒤섞인 기묘한 표정으로 형상화된다.

이러한 웃음은 「狂女의告白」에서도 형상화된다. 남성을 홀리는 물질인 '쵸콜레이트'가 여자의 얼굴에 "무수히열매맺혀" 있고, 여성은 어느 곳을 향해서나 '쵸콜레이트'를 방사한다. 여성에게서 상대(남성)에게 전달되는 '쵸콜레이트'는 검은 체액의 이미지를 지니고 있는 자본의 위장술이다. 웃음의 본질은 사라지고 흥행(매춘)의 성공을 이끄는 "엿과같이걸쭉걸쭉"한 '쵸콜레이트'만 찐득하게 여성과 남성의 얼굴에 달라붙어 있다.

즉발적인 행위인 '웃음'은 '쵸콜레이트'의 끈적함으로 접착력을 갖게 되고 마침내 "바늘의 철교(鐵橋)"와 같은 금속성의 사물로 변모한다. 바늘과 같이 차갑고 단단한 '웃음'의 사물화는 "초열빙결지옥(焦熱氷結地獄)"이라는 여자의 상황을 드러내기 위한 것이다. 불의 지옥과 얼음의 지옥이라는 의미를 지닌 "焦熱氷結地獄"은 비정상적인 거래 방식으

로 육체의 섹슈얼한 행위를 극단으로 이끄는 '쵸콜레이트'의 뜨거운
웃음인 동시에 날카롭고 차가운 '바늘'의 추운 웃음과 같다.

이 두 시에서 나타나는 웃음과 울음의 이질적 결합은 낯선 그로테
스크한 이미지를 만들어내면서 자신의 삶에 어떠한 결정권도 행사하
지 못하는 여자의 상황을 보여준다. 즉 여자를 수동적이고 무력한 '꼭
두각시 인형'[20]과 다름없이 만들어버린다.

낭만주의 그로테스크에서 빈번하게 발견되는 꼭두각시 인형 모티프
는 "인간을 조종하고, 인간을 꼭두각시 인형으로 변모시키는 그 낯선
비인간적인 힘에 대한 관념"[21]을 토대로 하여 형상화된다. 낭만주의
그로테스크에서의 꼭두각시 인형 모티프가 악마에 대한 상상과 연관
된다면, 이 시에서의 꼭두각시 모티프는 자본주의 상품경제시장에서
격하되는 존재의 형상화와 관련이 깊다고 할 수 있다. 마치 자본가가
노동자를 착취하듯이 '거리의 음악사'는 흥행에 성공하기 위해 여자를
때리면서 천사의 웃음을 부추긴다. 두려운 것은 눈에 보이지 않는 악마
의 존재가 아니라 자본주의의 착취 구조에서 인간성을 잃어가는 '웃는
여자'의 형상이 이 시대에 만연하다는 진실을 대면하는 일이다.

한 존재가 생명력을 잃고 놀이를 목적으로 하는 장난감으로 전락하
고 말았을 때, 이때의 그로테스크한 이미지는 존재가치의 직접적인
상실을 보여준다. 이는 빅토르 위고의 『웃는 남자(L'homme qui rit)』와

---

20 '인형' 모티프가 그로테스크한 분위기를 낼 수 있는 것은 다음과 같은 이유 때문이다.
"기계적인 것은 생명을 얻음으로써 생경해지는 반면, 인간적인 것은 생명력을 잃음으
로써 생경해진다. 인형, 자동체, 마리오네트로 변한 육신, 그리고 가면으로 굳어진
얼굴은 꾸준히 그로테스크의 소재가 되어 왔다." 볼프강 카이저, 앞의 책, 302쪽.
21 미하일 바흐찐, 앞의 책, 78쪽.

도 연관관계를 찾을 수 있는 부분이다. "웃음의 장본인이 자신의 의지에 반해(혹은 전혀 상관없이) 웃을 때 그 웃음은 더 이상 개인적 감정의 표현이 아니라 미지의 힘이 발현되는 것으로 해석해야 한다."[22] 외부의 조종에 의해 짓게 되는 부자연스러운 웃음은 여자에게 가해진 강압적 권력을 짐작하게 한다.

웃는 여자는 자신의 얼굴 위로 '쵸콜레이트'를 바르며 화장한다. 남성들은 돈을 지불하고 '쵸콜레이트'로 가득 찬 향연을 음미하면서 점점 비만해진다. 화폐의 액수에 상응하여 '쵸콜레이트'를 남성에게 선사해야 하는 여자의 모습은 이 세계에서 점차 무용해지는 인간 존엄에 대해 생각하게 한다.

이상 시에서 이러한 여자의 문제는 남녀 관계의 갈등을 직접적으로 드러내는 시편들에서 전면화된다. 게오르그 짐멜의 지적처럼 "본질적으로 영속적이고 내면적 진실을 갖는 결속력에 기초하는 인간관계 – 예컨대 아무리 금방 깨져버릴 수 있다고 하더라도 참된 사랑의 관계 – 에 대해서 돈은 결코 적합한 매개물이 될 수 없"[23]는 것이다. 에로티시즘적 세계를 형성하는 데 필요한 것은 물질이 아닌, 서로를 향한 두 남녀의 강렬한 감정이다.

이상 시의 여성이 남성과 관계를 쌓는 방식이 화폐경제의 울타리 내에서 벗어나지 못한다고 할 때, 여성의 인격은 한없이 격하되고 남성의 인격은 타락할 수밖에 없다. 때문에 이상 시에 등장하는 시적

---

22 볼프강 카이저, 앞의 책, 105쪽.
23 게오르그 짐멜, 김덕영 역, 『돈의 철학』, 도서출판 길, 2013, 650쪽.

대상들은 모두 그로테스크하고 추할 수밖에 없다. 추함의 조건으로 꼽을 수 있는 것은 바로 '연약함'이다. "약함은 자신의 무기력을 자기 행위의 무생산성으로, 폭력에 대한 복종으로, 절대적인 수동적 규정으로 보여준다."[24] 이러한 연약함은 능동적으로 생성해야 하는 에로티시즘의 생명력이 넘치는 세계를 불가능하게 만들고 자기 자신의 존립근거마저 잃게 한다. 인간의 내밀한 감정은 상실되고 쾌락의 재빠른, 과도한 소모만을 부추기는 병든 카니발적 세계에서 인간성은 보존될 수 없다. 이상은 이를 날카롭게 꼬집으며 자본주의 사회에서 누구도 이와 무방하지 않음을 보여준다.

세계와 일체감을 느끼며 통합적 주체로 거듭난 자들의 건너편에 있는 불안한 자들, 세계의 균열을 민감하게 감지하면서 그 균열 속으로 들어가 온몸으로 불균형과 편중된 삶을 살아내는 자들이 있다. 이러한 소외된 존재들이 세계 안팎에서 포착한 문제적 시선은 한편으로 사회구조의 변화와 긴밀한 연관성을 갖는다.

본고는 그로테스크하게 형상화된 존재가 바라보고 있는 세계는 어떠한 모습인지를 추적하여 최종적으로는 '나'와 세계와의 관계성 문제로까지 논의를 확장시키고자 하였다. 이상의 시편들에서 화자의 불안을 야기하고 절망을 가속화시키는 것의 실체는 바로 화폐와 여성이라 할 수 있는데, 이로부터 자본주의 화폐경제사회와 에로티시즘의 문제가 비윤리적으로 뒤섞여있는 과열된 사회의 모습을 문제적으로 바라본 이상의 시선을 유추할 수 있는 것이다. 본고는 특히 고립된

---

24 카를 로젠크란츠, 조경식 역, 『추의 미학』, 나남, 2008, 200쪽.

공간에서 자폐적인 모습을 보이는 화자가 직접적으로 접촉하여 만나는 유일한 대상인 '여성(아내)'가 타락하고 격하되는 모습으로 형상화되는 것에 주목하였다.

이상의 시편들에 드러나는 그로테스크한 이미지는 이러한 이미지가 생성되기까지 벌어졌던 상황과 실질적 배후를 짐작하게 만드는 역할을 한다. 이때의 배후는 자본주의 이데올로기에 의해 개인의 존엄이 추락하는 세계를 말하며, 비현실적으로 그려지는 그로테스크한 이미지가 작품 내부에서 오히려 현실성을 획득하고 있는 아이러니를 문제적으로 읽을 수 있다. 여기서 말하는 아이러니는 자본주의 이데올로기에 의해 개인의 존엄이 추락하는 섬뜩함과 동일하다. 화폐를 매개로 하여 개인의 가치가 자동적으로 수치화되고 서열화되는 상황이 과연 이러한 작품 속에서만 벌어지는 비현실적인 내용인지에 대한 생각해볼 필요가 있다. 이는 인간과 세계를 형상화하여 그려내는 문학만이 할 수 있는 강력한 힘이기도 하다.

또한 그로테스크 기법은 작품의 미적 효과와 연동되는 문제이기 때문에 이상 시의 미감까지 살필 수 있다. 에로티시즘의 생명력을 거세하는 그로테스크의 낯선 이미지는 이상의 눈으로 바라본 세계이기도 하다. 이상이 보여주는 작품 내의 시공간을 통해 작가 자신의 세계관을 유추하고 미적 가치를 가늠할 수 있는 것이다. 이상은 낯선 것으로부터 어둠의 심연을, 공포로부터 절망을 건져 올린다는 점에서 독자에게 메시지를 던지고 있으며, 생경한 이미지의 조합으로 이 세계의 균열을 포착하여 형상화한다는 점에서 예술적으로 유의미하다고 판단된다.

순수하고 아름다운 세계의 형상화로부터 느낄 수 있는 미감과 반대로 그로테스크한 이미지는 기괴하고 흉하며 부자연스럽고 기형의 모습으로 그려진다. 이상은 고정화된 미적 범주에서 의도적으로 벗어남으로써 세계를 이질적이고 낯선 것으로 바꾸어버린다. 미적 대상이 될 수 없는 것을 과감하게 문학의 재료로 선택하여 창작하는 것은 결국 세계를 향한 강력한 도전이자 고발인 것이다.

2. 호혜적 증여와 권력의 사투(死鬪)로서 사랑의 관계

이상 시에 드러나는 화자와 아내의 관계를 증여와 에로티시즘의 문제와 함께 다루고자 하는 이유가 이와 관련된다. 에로티시즘적 관계를 형성하는 화자와 아내의 부조화, 불균형, 갈등은 결합 불가능한 몸 이미지를 통해 드러나고 있으며, 이러한 비극적 관계를 이어주는 행위가 바로 증여이기 때문이다. 아내와의 관계를 지속시키기 위해 화자가 행하는 증여와 이로 인한 자기소모의 치명적 위기를 가시적으로 드러내는 '몸'의 문제를 언급할 필요성이 이로부터 생겨난다.

1) 결합의 실패와 부재하는 여성

남녀가 이루어나가는 에로티시즘적 세계는 사랑과 욕망을 기본으로 하여 구축된다. 일반적으로 사랑이 "하나의 신비, 하나의 기적이며, 설명될 수 없고 정당화될 수 없는"[25] 성격을 지닌다고 할 때, 이는 정신

---

25 니클라스 루만, 정성훈·권기돈·조형준 역, 『열정으로서의 사랑 : 친밀성의 코드화』, 새물결, 2009, 46쪽.

적이며 육체적인 결합에 의한 두 남녀의 현실초월적인 특별한 감정을 의미한다. 때로 상대를 향한 집중된 애착은 "일종의 병이며, 광기, 감응성 정신병이며, 사슬에 묶는 것"[26]과 같이 정상의 범주에서 벗어나기도 하지만, 이 내밀한 체험은 하늘의 오로라와 같이 신비롭고 비밀스러운 색채를 내보이며 에로티시즘적 세계로 이끌게 된다.

에로티시즘이 발휘하는 영향력은 때로 '나'의 존재와 그 가치에까지 미치기도 한다. "성이라는 것은 단순한 자연(생물학)의 차원을 넘어서서 자연(몸)과 심리(마음, 정신) 그리고 문화가 만나는 교차로에 서 있다고 할 수 있다. 왜냐하면 구체적인 인간의 삶에서 성은 종족 번식을 위한 생식 기능에 국한되어 있는 것이 아니라, 자아 형성과 자의식, 사회적 관계와 역할, 사회적 규범 등에 의해서 규정되고 또한 역으로 성이 이들을 규정하기 때문이다."[27] 이처럼 '성'은 사회로 분출되고 또한 자아로 유입되는 특성을 지니고 있기에 사회와 불가분의 관계를 맺게 된다.

타인이라는 존재는 그 자체로 하나의 사회라 할 수 있기 때문에 타인과 맺는 내밀한 관계는 하나의 사회를 통째로 흡수시키는 것과 같다. 즉 개별적이고 특수한 에로티시즘적 세계를 생성하고 유지시킨다는 것은 타인에게 '나'의 존재를 각인시키고 반대로 타인을 통해 '나'를 발견하는 과정을 반복한다는 의미이기도 하다.

성에 토대를 둔 친밀성의 경우 공생 기초와 상징적 일반화가 맺는 관계가 특수하게 진행되어왔다. (중략) 우선 섹슈얼리티에 토대를 두고 있다는

---

26 같은 곳.
27 이상화, 「성과 권력」, 정대현 외, 『감성의 철학』, 민음사, 1996, 246~247쪽.

점이야말로 파트너들이 '함께 있음', 직접성, 가까움 등에 가치를 두는 이유를 그리고 서로를 바라볼 수 있는 장소를 선호하는 이유를 납득할 수 있게 해준다. 성적 관계의 또 다른 고유한 특징은 외부인을 고려하지 않는다는 점, 타인들이 찬성하는지를 고려하지 않으면서 실현된다는 점, 오히려 그 관계의 의미는 그 관계 자체에서 충족된다는 점, 그래서 외부에 표현하도록 강제하는 기제가 없다 하더라도 그 의미는 그 관계 자체에서 섬세하게 가다듬어질 수 있다는 점이다.[28]

남녀의 에로티시즘은 "함께 있음, 직접성, 가까움"이라는 친밀감의 조건을 충족시키면서 깊어질 수 있다. 두 사람이 생성한 이 세계는 제3자의 자리가 배제된 신비하고 은밀한 시공간이다. "그 관계의 의미는 그 관계 자체에서 충족된다"는 위 인용 구절과 같이, '나'와 상대 이외의 외부상황이 둘 사이에 개입되어야 할 필요성조차 느끼지 못하며 그 자체로 완전할 수 있다고 믿는 세계가 바로 남녀의 에로티시즘이다. 이는 완전한 황홀과 광기 속에서 간혹 생기는 균열마저도 둘의 역동적 에너지로 이어붙이는 게 가능한 세계라 할 수 있다. '나'의 내면에 파장을 일으킨 '너'라는 존재는 유일하기 때문에 가치가 있고 제3자와 대체할 수 없다는 점에서 소중하다.

이상 시의 화자 역시 아내와의 관계를 지켜나가기 위해 부단히 노력하는 모습을 보인다. 그러나 화자와 아내는 일대일로 대응되는 일반적인 애정관계가 아닌 제3자의 개입을 일정 부분 허용하고 있는 비정상적 관계를 유지한다.

---

28 니클라스 루만, 앞의 책, 47~48쪽.

외출을 하는 아내의 형상화는 이상의 시 곳곳에 나타난다. 중요한 것은 이 외출이 아내의 부재를 의미할 뿐 아니라 다른 남자를 상대로 매춘을 하는 비도덕적인 행위를 뜻한다는 점이다. 즉 화자와 아내의 관계는 서로의 존재만으로 충족되지 못하고 제3자의 존재를 포함시킬 수밖에 없는 파격적인 설정에 바탕하고 있다. 화자와 아내의 결합 불가능한 시적 설정은 둘 사이의 불행을 암시하면서 지속된다.

先行하는奔忙을실고 電車의앞窓은
내透思를막는데
出奔한안해의 歸家를알니는「레리오드」의 大團圓이었다.

너는엇지하여 네素行을 地圖에없는 地理에두고
花瓣떨어진 줄거리 모양으로香料와 暗號만을 携帶하고돌아왔음이냐.

時計를보면 아모리하여도 一致하는 時日을 誘引할수없고
내것 않인指紋이 그득한네肉體가 무슨 條文을 내게求刑하겠느냐

그러나 이곧에出口와 入口가늘開放된 네私私로운 休憩室이있으니 내가奔忙中에라도 네그즛말을 적은片紙을『데스크』우에놓아라.
　　　　　　　　　　　　　　　　　　　　　　　－「無題(其二)」 전문

－ 女人이出奔한境遇 －

白紙위에한줄기鐵路가깔려있다. 이것은식어들어가는마음의圖解다. 나는每日虛僞를담은電報를發信한다. 명조도착이라고. 또나는나의日用品을每

日小包로發送하였다. 나의生活은이런災害地를닮은距離에漸漸낯익어갔다.
－「距離」 전문

에로티시즘의 이상적 결합이 남녀의 일대일 대응에 의한 정신적·육체적 교감이라고 했을 때, 시「無題」에 나타난 화자와 아내는 에로티시즘적 세계를 형성하는 데 실패했다고 보아도 무방하다. 외출한 아내의 부정을 의심하는 화자는 아내의 몸에서 외도의 증거를 발견했다고 믿고 이를 확신하기까지 한다. 아내는 자신의 행적을 "지도(地圖)에 없는 지리(地理)에" 두고 화자가 도무지 알 수 없는 "향료(香料)와 암호(暗號)만"을 가지고 돌아온다.

이때의 "향료와 암호"는 "내것 않인 지문(指紋)이 그득한 네 육체(肉體)"와 동일한 의미로 읽히는데, 몸의 부정이 기호화되어 비밀스럽게 숨겨진 상황을 보여준다고 할 수 있다. 위에도 언급했듯이, 이 시의 에로티시즘적 세계는 일반적인 시선에서 보았을 때 실패했다고 판단된다.

그러나 화자는 아내의 외출을 일부분 허용하고 용서할 기회까지 주는 모습을 보이면서 두 관계는 분열 속에서도 유지될 가능성을 갖게 된다. 완전한 결합에 실패했지만 아내의 편지를 기다리며 기회를 주는 화자의 행위는 일종의 증여로 해석할 수 있다.

'증여론'에서 놓치지 말아야 할 부분은 '증여'의 "상호주관적 작용의 문제이다. 상호작용의 동기와 의미를 설명하고자 하는 노력은 인간의 사회생활에 대한 윤리적 인식으로 귀결된다는 점"[29]이다. 어떠한 증여도 상대 없이 행해지는 것은 불가능하기 때문에, 아내의 부재로 인해 '나'는 자신이 원하는 것을 결코 얻을 수 없게 된다. 또한, 상호작용을 기반으로 한 증여는 경제적 문제뿐 아니라 윤리적 문제까지 포함하기에 증여받은 자를 향해 강력한 도덕적 요구를 할 수 있게 된다. 이는 절망 속에서도 아내의 존재 자체가 절실해지는 이유이기도 하다. 이러한 아이러니는 이상 시의 에로티시즘적 세계의 근간을 이루면서 의미의 복합성을 형성하는 역할을 한다.

시 「無題」에서 화자가 아내에게 요구하는 것은 "그즛말을 적은片紙"이다. 거짓말이라는 말에는 이미 윤리적 속성이 내포되어 있다. 사실을 숨기기 위해, 사실이 아닌 것을 말했을 때 인간은 양심에 가책을 느끼며 죄책감에 사로잡히곤 한다. 아내의 편지는 "향료와 암호"로 뒤덮인 다른 남자의 "지문"을 풀 수 있는 열쇠와 같다. 기호화된 몸의 열쇠가 아내의 편지이고, 이 편지를 받고자 아내에게 기회를 주는 행위가 바로 화자의 증여인 것이다.

아내 몸에 남겨진 제3자의 지문은 몸의 섹슈얼리티와 에로티시즘적 세계가 비정상적으로 개방되었다는 사실을 보여준다. 남편의 역할과 자존감이 나락으로 떨어지는 순간에도 화자는 이를 희생하면서 아내의 편지를 받고자 '휴게실(休憩室)'과 '데스크'라는 특정 공간을 언급하며 아내와의 관계를 끊지 못한다.

이처럼 이상 시의 화자가 행하는 증여는 자기희생을 담보로 이루어진다는 점을 주목할 필요가 있다. 즉 이상 시의 에로티시즘이 비정상적인 증여에 의해 지탱되고 형성되고 있음을 눈여겨보아야 하는 것이

---

29 김성례, 「증여론과 증여의 윤리」, 『비교문화연구』 제11집 제1호, 서울대학교 비교문화연구소, 2005, 154쪽.

다. 그렇다면 화자는 왜 자기소모를 감내하면서까지 아내와의 관계를
유지시키고자 하는가?

시「距離」에는 외출한 아내의 부재를 견디지 못하는 화자의 육체와
정신의 상실이 드러나고 있다. 이 시에서 '백지(白紙)'는 화자의 심리
상태를 포함하는 시어로, 어떠한 일도 기록되지 않는 화자의 생활을
함축한다. 이러한 '백지' 위에 깔린 '철로(鐵路)'는 여객과 화물을 운송
하기 위한 시설이다. 제목과 연관 지었을 때, '철로'는 여인이 떠난
그곳으로 갈 수 있다는 희망을 품게 하며, '재해지(災害地)'와도 같은
생활로부터 벗어날 수 있는 최선의 방편이라 할 수 있다.

그러나 화자의 희망은 쉽게 이루어지지 않은 것으로 보인다. '철로'
는 '식어들어가는' 중인데, '식다'라는 동사가 시간의 흐름을 내포하
고 있다는 점에서, 여인이 외출한 기간과 화자가 여인에게 다가가고
자 노력했던 시간이 꽤 흘렀음을 암시한다. 또한, 이 시에서의 '출분
(出奔)'은 일정 기간 집을 비우는 외출이 아니라, 의도적으로 화자의
곁을 떠난 여인의 모습을 함축하고 있다.

화자가 매일 전보를 발신하거나 소포를 발송하는 행위는 자신의 존
재감을 지속적으로 알리려는 시도와 동일하다. 화자는 '허위(虛僞)'로
라도 도착 날을 알리는 전보를 보낸다거나, '일용품(日用品)'을 보내
정착하지 못하는 일상의 모습을 알리려 한다. '재해(災害)'와도 같은
화자의 일상은 떠돎을 뜻하지만, 정작 도착역을 향해 떠날 수는 없는
존재로 그려진다. 때문에 화자는 점차 이 '거리(距離)'에 익숙해지고
체념할 수밖에 없는 것이다.

이 시의 제목이기도 한 '거리'는 현실적으로 측정 불가능한, '나'의

외로움까지 동반된 모든 거리의 최대치라고 할 수 있다. 화자는 왜 떠날 수도, 정착할 수도 없는 위치에 서 있는가? 화자는 상대에게 증여를 할 수 있는 기회조차 얻지 못한 상황에 처해 있다. 여인의 부재는 화자의 요구를 강요하거나 부탁할 수 있는 가능성을 애초에 차단시킨다. 때문에 화자의 행위는 무의미해지고 상대로부터 어떠한 답장(답례)도 돌려받을 수 없는 것이다.

이로부터 화자와 상대 여성의 권력관계를 짐작할 수 있다. '나'는 아내의 외출과 몸의 섹슈얼리티 문제에 예민하게 반응하면서도 정작 아내의 부정을 대놓고 비난하지 못하는 위치에 있다(「無題」). 또한, 여인의 부재 상황을 '재난'과도 같다고 말할 정도로 자신만의 생활을 독립적으로 꾸려가는 것이 불가능해 보인다(「距離」). 화자는 아내와의 권력관계에서 전복을 꾀할 수 없는 무능력한 남편으로 그려진다.

이상의 또 다른 시 「紙碑」에 나타난 화자 역시 이와 비슷하다. "안해는 아츰이면 外出한다 그날에 該當한 한男子를 소기려가는것이다 順序야 밧귀어도 하로에 한男子以上은 待遇하지안는다고 안해는말한다 오늘이야말로 정말도라오지안으려나보다하고 내가 完全히 絶望하고나면 化粧은잇고 人相은 없는 얼골로 안해는 形容처럼 簡單히돌아온다"와 같은 구절에서 알 수 있듯이, 화자는 아내의 매춘 행위를 알면서도 아내가 돌아오지 않을까 우려하며 "완전히 절망"하는 모습을 보인다.

화자인 '내'가 아내에게 행할 수 있는 최대한의 증여는 아내의 부정을 때로 눈감아 주거나, 어린 아이처럼 아내에 종속된 삶을 받아들이는 것이라 할 수 있다. 아내는 절반의 '있음'(在)과 절반의 '없음'(不在)으로 화자의 소유권을 벗어나 권력의 상위에 서게 된다. 이로써 화자는 절망과 상실을 동시에 느낄 수밖에 없는 것이다. 즉 증여로 인해 관계의 유지는 가능하나 이것이 아내에게 강력한 효과를 발휘하는 데까지는 가지 못함을 드러낸다.

친밀감의 상실은 불신을 낳고, 부정적 결합은 점차 힘을 얻으면서 관계의 불행은 심화된다. 이때, 화자와 아내의 육체적 교감이 어떠한 에로티시즘적 색깔을 지니고 있는지를 살필 필요가 있다. 에로스(Eros)는 "정신과 육체의 상호작용이 이루어내는 극치"[30]로, 어느 한 쪽의 결핍이나 과잉이 생겨나면 균형을 잃게 된다. 남녀 관계에서 '나'의 증여가 효과적이지 못하거나 아예 불가능한 상황이라면 정신과 상호작용을 하는 '나'의 몸은 어떠한 상황을 겪고 있는가?

내키는커서다리는길고왼다리압흐고안해키는적어서다리는짧고바른다리가압흐니내바른다리와안해왼다리와성한다리끼리한사람처럼걸어가면아아이夫婦는부축할수업는절름바리가되어버린다無事한世上이病院이고꼭治療를기다리는無病이긋긋내잇다.

-「紙碑」 전문

위 시에서 화자와 아내는 목적지를 향해 걸을 수 없는 '절름발이'로 형상화된다. 멈출 수도 걸어갈 수도 없는 상황에서 이들이 느끼는 감정은 고통이다. '나'와 아내는 두 발을 땅에 딛는 지극히 일상적인 생활마저도 함께할 수 없는 아픔을 공유하는 존재이다. 그러나 '부축'마저

---

30 전경수, 「에로스' 인류학과 인류학 토착화 : 금기파괴의 길로」, 오생근·윤혜준 편역, 『性과 사회 : 담론과 문화』, 나남출판, 1998, 35쪽.

할 수 없는 고통의 공유는 매 순간 매 걸음마다 둘 사이의 불균형을 깨닫게 하는 비극을 상기시킨다. 부부의 걸음은 아무 일도 일어나지 않은 '無事한世上'을 '병원(病院)'의 공간과 마찬가지로 여길 정도로 병들어가지만, 이 걸음의 치료는 실체를 숨기는 '무병(無病)'으로 인해 좌절된다.

즉 고통은 있지만 치료할 병명을 지니지 못한 이 부부의 절름발이 걸음은 결코 회복될 수 없는 관계의 슬픔과 상실을 보여준다고 할 수 있다. 이처럼 시 「紙碑」는 증여를 불가능하게 만들 정도로 상호성이 파괴된 관계를 보여주고 있다.

아내의 부재가 아닌, 아내와의 관계를 지속하고 권력의 긴장을 유지시키기 위해 화자가 행할 수 있는 것은 무엇일까? 권력은 "반드시 물리적인 힘에만 기반을 가지고 있는 것이 아니라 상징적이고 심리적인 힘에 기반하기도 한다. 다시 말해 권력은 강압적이고 강제적으로만 획득되고 행사되는 것이 아니다. 그것은 조작과 설득을 통해서 획득되고 행사"[31]되기도 한다. 상징적이거나 심리적인 권력 행사는 물리적 힘과 다르게 눈에 보이지 않기 때문에 쉽게 위계서열을 뒤바꿀 수 없다는 특징을 갖는다. 즉 증여 받은 자가 증여 행위에 내포된 비가시적인 욕망을 읽고, 상대의 의도에 적절하게 반응하기 위해 분투하는 순간부터 이미 증여한 자의 권력 행사는 시작되었다고 볼 수 있는 것이다.

즉 화자가 아내에게 행한 출분의 승인은 자폐적이고 수동적인 태도로만 해석되는 것이 아니라, 화자의 상황에서 아내에게 행할 수 있는

---

31 이상화, 「성과 권력」, 정대현 외, 『감성의 철학』, 민음사, 1996, 245쪽.

능동적 증여 행위로 이해될 수 있다. 그러나 이러한 화자의 증여가
실패로 돌아간 이후 아내에게 영향력을 미칠 수 있는 강력한 증여물
을 필요로 할 수밖에 없게 된다.

2) '반지'의 결속과 억압의 징표

표면상 호의를 표현하기 위해 물품을 주고받는 듯 보이는 증여가
이면에서는 인간관계를 재정립하고 권력을 형성하는 데 중요한 역할
을 한다는 것을 이론화한 연구자로 문화인류학자 마르셀 모스(Marcel
Mauss, 1872~1950)를 꼽을 수 있다. 증여를 의미하는 '포틀래치(Potlatch)'
는 아메리카 북서부 해안지역에서 나타나는 형태로 "식사를 제공한
다·소비한다"[32]라는 어원을 지닌다. 식사에 초대한 자는 충분한 양의
음식을 제공하고, 초대에 응한 자는 기꺼이 음식을 받아먹으며 양측은
호혜적 관계를 성립하게 된다. 이때, 초대를 받은 자는 부채를 느끼고
식사에 상응하는 답례를 하게 되는데 이러한 과정을 포틀래치라 부른
다. 이에 대한 자세한 설명은 다음과 같다.

> 추장과 가신 사이, 가신과 그 추종자 사이에는 이러한 증여에 따라서
> 위계서열이 확립된다. 가장 많이 지출하는 자가 위신과 명예를 얻고 그것
> 을 유지하게 된다. 준다는 것은 자신의 우월성, 즉 자신이 더 위대하고
> 더 높으며 주인이라는 것을 나타내는 것이기 때문이다. 답례하지 않거나
> 더 많이 답례하지 않으면서 받는다는 것은 종속되는 것이고, 하인이 되는
> 것이며, 더 낮은 지위로 떨어지는 것이다. 따라서 선물을 받은 자에게는

---

32 마르셀 모스, 이상률 역, 『증여론』, 한길사, 2002, 31쪽.

주는 자의 호기에 걸맞은 답례를 할 의무가 주어진다. 그러나 일반적으로 선물은 더 큰 선물로 보답되어야 하며, 그 규모는 점점 더 커진다.[33]

교환이 반복될수록 증여 물품의 규모는 커지고 가치는 급격히 상승하게 된다. 증여 과정에서 특정한 무엇을 전달받은 자에게는 두 가지의 선택권이 주어진다. 물품을 제공한 자에게 종속되거나, 그보다 더 가치 있는 답례를 함으로써 권력관계를 유지·전복시키는 것이다.

마르셀 모스의 『증여론』을 재해석한 모리스 고들리에(Maurice Godelier, 1934~) 역시 선물을 통해 "다른 사람을 압도"[34]하는 것을 증여의 본질로 꼽는다. 답례하지 못할 정도의 값비싼 증여는 받는 사람으로 하여금 지속적인 부채의식을 감당하도록 만든다. 그렇다면 물품 제공자가 최종적으로 취하게 되는 이득은 무엇인가?

우치다 타츠루(內田樹, 1950~)가 지적한 증여의 규칙은 다음과 같다. "무엇인가를 손에 넣고 싶다면 타인으로부터 증여를 받는 수밖에 없다. 그리고 그 증여와 답례의 운동을 일으키려면 먼저 자기가 그와 동일한 것을 타인에게 주는 데에서 시작해야 한다."[35] 증여는 '내'가 원하는 것을 얻기 위해 먼저 타인에게 물품을 제공한다는 점에서 철저히 계획적이며 목적지향적인 행위라 할 수 있다.

위와 같이 문화인류학적 관점에서 바라본 '증여' 논의는 화폐경제

---

33 위의 책, 33쪽.
34 모리스 고들리에, 오창현 역, 『증여의 수수께끼』, 문학동네, 2011, 91쪽.
35 우치다 타츠루, 이경덕 역, 『푸코, 바르트, 레비스트로스, 라캉 쉽게 읽기』, 갈라파고스, 2010, 178쪽.

이전에 행해졌던 교환, 소유 욕망, 권력관계와 함께 자세히 다루어지고 있다. 주로 화폐를 매개로 하여 직접적인 접촉 없이도 경제적 교환이 가능해진 오늘날과 달리, 마르셀 모스의 '증여론'은 다양한 물품의 교환과 몸의 접촉으로 이루어지는 경제적·정치적·사회적 교환에 대해 논하고 있다.[36]

오늘날의 화폐는 경제활동을 원활히 하기 위해 사용하는 매개물로, 물품의 상징적 의미가 축소되고 통일된 형태라 볼 수 있다. 화폐경제 사회에서 생략된 것은 '증여물'의 직접적 제공과 답례의 과정에서 '물품의 가치를 가늠'하는 양측의 이성적·비이성적 사고이다. '포틀래치'라 부르는 증여는 "도덕성과 경제성이 동시에 작용"[37]하는 복잡한 의미망 속에서 행해진다. 상대의 의중을 파악하여 그에 해당되는 증여물을 제공·답례하는 과정은 특정 물품에 내포된 상징적 의미를 읽고 판단내리는 작업과 동일하다. 증여물은 상대나 상황에 따라 종류가 달라질 수 있는데, 호의적 관계를 유지하기 위해서는 무엇보다도 이러한 가치의 우열을 정하는 것이 중요하다고 할 수 있다.

---

36 마르셀 모스가 '거대한 포틀래치'로 파악한 '쿨라(kula)'가 이러한 예 중 하나이다. "트로브리안드 제도의 어느 곳에서든, 붉은 조개목걸이는 남서쪽의 쿨라 파트너에게서 받고, 흰 조개팔찌는 북동쪽의 상대에게서 받는다. (중략) 모든 사람은 관대한 쿨라 파트너로서의 명성을 유지하려 한다. 각자의 손을 거쳐 가는 가치재의 명성이 높고 수가 많을수록, 그 사람의 위세는 높아지기 때문이다." 마르셀 모스, 이상률 역, 앞의 책, 35쪽. 몸의 접촉을 통해 물품의 가치를 판별하고 권력의 위계질서를 정한다는 점에서 이러한 증여 행위는 상당히 직접적인 사회활동이라 할 수 있다. 또한, 모스의 저서에 나타나는 것처럼, 증여물의 종류(음식, 장식품, 축제 등)는 상당히 다양했던 것으로 보인다.
37 마르셀 모스, 앞의 책, 30쪽.

그렇다면 가치를 가늠하는 것은 왜 어려운가? '나'에게 가장 귀중한 물품의 가치를 상대의 것과 완전히 동등하게 또는 상대의 것보다 낮추어 책정하는 것은 어려운 일이다. 또한, 상대의 것을 갖기 위해 '나'의 귀중한 것을 증여하는 행위는 그만큼의 불가피한 상실을 감당해야 함을 의미한다. 과열된 증여 행위가 자기파괴와 자기소모에 다다르게 될 때, 이러한 소비는 비생산적 행위로 이해될 수 있다.

앞서 말했듯, 마르셀 모스의 증여론이 복합적으로 읽히는 이유는 정치적·경제적·도덕적 측면을 아울러 살펴야 하기 때문이다. 증여 행위는 정치·경제적 목적뿐 아니라 상대와의 윤리적 연결고리를 확인하고 유대감을 강화하기 위한 의도도 내포하고 있다. 권력 관계와 윤리적 관계가 결합된 형태의 포틀래치는 행위의 반복 속에서 서로에게 깊은 영향을 미칠 수밖에 없게 된다.

몸의 연장선상에 있으면서 몸의 결핍을 채울 수 있는 대체물을 증여하는 것은 단순히 주고받음의 문제에서 더 나아가 증여하는 자의 욕망까지 교환한다는 의미와 같다. 위신을 세우기 위한 사회적 욕망에 가까울수록 증여물의 상징적 의미는 보편성을 획득하게 된다. 증여와 상징의 결합은 증여물의 숨겨진 의미까지 파악해야 한다는 점에서 훨씬 복잡하다고 할 수 있다. 상대의 증여물에 맞설 수 있는 답례를 하기 위해서는 무엇보다도 상징적 의미의 해석이 우선시되어야 하기 때문이다.

상대에게 원하는 것을 직접적으로 말하지 않고, 증여물을 통해 의중을 파악하도록 만드는 증여는 상징의 신비스러운 속성과 깊은 관련이 있다. 상징을 "고안하는 것은 일종의 신비롭고 마술적인 행위이다. 만약 상징이 없다면, 인간은 마음속의 풍부한 내면의 풍경을 상당수 잃어버릴"[38] 수 있다. 장황하게 설명하지 않아도 추상적인 개념을 각인시킬 수 있는 상징물은 그 자체로 하나의 약속처럼 기능하기 때문에 강력한 힘을 발휘할 수 있다.

때로 상징물의 의미는 소통을 위해 강요되기도 한다. 문화권에 따라, 집단에 따라 상징물에 함축된 의미는 상이할 수 있으며, 각각의 집단에 소속된 개인들은 거의 무의식적으로 약속된 의미를 떠올리게 된다.[39] 인간의 정신작용은 상징물과 마주치자마자 약속된 의미를 파악하도록 훈련된다. 상징물이 지닌 속성 자체에서 알 수 있는 의미가 아닌, 상징물을 매개로 하여 또 다른 의미를 전달하고자 하는 상징작용은 인간의 정서적인 측면에도 영향을 미친다.

상징이 "특정한 믿음을 공유하는 사람들끼리 소통하는 데 가장 적합한 언어"[40]라고 할 수 있을 때, 증여물에 함축된 상징적 기호는 내밀한 남녀 관계일수록 막강한 영향력을 행사하며 각인될 수 있다. 사회적으로 약속된 보편적 상징과 소수끼리 암호화된 개별적 상징은 특정한 정서를 불러일으키면서 메시지를 공유하는 자들끼리의 관계를 공고히 만드는 데 일조한다.

---

38 데이비드 폰태너, 공민희 역, 『상징의 모든 것』, 성균관대학교 출판부, 2011, 8쪽.
39 예를 들어 검은색은 "불길한 힘, 부패, 죄악, 무를 상징하나 원시의 어둠, 충만한 잠재성을 뜻하기도 한다. 기독교에서 검은색은 성 금요일과 예수의 십자가형을 지칭하는 색상인 한편 고대 이집트에서는 지하 세계의 왕 오시리스와 이집트의 비옥한 검은 토양 때문에 재생과 부활의 상징이었다." 데이비드 폰태너, 위의 책, 115쪽. 이처럼 상징은 본능적이기보다는 어떠한 의도에 따라 약속되고 습득된다고 볼 수 있다.
40 위의 책, 20쪽.

남녀 사이의 증여물은 가장 가까운 거리에서 접촉을 통해 전달할 때 벌어지는 몸의 문제와 관계가 있는 하나의 기호라 할 수 있다. 화자가 아내에게 행하는 증여 행위가 '나'의 상실이자 나에게 종속되는 아내의 모습을 보여준다면, 이러한 증여에 내포된 암호는 상대에게 보여줄 수 있는 최대한의 애정이자 올가미라 할 수 있다.

紙碑二

안해는 정말 鳥類엿든가보다 안해가 그러케 瘦瘠하고 거벼웟는데도 나르지못한것은 그손까락에 끼기웟든 반지때문이다 午後에는 늘 粉을바를때 壁한겹걸러서 나는 鳥籠을 느낀다 얼마안가서 없어질때까지 그 파르스레한주둥이로 한번도 쌀알을 쪼으려들지안앗다 또 가끔 미다지를열고 蒼空을 처다보면서도 고흔목소리로 지저귀려들지안앗다 안해는 날를 줄과 죽을줄이나 알앗지 地上에 발자죽을 남기지안앗다 秘密한발은 늘보선신ㅅ고 남에게 안보이다가 어느날 정말 안해는 업서젓다 그제야 처음 房안에 鳥糞내음새가 풍기고 날개퍼덕이든 傷處가 도배우에 은근하다 헤트러진 깃부스러기를 쓸어모으면서 나는 世上에도 이상스러운것을어덧다 散彈 아아안해는 鳥類이면서 염체 닷과같은쇠를 삼켯드라그리고 주저안젓섯더라 散彈은 녹슬었고 솜털내음새도 나고 千斤무게드라 아아

-「紙碑」 부분

새는 상징적으로 "천상과 인간 세상을 연결하는 매개"[41]로 여겨진다. 화자가 아내를 '새'로 부르는 것은 지상에 발을 딛는 생물 중 가장 멀리 달아날 수 있기 때문이다. 화자는 날개를 가진 아내의 비상을

---

41 위의 책, 74쪽.

막을 수 없는 무력한 존재일 수밖에 없다. 이때, 화자가 아내에게 증여하는 '반지'는 남녀 간에 주고받는 선물 중에서 유독 특별한 의미를 지니는 장신구라 할 수 있다. 증여받은 반지를 낀다는 것은 상대의 사랑을 받아들인다는 의미와 상대의 소유권 내에 머물겠다는 의미를 지닌다. 때문에 아내가 화자의 영역 밖에 있다고 할지라도 아내의 행동에는 제약이 생기게 된다.

'반지'는 남녀 사이에 행해지는 약속의 징표로 두 관계에서도 최소한의 소유욕이 있음을 보여주는 상징이라 할 수 있다. 화자는 사회적 약속이자 개인의 애정을 담은 반지를 증여함으로써 아내에게 윤리적 잣대를 적용시키고자 한다. 손가락에 끼는 반지를 몸의 일부라고 볼 수 있다면, 여기에는 남성의 에로티시즘적 욕망까지 담겨 있다고 해석할 수 있다. 이처럼 아내의 출분을 일정 부분 허용하면서 그 때문에 괴로워했던 화자의 증여 행위는 아내를 소유권 내에 가두려 시도함으로써 한층 강화되고 있음을 알 수 있다. 그렇다면 증여한 후에도 끊임없이 '나'의 욕망을 전달하는 증여물의 원천은 무엇인가?

> 만약 사물 속에 힘이 존재하고 있다면, 무엇보다도 그것은 사물을 증여자의 인격과 끊임없이 묶어주는 관계의 힘이다. 그런데 이 관계는 이중적이다. 즉 증여자는 자신이 증여한 사물 속에 현존하며, 그 사물은 그의 인격과(육체적으로든 도덕적으로든) 분리될 수 없다. 그리고 이 현존은 그가 증여된 사물에 그리고 그것을 증여받은 사람에게 끊임없이 행사하는 권리이자 강제력이 된다. 증여받는다는 것, 그것은 사물을 받는 것 이상이며 수증자에 대한 증여자의 권리를 받아들이는 것이다.[42]

위의 인용은 결국 증여물이 지속력을 물고 있다는 의미와 같다. 증여한 자가 지속적으로 동일한 증여물을 전달하지 않아도, 강력한 상징적 의미를 지니는 증여물은 끊임없이 증여받은 자를 억압할 수 있는 힘을 갖는다. 시 「紙碑」에서 증여물에 대한 아내의 답례는 '반지를 끼는 것'으로, 이는 아내다운 역할을 이행해보겠다는 의지로 읽힌다. 때로 증여에 대한 답례는 종속으로 이어지기도 하는 것처럼 '반지'의 상징적 의미는 점점 증폭되고 강화된다. '반지'는 곧 상징이며 증여물이자 화자 자신이다. 마르셀 모스의 지적처럼, "어떤 사람에게서 무엇인가를 받는 것은 그의 정신적인 본질, 즉 영혼의 일부를 받는 것"[43]과 같다. 특히, 상대의 증여에 답례해야 하는 것이 윤리적 문제와 관련될 때 증여받은 자의 답례는 종속으로 이어질 가능성이 크다. 윤리와 도덕은 인간으로서 마땅히 지키거나 행해야 하는 도리로, 그 자체로 완전한 논리를 갖기 때문에 이에 반발하기란 쉽지 않다.

증여 행위가 모든 관계를 무너뜨리거나 한 쪽의 비정상적 희생을 강요하는 것은 아니지만, 이상 시에 나타난 화자의 증여 행위에는 아내의 매춘을 일정 부분 허용하는 극단적인 선택과 그로 인한 상실, 희생의 과정이 압축적으로 드러난다. 조류로 그려지고 있는 아내의 비상을 불가능한 것으로 만드는 '반지'는 아내가 삼킨 '닻과같은쇠',

---

42 모리스 고들리에, 앞의 책, 74쪽.
43 마르셀 모스, 앞의 책, 71쪽. 해당 도서에 더 상세하게 설명된 모스의 견해는 다음과 같다. "받거나 교환된 선물이 사람에게 의무를 지우는 것, 그것은 받은 물건이 생명이 없지(inerte) 않다는 것이다. 증여자가 내버린 경우에도 그 물건은 여전히 그에게 속한다. 그는 그것을 통해서, 마치 그가 그것을 소유하고 있을 때 그것을 훔친 자에게 영향력을 미치는 것처럼 수익자(受益者)에게 영향을 미친다."(68쪽)

'散彈'의 금속 물질과 동일한 속성을 지니면서 '千斤무게'를 지닌 억압
장치와 같은 의미로 도출된다. 탄알을 뜻하는 '散彈'이 녹슬었다는 구
절은 금속이 산화될 정도로 시간이 지났다는 것을 의미하기도 한다.

위 시에서 '반지'의 속성은 점차 무거워지고 빛이 바랜 채 화자와
아내에게 고통을 주는 이미지로 변모된다. 날개를 지닌 새가 무게를
견디지 못한 채 자유를 잃어버리는 모습은 화자가 증여한 '반지'가 아
내에게 엄청난 내압으로 작용하고 있음을 보여주는 반증이 된다.

화자가 아내와의 관계를 유지시키기 위해 할 수 있는 최선의 방법
은 아내를 종속시키기 위한 증여를 통해 일정한 지위를 확보하는 것
이다. 이러한 '증여(Potlatch)'는 화자를 비롯하여 수많은 남성을 유혹
하는 아내의 환심을 사는 동시에 이 여성에게 '아내로서의 자격'을 부
여하는 역할을 한다. 이 증여물은 왜 아내뿐만 아니라 화자마저 절망
하게 하는가?

증여물인 '반지'에 자신의 욕망과 사랑을 담은 화자는 아내에게 그
것을 전달한 후에도 지속적으로 영향을 받게 된다. 아내의 몸과 일체
가 된 반지를 확인하면서 그 순간이나마 안심할 수 있는 것이다. 즉
아내를 위해 행한 듯 보이는 '반지'가 실은 화자 자신의 원하는 바를
위해 매개로 사용되었던 증여물이라는 사실을 염두에 둘 필요가 있
다. 호혜적 관계를 위한 증여가 아이러니하게도 결합 불가능한 남녀
의 모습을 극단적으로 드러내는 데 사용되고 있다는 점에서 이상 시
의 에로티시즘적 세계가 왜 비극적으로 나타나는지를 짐작하게 한다.
"애정관계에서 비가시적 소유권은 내적 유대감의 증거로 볼 수 있다.
그러나 더 이상 소유권을 주장할 수 없는 상황에 이르면 서로에 대한

소유권은 자유를 구속하는 족쇄로 작용하며 급기야 그들의 애정관계
는 파탄에 이르게 된다."[44] 화자가 아내에게 증여했던 '반지'에 소유의
의미가 내포되어 있다면, 죽음을 떠올리게 하는 아내의 부재는 소유
의 실패이자 증여의 실패로 해석할 수 있다.

화자의 증여물은 지속될수록 상실과 죽음을 느낄 수밖에 없는 치명
적인 '독(毒)'의 이미지를 갖고 있다. 언뜻 어울리지 않는 듯 보이는
증여와 독의 관계는 사실 매우 밀접한 연관 관계를 맺는다. "'gift'라
는 말의 이중적인 의미, 즉 이 말이 한편으로는 선물(don) 또 한편으
로는 독(poison)이라는 뜻을 갖고 있다는 것으로 설명"[45]된다는 모스의
견해를 주목할 필요가 있다. 이를 상세하게 설명하면 다음과 같다.
"고대 독일인과 스칸디나비아 사람들의 '술 선물' 관습에서 나타나는
전형적인 선물의 의미는 호의적인 '선물'(present)과 '독약'(poison)이라
는 두 가지라는 사실에 주목하였다. (중략) 받는 자에게 마실 것으로
제공된 선물은 호의적인 선물인지 독약인지 언제나 불확실하기 때문
이다."[46] 증여물은 신체에 직접적인 영향을 미치는 것일수록 증여받
은 자의 빠른 판단을 요한다. 경쟁자에게 증여 받은 음식을 섭취하면
서 쾌락을 맛보는 것이 독과 같이 위험한 이유는 증여 받은 쾌락 이상
의 값을 다시 되돌려주어야 하는 부담을 감수해야 하기 때문이다. 이
때 독은 목숨을 좌지우지하는 성분을 지칭하거나 무거운 부담감을 뜻

---

44 엄경희, 「이상의 시에 내포된 소외와 정념」, 『한민족문화연구』 제48권, 한민족문화
학회, 2014, 355쪽.

45 마르셀 모스, 앞의 책, 243~244쪽.

46 김성례, 「증여론과 증여의 윤리」, 『비교문화연구』 제11집 제1호, 서울대학교 비교문
화연구소, 2005, 156쪽.

하기도 한다는 점에서 이중적 의미를 갖는다.

그렇다면, 이상의 시에서 보이는 매춘하는 여성이 외출에서 돌아와 아내의 모습으로 화자의 곁에 머물 때 권력을 선점하는 까닭은 무엇일까? 화자와 여성의 관계는 남편과 아내라는 또 다른 겹을 통해 생활이라는 현실 문제를 동시에 공유하고 있다. "門을압만잡아단여도않열리는것은안에生活이모자라는까닭이다."(「易斷-家庭」)와 같은 구절처럼, 화자는 자신의 가정을 책임지지 못하는 무능한 남성으로 그려진다. 필연적으로 아내의 외출을 막지 못하는 남성 화자의 영역은 분배되고 축소된다. 즉, 한 가정에서 의사 결정권을 갖지 못하는 모습에는 생활이 포함되어 있는 복잡한 문제와 관련된다. 아내에게 돈을 주는 외부의 남성들과 달리 화자는 아내의 남편이라는 것 외에는 권력을 행사할 증여를 효과적으로 행하지 못하는 것이다.

포틀래치에는 "도덕성과 경제성이 동시에 작용"[47]한다는 마르셀 모스의 지적을 염두에 둘 필요가 있다. 부부관계는 선물을 주고받음으로써 공고해지는 경제적 관계와 다른 차원의 성격을 내포한다. 때문에 화자와 아내는 포틀래치의 '경제성'보다는 '도덕성' 문제에 훨씬 깊이 연관될 수밖에 없다. 이미 '매춘하는 여성'이 사회적 윤리에 어긋나는 금기의 대상이라고 할 때, 아내를 향한 화자의 증여 역시 비정상적인 방식으로 행해지는 것을 알 수 있다. 아내의 매춘을 모르는 체하는 것도 화자가 행할 수 있는 일종의 증여라면, 아내는 이러한 증여에 보답을 해야 하는 도덕성의 문제를 강요받게 된다.

---

47 마르셀 모스, 앞의 책, 30쪽.

안해는駱駝를닮아서편지를삼킨채로죽어가나보다. 벌써나는그것을읽어
버리고있다. 안해는그것을아알지못하는것인가. 午前十時電燈을끄려고한
다. 안해가挽留한다. 꿈이浮上되어있는것이다. 석달동안안해는回答을쓰
고자하여尙今써놓지는못하고있다. 한장얇은접시를닮아안해의表情은蒼白
하게瘦瘠하여있다. 나는外出하지아니하면아니된다. 나에게付託하면된다.
자네愛人을불러줌세 아드레스도알고있다네

- 「아침」 전문

위의 시는 이상 시편들에서 빈번하게 나타나는 비정상적이고 비상
식적인 남녀 관계 중 가장 극단적인 시적 상황을 보여준다고 할 수
있다. 남편인 화자는 아내의 부정을 눈치 채고 있을 뿐만 아니라, 아
내의 '애인(愛人)'에게 대신 연락한다는 말까지 하고 있다. 즉, 화자와
아내는 일부일처라는 남녀의 기본 관계 설정에서 완전히 벗어나 있는
것이다. 화자는 아내의 연애편지를 읽은 후에도 아내에게 그 사실을
말하지 않고 오히려 아내의 안색을 살피며 염려하는 모습을 보인다.

화자가 아내의 애인을 부르기 위해 전제하는 것은 바로 아내의 '부
탁(付託)'이다. 이러한 '부탁'은 무능한 화자가 아내를 도울 수 있는 길
을 마련하는 것과 동일하다. 즉, 비정상적인 방식이라 할지라도 아내
의 외도와 매춘 행위를 눈감아주거나 돕는 행위는 아내의 곁에 머물
수 있는 소유의 한 방편이라 할 수 있는 것이다. 이러한 증여를 통해
화자의 위치는 공고해질 수 있다. 화자는 아내의 애인과의 관계를 인
정하고 이를 돕는 모습을 아내에게 보임으로써 그에 상응하는 대가를
보장받게 되는 것이다.

간음한 아내를 향한 이상의 시선은 상반되는 모습을 보이는데, 이

는 시 「아침」과 같이 아내의 행위를 알면서도 관계를 끝끝내 유지하
고자 하는 부분과 간음한 아내를 용서하지 않겠다고 다짐하는 부분에
서 찾을 수 있다. 마르셀 모스가 말한 것처럼, 선물을 주고받는 행위
는 사회집단의 체계를 굳건히 만들면서 도덕적·경제적 문제가 맞물
려 있다는 점에서 복잡한 의미를 내포하게 된다. 이상 작품의 화자
역시 아내의 애인에게 편지를 대신 써주거나 아내의 애인을 불러주는
등의 포틀래치를 행하면서 아내에게 그에 상응하는 대가를 요구할 수
있는 입장에 설 수 있다. 이는 무능한 가장이 행할 수 있는 권력 유지
방식이며, 아내를 소유하고 억압할 수 있는 최선의 사랑 표현이라 할
수 있는 것이다.

1 밤

작난감新婦살결에서 이따금 牛乳내음새가 나기도한다. 머(ㄹ)지아니
하야 아기를낳으려나보다. 燭불을끄고 나는 작난감新婦귀에다대이고 꾸
즈람처럼 속삭여본다.

「그대는 꼭 갖난아기와같다」고 …………

작난감新婦는 어둔데도 성을내이고대답한다.

「牧場까지 散步갔다왔답니다」

작난감新婦는 낮에 色色이風景을暗誦해갖이고온것인지도모른다. 내手
帖처럼 내가슴안에서 따끈따끈하다. 이렇게 營養分내를 코로맡기만하니
까 나는 작구 瘦瘠해간다.

2 밤

작난감新婦에게 내가 바늘을주면 작난감新婦는 아모것이나 막 찔른다.
日曆, 詩集, 時計. 또 내몸 내 經驗이들어앉어있음즉한곳.

이것은 작난감新婦마음속에 가시가 돋아있는證據다. 즉 薔薇꽃처럼

....

내 거벼운武裝에서 피가좀난다. 나는 이 傷차기를곷이기위하야 날만어
두면 어둠속에서 싱싱한蜜柑을먹는다. 몸에 반지밖에갖이지않은 작난감
新婦는 어둠을 커-틴열듯하면서 나를찾는다. 얼는 나는 들킨다. 반지가살
에닿는것을 나는 바늘로잘못알고 아파한다.

燭불을켜고 작난감新婦가 蜜柑을찾는다.

나는 아파하지않고 모른체한다.

- 「I WED A TOY BRIDE」 전문

위 시에서 화자는 장난감 신부의 살결에서 우유 냄새를 맡거나, 신
부를 통해서만 바깥 '풍경(風景)'을 느끼며 살아간다. 장난감 신부에게
'갓난아기'와 같다고 말하지만, 정작 외출한 신부를 기다리며 외부와
차단된 채 살아가는 존재는 화자이다. 때문에 화자는 장난감 신부를
원망하거나 두려워하면서도, 장난감 신부가 사라지면 '영양분(營養分)
내'조차 맡지 못한다는 불안으로 유아기적 모습을 보이는 것이다. 생
존과 관련된 '영양분'을 화자에게 증여하는 신부의 행위는 일종의 권
력 행사와 같이 화자를 종속시킬 수 있는 지위에 서도록 만든다.

조르주 바따이유가 지적한 대로, "'증여한다'는 '권력을 얻음'으로
이어져야"[48] 한다. 신부는 증여인 동시에 유혹인 '色色이風景', '營養分

---

48 조르주 바따이유, 조한경 역, 『저주의 몫』, 문학동네, 2000, 112쪽. 이와 관련된 조르
주 바따이유의 견해를 일부 인용하면 다음과 같다. "증여하는 사람은 증여받는 사람
에게 증여가 부여하는 권력을 행사하며, 증여받은 사람은 다시 증여를 되돌려줌으로
써 그 권력을 깨고 싶어한다. 경쟁은 경쟁자를 더 큰 증여로 안내한다."(113쪽) 이와
같이 화자와 신부는 마치 경쟁을 하듯 贈與를 하여 자신의 행위가 더 큰 권력과 이어

내'를 통해 화자 자체를 장악할 수 있는 위치에 서게 되는 것이다. 이에 화자 역시 신부에게 증여를 시도하며 권력의 상하 관계를 전복시키고 자 한다.

이 시의 아이러니는 화자의 아내를 '작난감新婦'로 비유하고 있다는 점에 있다. 일반적으로 장난감은 사람이 갖고 놀기 위해 만들어진 물건을 뜻하는데, 이 시에서는 반대로 장난감이 화자를 갖고 노는 역전된 상황이 그려진다. 이와 같이 역할의 뒤바뀜으로 화자의 왜소함이 드러나는 시로 「生涯」를 들 수 있다. 시 「生涯」 속 화자와 아내는 각각 '여왕봉(女王蜂)'과 '웅봉(雄蜂)'으로 형상화된다. "나는견디면서女王蜂처럼 受動的인맵씨를꾸며보인다. (중략) 그래서新婦는그날그날까므라치거나雄蜂처럼죽고죽고한다." 이러한 뒤바뀜은 "이들의 생활이 남편이 아니라 신부에 의해 주도됨"[49]을 보여주는 동시에 권력관계에서 하위에 머무르게 된 화자의 상황을 압축적으로 보여준다.

앞서 살핀 「紙碑」에서 화자가 아내를 소유하기 위해 건넨 '반지'가 「I WED A TOY BRIDE」에서 다른 양상을 보임을 알 수 있다. 시 「I WED A TOY BRIDE」에서 화자는 신부에게 '바늘'을 주는데, 신부는 마치 놀이와 같이 '바늘'을 갖고 노는 모습을 볼 수 있다.[50] 이 시에서

지기를 원한다. 시 「I WED A TOY BRIDE」에서 贈與가 거듭될수록 서로에게 입히는 타격과 수혜가 커지는 것을 볼 수 있다.

49 엄경희, 앞의 논문, 356쪽.

50 '반지'를 통한 유희성은 이상의 소설 「童骸」에서도 묘사된다. "결혼반지를 잊어버리고 온 新婦. 라는것이 있을까? 可笑롭다. 그렇나모르는말이다. 라는것이 반지는 新郎이 준비하라는 것인데 - 그래서 아주 아는척하고 『그건 내 슈-ㅌ케-스에 들어있는게 原則的으로 옳지!』『슈-ㅌ케-스 어딨어요』『없지!』『쭛, 쭛,』 나는 신부 손을 붓잡고 『이리좀와봐』 『아야, 아야, 아이, 그러지마세요, 놓세요』 하는것을 잘 달래서 왼손

'바늘'→'가시'→'반지'로 변모하는 이미지의 변주는 화자의 증여가 실패로 돌아감을 전면에 드러내는 역할을 한다. 화자의 증여는 '반지'와 '바늘'의 경계를 무너뜨리면서 오히려 신부의 권력을 강화(强化)하는 데 일조하게 되는 아이러니한 상황을 낳는다. 즉, '바늘'이자 '반지'는 여성에게 놀이의 쾌락을 선사함과 동시에 화자에게 상처로 되돌아오는 이중 의미망을 보여준다.

화자가 신부의 장난에 즐거워하지 못하고 아픔을 느끼는 까닭은 신부의 몸에 있는 반지 때문이라 할 수 있다. 위 시에서 "'바늘'→'가시'→'반지'로 변모하는 이미지의 변주는 화자의 증여가 실패로 돌아감을 전면에 드러내는 역할"[51]을 한다. 사랑하는 관계에서 약속의 징표인 반지가 두 남녀를 고통스럽게 하는 결정적 역할을 하고 있는 것이다.

이때, 상처를 입은 화자가 어둠 속에서 먹는 '싱싱한 밀감(蜜柑)'은 영양분 냄새만 맡으며 수척해가는 자신의 몸을 치유하기 위한 음식이다. 이 최소한의 영양식으로 자기 보존 본능을 최대화하고자 하는 화자의 시도는 결국 증여의 실패와 권력의 상실을 반증하는 중요한 행위라 할 수 있다. 그러나 화자의 이러한 자기 생존력마저도 '밀감(蜜柑)'을 찾는 신부의 행동으로 위기를 맞게 된다. 신부는 화자와의 관계 내부에

무명지에다 털붓으로 쌍줄반지를 그려주었다. 좋아한다. 아무것도 끼기운것은 아닌데 제법 간질간질하게 천연 반지 같단다." 소설 「童骸」에 등장하는 '반지'는 끈질기게 이어지는 화자와 임이의 관계를 암시하는 상징성을 지니고 있는 동시에 정조와 외도 사이에 걸쳐져 있는 두 사람의 긴장과 갈등을 유희적으로 풀어낼 수 있는 도구로 기능한다.

51 박소영, 「李箱 詩에 나타난 誘惑의 技術과 에로티시즘의 意味」, 『어문연구』 제165호, 한국어문교육연구회, 2015, 273~274쪽.

서 '밀감'을 빼앗으려 하고, 화자는 관계 외부에서 상처를 치유하고자
한다. 이렇듯, 권력자 자리에서 밀려난 화자의 모습으로부터 포틀래치
가 자기 족쇄로 돌아온 아이러니한 시적 상황을 볼 수 있다.

유희와 유혹의 기술로 화자를 장악하는 여성의 모습을 통해, 이상
시의 에로티시즘적 세계가 남녀 관계뿐만 아니라 화자의 생존싸움의
문제까지를 드러내고 있음을 알 수 있다. 여성의 행위를 통해 '나'의
내면은 더욱 왜소해지고 고립되는 것이다.

앞서 살핀 「紙碑」와 같이, 손가락에 끼는 반지는 몸과 밀접하게 접
촉하면서 고정되어 있다는 점에서 몸의 일부이자 상대를 향한 에로티
시즘적 욕망까지를 드러낼 수 있는 장신구라 할 수 있다. 몸의 연장선
상에 놓인 신부의 반지가 닿는 순간 아픔을 느끼는 화자의 고통에 주
목할 필요가 있다. 이는 관계의 실패와 더불어 남녀의 에로티시즘적
세계 역시 부조화 속에서 형성되고 있음을 드러내는 부분이다. 강력
한 증여물인 반지가 효력을 잃을 뿐만 아니라 독침(毒針)과 같이 여기
저기에 상처를 내는 날카로운 공격의 도구로 기능하게 된 것이다.[52]
이 시점에서 증여 행위의 영향력과 위험성을 지적한 조르주 바따이유
의 견해를 음미해볼 필요가 있다.

---

52 이러한 시적 설정과 관련된 「失樂園-失樂園」 중 일부를 인용하면 다음과 같다. "天使
는 왜 그렇게 地獄을 좋아하는지 모르겠다. 地獄의 魅力이 天使에게도 차차 알려진
것도 같다. 天使의 '키쓰'에는 色色이 毒이 들어 있다. '키쓰'를 당한 사람은 꼭 무슨
病이든지 앓다가 그만 죽어버리는 것이 例事다." 이때 에로틱한 행위인 '키스'는 상대
를 죽일 수 있는 치명적 독의 이미지로 변모되면서 백색의 순결한 '天使'의 속성마저
'地獄'으로 타락시키는 역할을 한다. 이처럼 이상 작품에서 에로티시즘과 죽음의 문
제는 긴밀히 연결되어 드러남을 알 수 있다.

고독한 소모는 완성이 아니며, 소모는 타자에게 작용할 때 완성된다. 잃을 때만 얻을 수 있는 증여의 진정한 힘은 그것이 타자에게 얼마나 영향을 끼쳤는지에 달려 있다. 따라서 포틀래치는 인간으로 하여금 그에게서 **빠져** 달아나는 것을 붙잡게 해주는 미덕이 있으며, 우주의 무한운동과 인간의 한계를 결합시켜주는 미덕이 있다.[53]

증여물을 주고받을 타인의 존재를 반드시 필요로 하는 것이 증여 행위의 일차 조건이라 할 수 있다. 또한 상대의 귀중한 것을 원할수록 '나'의 귀중한 것을 내놓아야 하기에 어느 정도의 자기희생과 상실을 감내해야만 한다. 이러한 행위는 점점 상대에게 의무와 책임을 전가하는 방식으로 반복되기 때문에, 지속적인 증여는 한편 결속의 강화로 이어지게 된다. 물론 이때의 결속은 권력의 위계질서와 양심, 명예, 경제활동 등이 복합적으로 뒤섞여 드러나는 형태와 같다. 아내를 억압하기 위해 행해졌던 화자의 증여가 아내와 자기 자신의 불행을 가중시키는 데 결정적 역할을 했다는 사실을 깨달을 때, 화자의 내면은 황폐해질 수밖에 없다. 즉 에로티시즘의 세계가 확장될수록 고통은 강화되고 반대로 축소될수록 상실감이 증폭되는 비극성을 드러내는 것이다.

화자는 아내의 '출분'을 허용하면서 비정상적인 증여를 행하고, 아내를 소유권 내에 묶어두기 위해 더 강력한 증여물인 '반지'를 전달한다. 사랑의 징표인 반지는 두 관계를 고통 속에서 이어주는 매개로 기능한다는 점에서 아이러니의 의미를 지닌다. 증여는 "전적인 또는 부분적인 파괴이다. 그리고 주는 사람의 파괴 욕망은 부분적으로는

---

53 조르주 바따이유, 조한경 역, 『저주의 몫』, 문학동네, 2000, 113쪽.

받는 사람에게도 전염"[54]된다. 이상 시의 에로티시즘은 증여로 인한 파괴가 자기상실과 자기소모, 나아가 타인인 아내에게 불행으로 번진다는 점에서 실패했다고 볼 수 있다. 관계의 실패는 그만큼의 세계가 무너졌다는 의미이기도 하다. 여기서 이 관계가 에로티시즘을 형성하는 내밀한 애정적 관계인 점을 염두에 둔다면, 증여의 실패로 화자의 내면은 더 치명적인 위험에 노출되고 세계의 어둠 역시 더 짙어지게 됨은 물론이다.

본고는 이상 시에 드러난 화자와 아내의 증여를 통해 호혜적 관계를 위한 증여물이 어떠한 방식으로 권력을 행사하고 자기소모의 형태를 보이는지에 대해 살펴보았다. 마르셀 모스의 증여 이론은 관계의 형성과 사회의 기틀 마련에 '증여' 문제가 깊이 개입되어 있음을 지적하고 있다. 화폐로 교환되는 오늘날의 시장경제와 달리, 모스가 주목한 것은 특정한 증여물의 교환과 그 이면에 담긴 의도에 있다. 증여물의 가치는 집단마다, 개인마다 다르게 책정될 수 있기에 서로의 손익을 계산하면서 더 많이 증여한 쪽의 명예가 올라가게 된다. 당연히 권력과 명예를 얻게 된 쪽이 증여에 성공했다고 볼 수 있다.

그렇다면 이상 시에서 아내를 향한 화자의 증여 행위는 어떠할까? 본고에서 살핀 화자의 증여는 아내의 매춘을 일정 부분 용납하거나, 아내의 매춘을 중단시키지 못하면서 정조를 강요하기 위해 '반지'를 선물하는 등으로 드러난다. 화자의 증여는 성공했는가? 화자의 증여는 아내뿐 아니라 '나' 자신에게도 막대한 영향을 미치며 다시금 상실을

---

54 위의 책, 38쪽.

느끼게 한다는 점에서 실패했다고 볼 수 있다. 화자의 증여물은 권력과 명예를 얻는 데 도움이 되지 않으며, 애정 관계를 지속시키는 것 역시 완전히 성공했다고 보이지 않는다. 여기에는 매춘하는 아내의 '몸' 문제가 개입되어 있다. 아내의 몸에 찍혀 있는 다른 남성의 지문은 병든 에로티시즘을 드러내는 동시에 회복 불가능한 존재성을 암시한다.

  그렇다면 유혹하는 여성의 증여는 언제나 성공하면서 권력을 쥐는 모습을 보이는가? 유혹의 속성이 권력을 해체하면서도 권력 그 자체가 될 수 없는 것처럼, 이상 시에서의 여성 역시 상대를 유혹할 수 있지만 동시에 상대로부터 소비되는 '매춘'의 문제에서 자유로울 수 없다는 점에서 권력의 자리에서 쉽게 벗어나게 된다.

> 天使는신발을떨어뜨리고逃亡한다.
> 天使는한꺼번에열個以上의덫을내어던진다.
>
>
>
> 日曆은쵸콜레이트를늘인(增)다.
> 여자는쵸콜레이트로化粧하는것이다.
>
> 여자는트렁크속에흙탕투성이가된즈로오스와함께엎드러져운다. 여자는
> 트렁크를運搬한다.
>
> 여자의트렁크는蓄音機다.
> 蓄音機는喇叭과같이紅도깨비靑도깨비를불러들였다.
>
> 紅도깨비靑도깨비는펜긴이다. 사루마다밖에입지않은펜긴은水腫이다.
> 여자는코끼리의눈과頭蓋骨크기만큼한水晶눈을縱橫으로굴리어秋波를

濫發하였다.

　여자는滿月을잘게잘게썰어서饗宴을베푼다. 사람들은그것을먹고돼지같
이肥滿하는쵸콜레이트냄새를放散하는것이다.

-「興行物天使」 부분

　시 「興行物天使」에서 '천사(天使)'는 서커스나 연극 등의 공연에서
관객을 끌어 모으기 위해 특히 남성들에게 웃음을 파는 존재로 그려
진다.[55] '천사'가 남성을 유혹하기 위해 치장하는 '쵸콜레이트'는 남성
의 오감을 만족시킬 수 있는 소재로 여성의 성적 매력을 증폭시키는
역할을 한다.[56] 적갈색의 어두운 빛깔로 끈적거리는 촉감과 달콤한 맛
을 내는 '쵸콜레이트'는 이전까지는 볼 수 없었던 근대의 산물이라 할
수 있다. 이처럼 '쵸콜레이트'와 '흥행물천사'로 그려지는 여성의 등
장은 유희와 쾌락으로서의 성적 관계가 시작되고 있음을 보여준다.

---

[55] 시 「興行物天使」에 등장하는 여성은 천사로 그려지고 있는데, 천사에 관한 또 다른
작품으로「失樂園-失樂園」을 들 수 있다. "天使는 아모데도없다. 『파라다이스』는 빈
터다. 나는때때로 二三人의 天使를 만나는수가 있다. 제số各 다섭사리 내게 「키쓰」하
야준다. 그러나 忽然히 그당장에서 죽어버린다. 마치 雄蜂처럼- (중략) 天使의 「키쓰」
에는 色色이 毒이들어있다. 「키쓰」를 당한사람은 꼭무슴病이든지 앓다가 그만 죽어버
리는것이 例事다." 이 시는 '천사'로 상정된 誘惑하는 여성의 매혹과 이에 빠져드는
남성의 모습을 드러내고 있다. 에로틱한 '키쓰'의 행위와 '毒'의 결합은 시 「危篤-絕壁」
을 상기시키면서 성적 황홀과 그에 따른 위험성을 보여준다고 할 수 있다.

[56] 시 「狂女의告白」은 내용상 「興行物天使」와 깊은 상관성을 지니고 있다. "잔내비와같
이웃는여자의얼굴에는하룻밤사이에참아름답고빤드르르한赤褐色쵸콜레이트가無數
히열매맺혀버렸기때문에여자는마구대고쵸콜레이트를放射하였다." 이와 같이, '쵸콜
레이트'는 남녀의 성적 행위를 암시하면서 여성의 가장 강력한 誘惑의 물질로 상징화
되어 있다. 성적으로 대상화된 여성은 이 '쵸콜레이트'를 남성에게 방사하면서 자신의
성적 매력을 유감없이 선보이고 있다.

여성의 복종을 원하면서 동시에 여성에 의해 유혹 당하기를 바라는 남성들의 모습은 '사람들'→'紅도깨비靑도깨비'→'펜긴'→'肥滿'한 '돼지'의 이미지로 변모한다. 천사의 연약하고 순결한 이미지와 강압적인 도깨비·우스꽝스럽게 뒤뚱거리는 펜긴·탐욕스러운 돼지 이미지의 상충은 여성의 성적 대상화를 더욱 부각시킨다.

'천사'의 증여는 남성의 성적 환상을 채우기 위해 강요되는 방식으로 행해진다. 여성의 몸을 두고 벌어지는 비인간적 거래 방식으로 인해 천사의 몸은 철저히 소비되고 만다. 이 시에서 여성의 유혹은 '쵸콜레이트'뿐 아니라, '축음기(蓄音機)', '만월(滿月)', '향연(饗宴)'과 같이 다양한 이미지를 통해 행해진다. 특히, 여성성의 상징인 '만월'은 남성을 유혹하는 동시에 '향연'의 공간을 성적 황홀에 도취된 공간으로 만든다. 여성이 행하는 증여의 목적이 매춘과 관련된 '誘惑의 성공'이라면 천사의 행위는 일차적으로 성공했다고 볼 수 있다. 때문에 천사는 기존 질서를 무너뜨리면서 권력 체계를 뛰어넘는 단계로 나아갈 가능성을 내포하게 된다.

그러나 자신의 몸으로 유희적 행위를 하며 대가를 받는 '천사'의 위치가 애초에 사회에서 소외된 약자로 설정되어 있기 때문에, 그녀의 증여로 인한 답례는 온전히 자신에게 되돌아오지 않는다는 점에서 비애감을 느끼게 한다. 이는 여성이 엎드려서 우는 장면을 통해 드러나기도 한다. 보드리야르가 여성 유혹자의 놀이로부터 "자기 자신에 대한 일종의 정신적인 잔인함"[57]을 발견하는 것도 이와 무관하지 않다.

---

57 장 보드리야르, 배영달 역, 『유혹에 대하여』, 도서출판 백의, 1996, 116쪽.

권력의 욕망과 생산성의 세계에 함몰되지 않는다는 것은 역으로 유혹 자체가 한곳에 머물면서 욕망의 주체로 서지 못한다는 의미와 동일하기 때문이다. 유혹하는 여성은 '유혹'이라는 상태에서 벗어나면 그 자신의 존재의미를 찾을 수 없게 되는 상황에 직면하게 된다.

화자와 아내는 증여를 거듭할수록 수척해지고 불균형한 일상을 감당하게 된다. 일반적으로 이상 시의 에로티시즘적 세계는 세계와 단절된 채 여성과의 관계를 지속시키려 했던 화자의 자폐적 모습에 기반하여 비극적으로 해석되곤 하였다. 과연 화자는 자폐적이기만 했는가? 이상 시에 등장하는 '나'는 끊임없이 아내와의 관계를 지속시키고자 매진했던 것으로 보인다. 타자를 하나의 사회로 볼 수 있다면, 아내 역시 화자가 대면하는 사회로 인식할 수 있다. 화자는 아내와 단절되는 것을 두려워한 나머지, 일반적인 남편의 역할에서 벗어나 여인의 매춘을 눈감아주기까지 하는 모습을 보인다. 그럼에도 화자의 지속적인 증여가 실패로 돌아갔기 때문에, 사회와 끊임없이 교섭하고자 했던 '나'의 노력 역시 실패로 끝났다는 것을 알 수 있다. 세계와 대응하려는 부단한 노력이 좌절되었을 때, 화자는 자기 실패를 거듭 확인하는 비극적 자아의 가면을 벗어버리지 못하게 되는 것이다.

이상 시에서 '나'와 아내의 에로티시즘적 세계가 허물어지고 실패했다면, 이는 에로티시즘을 형성해가는 주고받음의 증여가 계속해서 효과를 발휘하지 못했기 때문이라는 진단을 내릴 수 있다. 극단적인 관계의 접합과 해체를 반복하는 이상 시의 에로티시즘은 치열한 긴장을 유발하는 증여 행위를 거치면서 위태롭게 유지된다. 이처럼 이상이 세계와 상호 교섭하기 위해 부단히 고투한 흔적은 아내와의 관계성 속에서 드러나고 있다. 고통을 감수하면서까지 세계와의 관계를 유지시키고자 매진했지만, 이러한 노력이 단절과 상실로 되돌아왔을 때 상호성을 회복할 수 있다는 일말의 가능성마저 차단되고 만다. 이상이 바라본 세계는 거대한 벽으로 봉쇄된 절망의 공간일 수밖에 없었던 것이다.

3. 시적 자아와 인식 대상으로서 '여성'의 형상화

본장에서는 이상 시에 나타난 '여성'이 관념의 차원에서 무기물이나 생물의 차원으로 변주되는 과정을 살피고, 이를 바탕으로 남성 화자와 여성이 어떠한 정념을 거치면서 '사랑'의 관계망 속에서 고투하고 있는지를 추적하고자 한다.

이상의 작품에서 남성 화자는 여성을 '△', '돌', '꽃', '조류(鳥類)', '낙타(駱駝)', '웅봉(雄蜂)' 등의 다양한 이름으로 부른다. 진짜 얼굴을 숨기고 다른 존재의 틀을 덧씌우는 작업을 통해 '여성'과 그에 관계되는 남성 화자는 새롭게 규정되면서 또 다른 의미를 획득하게 된다. 사랑하는 여성의 모습을 끊임없이 변주하면서 원 존재에서 또 다른 존재로 이동시키는 남성 화자의 행위에는 여성의 본성을 노출시키면서도 감추고자 하는 모순된 의도가 내포되어 있다. 이와 같이 타인이라는 또 다른 존재에 이름을 새로 지어주면서 가면을 씌우는 작업은 때로 상대의 자유를 일부 억압하는 강요적 방식으로 드러나기도 하지만, 한편으로 애정을 나누는 사이에서의 명명 행위는 사랑의 은밀성과 유일성을 드러내기 위한 표현으로 이해될 수 있다. 즉 상대를 향한 명명의 의도에는 복합적인 심리가 섞여 있게 되는 것이다.

이상의 시와 소설, 수필 작품에는 매춘을 하는 아내를 지켜보며 고민하는 남성 화자의 모습이 빈번하게 그려진다. '나'의 곁에 머무는 이 여성의 부정(不貞)은 생계를 위해 어쩔 수 없이 행한 매춘의 결과인가? 아니면 끊임없이 비밀을 낳으며 '나'의 자존감을 무너뜨리고 절망을 느끼게 하는 독화(毒花)의 본성인가? 이러한 고민들은 화자로 하여금 여성의 존재를 규정짓기 위한 사유의 과정을 밟게 한다. 이상의 시편들에서 '여성'의 형상화는 여성 자신의 문제뿐만 아니라 이들 남녀 관계에 생긴 감정의 균열을 감지할 수 있고 나아가 이러한 관계의 균열에 대응하는 화자의 방식을 파악할 수 있다는 점에서 주목할 필요가 있다.

서로의 존재를 생생하게 절감하게 만드는 '사랑'이라는 감정은 상대를 변화시키거나 상대에 의해 변화되면서 새로운 세계를 형성하도록 이끈다. 사랑하는 상대를 향한 압축적인 몰두와 집중은 '나'의 가치관을 변화시키고 기존의 상식을 뒤엎는 정도의 큰 물결을 일으킬 수 있는 것이다. 이상은 이러한 변화를 예민하게 감지하여 남녀의 감정 문제와 그로 인한 갈등 지점을 예리하게 포착하여 형상화한다. 그의 작품 속에서 남녀의 관계는 비정상적인 모습이나 구도로 드러나면서 여타의 문학 작품들과의 변별 지점을 만들어낸다. 예를 들어 '연인'을 뜻하는 'AMOUREUSE'와 '△'은 은유화되면서 한 존재가 도형의 차원에서 형상화되는 모습이 그려진다(「破片의景致」, 「▽의遊戱」 등). 도형과 수식을 활용한 이상의 작품들은 일반적인 예상 범위를 벗어나면서 모호하고 난해한 해석의 영역을 형성하기에 이른다.

이러한 여성의 형상화는 도형의 차원뿐 아니라 생물 또는 무생물의 차원에서도 이루어진다. 예를 들어 여성이 '웅봉'의 모습으로 형상화되는 것에 대응하여 남성 화자는 '여왕봉'의 위치에 서게 된다(「危篤-生涯」). 또는 '꽃'의 자리에 놓인 여성의 유혹에 대응하여 남성 화자는 '묘혈'로 들어간다(「危篤-絶壁」). 이처럼 여성 이미지가 동식물의 차원에서 형상화될 때, 사랑의 감정을 공유하는 화자 역시 그 변화에 휩쓸려 여성에 대응하는 한 쌍의 형태로 나타나는 것을 볼 수 있다. 이러한 결합은 기존의 통념을 뛰어넘으면서 두 남녀 관계의 비극적 결말을 예고한다는 점에서 의미심장하다.

이처럼 이상 문학에 나타난 여성의 형상화는 이상의 독특한 미적 감각을 감지하게 만드는 지점이 된다. 특히 역삼각형이나 사각형의 경우, 새로운 형태의 실험, 언어의 해체 욕망, 회화적 효과 등의 다양한 해석과 함께 이상 문학의 난해성을 보여주는 부분 중 하나라 할 수 있다.[58] 본고는 「破片의景致」, 「▽의遊戲」 등의 시편들이 '여성'을 대상

---

[58] 고석규는 이상의 창작과 그 사유 과정을 '모험'에 비유하여 이상 문학에 드러난 '새로운 형태(수법)'를 "우리 문학 사상의 돌연한 유산"(28쪽)으로 평가한다. 고석규에 따르면 이상 시의 삼각형이나 역삼각형과 같은 '형태적 변혁'은 "무엇보다도 그가 전문한 설계(기하)학에서 빌린 기호와 수식들을 구사하여 표현의 시각적인 반응을 목적하는 데서 시작"(100쪽)된다. 즉 작품에서의 형태적 특징이 설계학에 대한 이상의 기본적인 지식에서 기인하였고 그로 인해 '시각적' 새로움을 확보하게 되었음을 밝히는 것이다. 고석규, 「반어'에 대하여」, 김윤식 편저, 『李箱문학전집 4』, 문학사상사, 1995. 이와 관련된 논의로 오광수의 논의를 들 수 있다. 오광수는 이상 시의 다다이즘적 요소에 주목한다. 그에 따르면 이상 시는 "언어가 가지는 기호성을 박탈하고 그것이 환기하는 순수한 시각성을 강조함에서부터 그의 난해성과 동시에 회화성이 드러나게 된다"고 할 수 있다. 또한 이러한 경향을 '시각적 오브제'로 인식하면서 이상 시와 회화와의 관계를 검토하고 있다. 오광수, 「화가로서의 이상」, 김윤식 편저, 『李箱문학전집 4』, 문학사상사, 1995, 252쪽. 이재복에 따르면 이상 시가 구현하고 있는 것은 "언어의 절대성이

으로 한 형상화 작업의 일종이라고 파악하였다. 이때 존재가 도형으로
치환되는 이미지와 생물이나 무생물로 치환되는 이미지는 각각 변별
할 필요가 있다는 판단 하에 각각의 양상을 해석하여 화자가 맺고 있는
사랑의 관계 방식을 밝히려 한다. 이를 위해 다양한 관점에서 논의되는
기존 연구를 검토하면서, 특히 본고에서 주목하는 시편들을 중심으로
화자와 아내의 관계성에 주목한 연구를 참고하고자 한다.

우선, 이상 문학 연구에서 동물로 형상화되는 남성 화자와 아내의
모습에 주목한 논의들이 있다. 오생근은 이상 작품에서 동물의 형태
로 은유화되는 '나'와 '아내'에 주목한다. 이상 작품에서 "'아내'의 얼
굴을 동물의 형태로 바라보면서 '아내'의 의식을 죽여 버릴 때 '나'는
일종의 만족을 체험"[59]하게 된다. 동물화된 아내를 바라보며 화자는
'우월한 시선'을 선점할 수 있게 되는 것이다. 오생근은 이를 "정신적
인 사디즘"[60]으로 명명하면서 아내와의 심리적 싸움에서 우위를 확보
하려는 화자의 모습에 주목한다.

이경재는 카프카 소설 속 '동물 변신'의 의미를 밝힌 들뢰즈와 가타
리의 시각을 참고하면서 이상 소설에 나타난 동물 모티프의 의미를

아니라 그것의 부정과 해체"이다. 언어 자체에 대한 모더니스트의 자의식이 이상으로
하여금 다다이즘적인 기획을 꾀하도록 만들었다는 것이다. 이재복, 『한국 현대시의
미와 숭고』, 소명출판, 2012, 227쪽.

59 오생근, 「동물의 이미지를 통한 이상의 상상의 세계」, 김윤식 편저, 『李箱문학전집
4』, 문학사상사, 1995, 195쪽. 이 논문은 이상의 소설 작품을 대상으로 하여 논의를
전개시키고 있다. 그럼에도 화자와 아내의 관계를 다루고 있는 기본적인 설정이 이상
의 시작품과 상당히 유사하며, 이상의 시작품을 해석하는 데 도움이 된다고 판단하여
참고하였다.

60 같은 곳.

밝힌다. 이상 소설에서 동물 모티프는 "물질적인 착취의 관계를 나타
내거나 그것 자체가 하나의 탈영토의 공간으로 그려짐을 확인"[61]할 수
있다. 이경재는 물신화된 사회로부터 탈주하는 방법으로서 매저키즘
적 욕망이 제시되고 있는 '나'의 심리에 주목한다.

본래의 상태에서 또 다른 상태로 이동하려는 시적 자아의 시도와
관련하여 정효구의 논의를 참고할 수 있다. 정효구는 이상 문학의 특
징으로 '사물화 경향'을 꼽는다. 그에 따르면 사물화 경향은 "유기물
을 무기물로, 생물을 무생물로, 존재를 물건으로, 생성을 파괴 혹은
해체로, 생명을 죽음으로, 관계를 단절로 느끼거나, 해석하거나, 이
끌어 나아가려는 정신적 경향"[62]을 뜻한다.

정효구에 따르면 이상은 자연을 인공보다 열등하게 인식하거나,
사회적 규범이나 질서를 파기하고자 시도하거나, 가족 공동체로부터
벗어나려고 하거나, 거짓과 유희로서 언어를 구사하고자 노력했는
데, 사회적 영역으로부터 벗어나고자 했던 한 인간의 이러한 모습을
근대정신과 더불어 설명할 수 있다는 것이다.[63]

이처럼 본고는 기존 논의를 참고하면서 이상 시에 나타난 여성 형
상화의 변화 양상을 밝히고자 하는데, 이 양상은 여성과의 관계성 문

---

61 이경재, 「이상 소설의 '동물' 모티프 고찰」, 『陸士論文集』 제59집 제1권, 陸軍士官學
校, 2003, 198쪽.

62 정효구, 「李箱 문학에 나타난 〈사물화 경향〉의 고찰」, 『개신어문연구』 제14권, 개신
어문학회, 1997, 488쪽.

63 정효구의 연구는 이상 작품의 정신적 경향을 파악하게 도움을 주는 논의라 할 수
있다. 정효구가 전반적인 이상 문학의 성격을 규명하는 데 일조하였다면, 본고는 여
러 작품들 가운데 화자와 여성의 관계성 문제에 주목하여 세계를 바라보는 화자의
시선을 포착하는 데 그 목표가 있다.

제에 대한 화자의 탐색이자 사유에서 비롯된다고 할 수 있다. 사랑하는 대상의 몸을 다른 형상으로 바꾸어버리는 작업은 '에로스'와 '몸'의 긴밀한 상관관계와 더불어 이해할 수 있다.

에로티시즘은 특정 대상을 욕망할 때 "상상 가능한 모든 방법을 동원해 그것을 다루고 경험하고 해체하고 탐색하는 데 전념"[64]하도록 만든다. 이때 욕망의 대상인 '그것'은 몸을 지칭한다. 이렇듯 에로티즘은 "타자의 몸이 늘 현존하며 우리에게 없어서는 안 되는, 매우 탐나는 대상임"[65]을 일깨우면서 상대를 향한 격정적 에너지를 표출하도록 만든다. 사랑의 감정을 공유하는 남녀는 서로에게 빠져들면서 황홀한 몰입과 탐닉의 순간을 경험한다. 이러한 과정에서 상대의 몸에 대한 욕망과 상대를 차지하고자 하는 소유욕이 생성된다. 그러나 욕망의 크기와 소유욕의 강도가 적정한 수준에서 맞춰지지 못하고 큰 격차를 낸다면, 사랑에 열중했던 것 이상의 상실과 허무가 찾아올 수밖에 없다.

이상의 작품에서 '여성'의 형상화는 시적 자아의 욕망과 상실감이 뒤섞이면서 변주된다. 본고는 존재의 위치 이동 및 형상화 작업과 관련하여 크게 세 가지의 양상으로 나누어 논의를 전개하고자 한다. 이 양상은 작품의 제작 시기를 순차적으로 따르면서 그 속에서 '육체성'을 중심으로 변모 과정을 보이는 세 개의 차원을 말한다. 즉 세 양상은 1) 도형과 같은 관념의 차원 2) 무기물의 차원 3) 생물의 차원으로 정리될 수 있다.

---

64 로제 다둔, 신정아 역, 『에로티즘』, 철학과현실사, 2006, 24쪽. 인용 문장 중 굵게 강조된 부분은 필자에 의한 것임.

65 위의 책, 25쪽.

본고에서 주된 연구 대상으로 삼은 작품을 위에 제시한 세 양상에 맞추어 시기상으로 나열하면 다음과 같다. 「破片의景致」(1931)·「▽의 遊戱」(1931) →「이런詩」(1933) →「烏瞰圖-詩第六號」(1934)·「危篤-絕壁」(1936)·「危篤-白晝」(1936)·「危篤-生涯」(1936)·「無題 二」(1938). 이와 같은 양상은 관념에서 구체적 몸틀을 갖춘 여성의 형상으로 변모하는 과정을 확인하기 위해 만들어진 것이다.[66] 또한 제작 시기를 순차적으로 따름으로써 여성을 대상으로 한 변용 방식이 어떻게 변모하고 있는지를 살필 수 있다. 암호화된 도형에서 무기물, 생물의 모습에 이르기까지의 변용 방식은 여성과의 결합 불가능성을 구체적으로 재확인해 가는 남성 화자의 의식 전개 양상과 연결된다. 이와 더불어 이상 시의 시적 자아와 여성의 문제는 세계를 향한 이상의 시각을 살필 수 있다는 점에서 유의미하다고 볼 수 있다.

1) 도형으로 암호화된 여성의 형상과 상실감

이상의 시에서 '여성'의 얼굴은 다양하게 형상화되는데 이로써 여성의 몸과 그 존재성에 대한 이상의 사유가 얼마나 치열하게 펼쳐지고 있었는지를 추측할 수 있다. 본고는 우선 이상이 김해경(金海卿)이

---

66 본고에서 인용하는 시편들이 이상의 여성 관련 작품의 전체는 아니다. 때문에 엄격한 의미에서는 여성을 향한 이상의 인식 변화를 단정 지어 말하기 어려울 수 있다. 다만, 본고는 이상의 여성 형상화의 방식을 밝히기 위한 일정한 분류 요건을 제시하여 다양하게 드러나는 여성의 모습을 부각시키고자 한다. 이상의 작품 활동이 길지 않기 때문에 본고에서 제시하는 세 양상이 명료하게 나뉘지 않고 중첩될 수 있지만, 끊임없이 변화하는 몸 이미지를 생명/비생명, 무기물/생물 등의 극단적인 특성을 중심으로 큰 틀에서 살피려 한다.

라는 본명으로 1931년 『조선과건축』에 최초로 발표한 여섯 편의 작품 가운데 두 편의 시인 「破片의景致」와 「▽의遊戱」에 주목하고자 한다. 이 두 편의 시에서 여성은 구체적인 얼굴을 떠올리는 게 불가능할 정도로 완전하게 암호화된다. 이상은 여성의 얼굴과 이름을 모두 제거함으로써 여성의 육체성과 현실감각을 소거한다. 이후로 이상이 발표하는 작품에서 특히 여성의 몸 이미지가 화자의 복합적인 내면상태를 드러내게 하는 주요 소재라는 점에서 볼 때, 시 「破片의景致」와 「▽의遊戱」에서 보여주는 여성의 형상화는 '육체성'의 문제에서 면밀하게 검토되어야 할 필요성이 있다.

예를 들어 시 「無題 二」(1938) 중 "내것 않인指紋이 그득한네肉體가 무슨 條文을 내게求刑하겠느냐"와 같은 구절에는 사랑하는 아내의 육체를 다른 남성과 공유해야 하는 화자의 비참한 심경이 담겨 있다. 화자가 아내와의 관계를 유지하기 위해서는 아내의 육체에 남겨진 다른 남성의 성적 흔적을 감내해야 한다. 때문에 화자에게 아내의 육체는 매혹의 대상이면서 고통의 원인이 되는 것이다. 이렇듯 여성으로부터 발생된 문제들은 대부분 성적 대상화가 된 여성의 '몸'에서 출발한다고 볼 수 있다. 본고가 시 「破片의景致」와 「▽의遊戱」의 여성을 주목하는 이유가 이와 연관된다. 이상이 최초로 보여준 시작품들의 여성에게는 구체적인 몸 이미지가 설정되어 있지 않다.

육체성이 제거되어 있다는 것은 상대를 현혹시킬 매력뿐 아니라 자기 자신을 지탱시킬 생명력 또한 사라졌음을 의미한다. 즉 생물에게 몸의 틀이 없다는 것은 그 어떤 새로운 갱신도 불가능하다는 의미와도 같다. 육체는 "공간과 시간을 점유하며 현존한다. 육체의 현존은 인간의 현존이며 육체의 부재는 곧 인간의 부재"[67]이다. 사회로부터 또는 어떠한 관계로부터 철저히 배제된 타자의 경우라 해도, 생명을 가지고 있다는 것은 쇄신의 가능성을 발견할 수 있는 가능성을 보여준다. 이상의 시에서 여성의 존재는 육체를 벗어나면서 비로소 완전한 부재의 자리를 마련하게 된다. 이 부재를 채우는 것은 존재에 대한 화자의 기억이며 이 기억을 영원히 붙잡을 수 없다는 화자의 절망이다.

　　△은나의AMOUREUSE이다

　　나는하는수없이울었다

　　電燈이담배를피웠다
　　▽은1/W이다
　　　　　　x
　　▽이여! 나는괴롭다

　　나는遊戱한다
　　▽의슬립퍼어는菓子와같지아니하다
　　어떻게나는울어야할것인가
　　　　　　x
　　쓸쓸한들판을생각하고
　　쓸쓸한눈나리는날을생각하고
　　나의皮膚를생각하지아니한다

---

67 주형일, 「이미지로서의 육체, 기호로서의 이미지 : 살과 틀의 육체 담론」, 『인문연구』 제47권, 영남대학교인문과학연구소, 2004, 135쪽.

記憶에對하여나는剛體이다

정말로
「같이노래부르세요」
하면서나의무릎을때렸을터인일에對하여
▽은나의꿈이다

스틱크! 자네는쓸쓸하며有名하다

어찌할것인가
                    x
마침내▽을埋葬한雪景이었다

                              −「破片의景致」 전문

△은나의AMOUREUES이다

종이로만든배암이종이로만든배암이라고하면
▽은배암이다

▽은춤을추었다

▽의웃음을웃는것은破格이어서우스웠다

슬립퍼어가땅에서떨어지지아니하는것은너무나소름끼치는일이다
▽의눈은冬眼이다
▽은電燈을三等太陽인줄안다
                    x

▽은어디로갔느냐

여기는굴뚝꼭대기냐

나의呼吸은平常的이다
그러한데탕그스텐은무엇이냐
(그무엇도아니다)

屈曲한直線
그것은白金과反射係數가相互同等하다

▽은테이블밑에숨었느냐

$$x$$

1

2

3

3은公倍數의征伐로向하였다
電報는아직오지아니하였다

-「▽의遊戲」 전문

위 두 편의 시에 나타난 삼각형과 역삼각형은 해석의 난해함을 일
으키는 주요 원인이 된다. 먼저 이승훈은 △을 나의 자아로, ▽을 나

의 또 다른 자아로 해석한다. 이승훈은 이 시를 "▽과 대비되는 자아로서의 「나」의 괴로움을 노래"[68]한 것으로 파악한다. 또한 박현수는 「破片의景致」에 제시된 구절들이 파편처럼 흩어져 있는데, 이는 "제목이 형식을 설명하고 있는 경우"[69]라고 지적한다. 이러한 관점에서 「破片의景致」는 "미정고, 에스키스 등과 같은 의미"[70]를 지닌다고 본다. 그리고 김은경은 △,▽을 "상이한 주체 양태들"[71]로 파악한다. 본고는 이와 달리 △을 연인, ▽을 '여성과의 관계'와 그로 인한 기억들의 파편으로 해석하고자 한다.

우선 도형이 나오는 이상의 또 다른 시편들이 있다. 위의 두 시와 동시에 발표된 시 「鳥瞰圖-神經質的으로 肥滿한 三角形」에는 "▽은나의AMOUREUSE이다"라는 구절이 있다. 이상은 역삼각형에도 연인을 뜻하는 "AMOUREUSE"를 붙여 은유화 한다. 1931년 10월, 동일한 지면에 발표된 시 「三次角設計圖-線에 關한 覺書 7」에는 "□ 나의이름. // △ 나의안해의이름"이라는 구절이 있다. 이상의 작품에서 삼각형과 역삼각형은 여성의 또 다른 이름으로 설정된다. 특히, 시 「破片의景致」와 「▽의遊戲」는 서로 깊은 연관관계를 맺고 있다. 따라서 본고는 두

---

68 이승훈 편, 『李箱문학전집 1』, 문학사상사, 1989, 101쪽.

69 박현수, 「이상 시의 수사학적 연구」, 서울대 박사학위 논문, 2002, 98쪽.

70 박현수에 따르면 이상 문학에서 "이 '미정고'는 문자 그대로 아직 확정되지 않은 원고라는 의미로 해석되어서는 안 된다. 이것은 미완의 시가 아니라 미완의 형식까지 하나의 형식으로 수용하는 이상 시 양식의 특징"이다. 위의 논문, 95쪽.

71 김은경, 「李箱 詩에 나타난 主體 형상의 기호학적 분석」, 『한국현대문학연구』 제36권, 한국현대문학회, 2012, 200쪽. 김은경은 △,▽이 동일한 주체의 형상들임을 밝히면서 □을 균형 잡힌 통합된 주체로 본다. 본고는 이와 같은 다양한 선행 연구의 도움을 받으면서 논의를 전개시키고자 한다.

시에서 서로 연결되는 모티프를 함께 다루면서 해석하고자 한다.

우선, 두 시의 부제 모두 삼각형과 연인이 은유 관계로 제시된다. 삼각형을 화자와 사랑의 감정을 공유한 여성이라고 설정했을 때, 역삼각형은 현실에서 재현이 가능하지 않은 기억을 의미할 수 있다. 역삼각형의 불균형한 형태 역시 확실하게 고정되지 않은 채 휘발되는 기억의 불안정함을 암시한다.

시「破片의景致」에서 화자는 "나는하는수없이울었다", "어떻게나는 울어야할것인가"와 같이 슬픔에 놓인 자신의 내면상태를 고백한다. 화자가 "記憶에 對하여 나는 剛體이다"라고 말했을 때, 이는 특정한 '기억'을 선명하게 의식하는 자기 자신에 대한 진단이라 할 수 있다. 그렇다면 화자를 괴롭게 하는 기억의 정체는 무엇인가? 화자는 쓸쓸한 들판과 눈 내리는 날을 생각한다. 화자의 기억 속 배경은 설경으로, 시야를 가리는 눈이 내리고 쓸쓸함을 느끼게 하는 추운 공간이다. 들판과 눈 내리는 날을 떠올리는 화자는 '나의 피부(皮膚)'에 대해서만은 생각하지 않으려 한다. 그것은 화자의 무릎을 때리며 함께 노래 부르기를 청한 연인에 대한 기억과 연관된다.

피부는 타인과의 직접적인 접촉을 가능하게 하는 신체 기관으로, 모든 존재는 피부를 통해 타인과 접촉하여 온기를 나눈다. 그런데 화자는 쓸쓸한 들판과 눈 내리는 날을 떠올리며 피부를 생각하지 않으려 한다. 화자는 피부 감각을 차단함으로써 연인이 부재한 현재의 상황을 실감하지 않으려 시도한다. 과거에 화자와 온기를 나누었던 연인이 삼각형이라면, 그 연인이 부재한 뒤에 남겨진 기억은 이루어질 수 없는 꿈인 역삼각형인 것이다. 이 기억에 대한 감정은 "▽이여! 나

는괴롭다”와 같이 드러나면서, 역삼각형에게 말을 건네는 화자의 모
습이 나타난다.

그렇다면 화자가 역삼각형에게 괴로움을 토로하는 이유는 무엇일
까? 화자의 사유 속에서 파편처럼 흩어진 기억과 그 밝기가 이 시에
다양한 이미지로 제시된다. 이 시에 나타나는 ‘담배’, ‘눈나리는날’,
‘설경(雪景)’은 모두 기억의 선명도를 백지로 덮어버리는 역할을 하고
있다.

시의 2연에는 전등이 담배를 피우는 설정이 그려지는데, 담배의 희
뿌연 연기 때문에 전등은 선명성을 잃게 된다. 때문에 역삼각형은 단
‘1/w’밖에 밝아지지 못한다. 즉 기억의 선명도가 희미해지고 있음을
드러내고 있는 것이다. 눈 내리는 날의 풍경 역시 역삼각형을 매장하
는 ‘설경’의 이미지로 이어지는데, 화자의 그리운 ‘꿈’이었던 역삼각
형은 밝기가 희미해지면서 화자의 의식 속에서 멀어지게 된다. 이러
한 구도는 시 「▽의遊戱」에서도 동일하게 그려진다.

시 「▽의遊戱」에 “▽은배암이다”와 같은 구절이 제시된다. 종이로
만들어진 ‘배암’은 쉽게 찢어지거나 낡아버릴 수 있어 영원한 시간 속
에 놓여 있지 않은 것으로, ‘배암’과 은유 관계에 놓인 역삼각형 역시
영원히 보존되지 않음을 알 수 있다. 이러한 역삼각형은 동면하는 눈
을 지닌 채 ‘전등’을 희미한 태양으로 여기는데, 이는 이 시의 시간적
배경이 겨울이라는 것을 알려주는 동시에 역삼각형을 비추는 희뿌연
빛을 상기시키는 역할을 한다. 이어 “슬립퍼어가땅에서떨어지지아니
하는것은너무나소름끼치는일이다”와 같은 구절은 신발이 바닥에 얼
어붙은 동결의 이미지를 드러낸다. 이러한 동결의 이미지는 「破片의

景致」에서 눈 속에 매장된 역삼각형을 떠올리게 하면서 화자의 쓸쓸
함을 강조하게 만든다.

화자는 "▽은어디로갔느냐", "▽은테이블밑에숨었느냐"라고 부르며
역삼각형의 흔적을 찾지만, 화자가 위치한 곳은 '굴뚝꼭대기'의 자욱한
연기 속이다. 이 시에서 연기와 같은 희미하고 뿌연 빛은 화자로 하여
금 역삼각형을 찾을 수 없게 만든다. 전등이 환하게 밝혀주는 역할을
하지 못하기 때문에 '탕그스텐' 역시 '그무엇도' 아닌 채로 소용이 없게
되는 것이다.

이때 연기를 내뿜는 '굴뚝꼭대기'의 이미지는 「破片의景致」의 '담배'
와 겹친다고 할 수 있다. 두 사물은 형태상 겹치기도 하지만 연기를
내뿜어 공간의 불투명성을 만들어 낸다는 점에서 동일한 역할을 한다.

이어 "그것은白金과反射係數가相互同等하다"와 같은 구절은 '백금'
과 '반사계수'가 서로 비례함을 의미한다. 희뿌연 빛을 뿜는 '백금'은
「破片의 景致」의 '눈'의 변용체로 해석된다. 또한 '반사계수'는 경계면
에 닿는 입사광과 반사광의 진폭비로 여기에서는 '빛'으로 이해할 수
있다. '백금'과 '반사계수'의 비례는 눈발과 밝은 빛의 비례라는 의미
를 지니는데, 밝게 기억하려 할수록 그 기억이 하얀 눈발 속에 묻혀
버리는 아이러니의 효과를 낳는다.

시 「▽의遊戱」의 마지막 연인 "3은公倍數의征伐로向하였다"와 같은
구절은 성립하지 못하는 수식으로 이루어져 있다. 이 계산 불가능한
수식의 정벌은 결국 무모하고 허무한 싸움을 시작했다는 의미를 지닌
다. 때문에 역삼각형으로부터 전보는 오지 않는 것이다. 설경에 묻힌
역삼각형은 얼어붙어 움직일 수 없고, 이로써 역삼각형으로 상정된

기억은 희미하게 멀어진다. 즉 이 두 편의 시는 존재의 선명도에 대한 것이며, 기억의 전등이 꺼져가는 상황에 대한 화자의 아픔과 외로움을 보여준다.

이상은 여성의 존재를 도형으로 바꾸어버림으로써 관념의 차원에서 여성과의 관계를 드러내고 있다. 사랑의 기억이 설경에 묻혀 희미해짐에 따라 여성은 도형으로 형상화되면서 구체적 얼굴과 개별적 이름을 잃게 된다. 이러한 여성의 이미지는 화자의 외로움을 강화하면서 여성의 부재를 상기시키는 역할을 한다. 육체성이 소거된 여성은 화자와의 접촉이 불가능한 상태에서 화자의 머릿속에 '기억'으로 남겨진다. 물론 이 여성은 언제라도 휘발될 수 있는 기억의 불안감과 함께 위태롭게 존재한다.

2) 무기물로 형상화된 여성과 교감의 차단

본 장에서는 무기물의 차원에서 그려지는 여성의 이미지에 주목하여 논의를 전개시키려 한다. 앞서 도형으로 형상화된 여성의 이미지를 살펴본 바 있다. 이때의 여성은 화자의 사유 속에 묻혀 있는 '기억'의 일부이기 때문에 외부 세계의 타자라고 인식하기 어려운 측면이 있다. 이때 구체적 몸틀이 여성의 이미지 위에 덧씌워지면서, 여성은 세계와 관계를 맺는 한 존재로 인식될 수 있다. 즉 여성은 시적 자아 속 관념에서 벗어나 외부 세계에 놓이게 되면서 타자의 지위를 획득할 수 있게 되는 것이다.

여성은 무기물의 차원에서 형상화되면서 숨겨왔던 본래의 속성을 외부로 노출시키게 된다. 이상 시의 남성 화자가 어긋난 사랑 관계로 인해 느끼는 감정 중 하나로 '상실'을 꼽을 수 있다. 정신적 교감과 육체적 어울림이 충족되는 사랑의 에로틱한 세계는 풍요로운 매혹의 향기로 흘러넘치게 된다. 이때 정신적 교감은 소통의 문제와 연관된다. 이상의 시 「普通記念」 중 "계즙을 信用치안는나를 계즙은 絶對로 信用하려들지 안는다 나의말이 계즙에게 落體運動으로 影響되는일이 업섯다. // 계즙은 늘내말을 눈으로드럿다 내말한마데가 계즙의눈자 위에 썰어저 본적이업다."와 같은 구절은 소통하지 못하는 남녀 관계를 드러낸다. 화자와 '계집'이 서로를 신용하지 못한다는 것은 이들의 관계가 신뢰를 바탕으로 쌓이지 않았음을 보여준다. "계즙은 늘내말을 눈으로드럿다"와 같은 구절에서 볼 수 있듯, 화자의 말은 '계집'의 귓속으로 들어가 마음에 들어앉지 못한다. 마치 계집은 화자의 입모양을 빤히 바라보며 화자의 입에서 흘러나오는 말을 추측하는 듯하다. 마음의 어긋남이 소통의 어긋남으로 이어지면서 이들의 교감은 불통이 된다.

정신적 교감만큼이나 육체적 접촉은 사랑의 에로틱한 결정체를 생성시킬 수 있는 중요한 원천이라 할 수 있다. '몸'과 '몸'의 만남으로 인해 흘러나오는 풍요로움이 차단되는 이유는 무엇일까? 이는 조르주 바따이유(Georges Bataille, 1897~1962)가 말한 '배타적 소유'의 관점에서 이해할 수 있다. 배타적 소유는 "성적 차원에서의 남편의 권리"[72]를 말한다. 욕망의 대상으로 선택되는 순간 대상은 다른 나머지 것들보다 돋보이게 된다. 즉 "대상의 성격은 대상을 다른 모든 것과 대립되게

---

72 조르주 바따이유, 조한경 역, 『에로티즘의 역사』, 민음사, 1998, 192쪽.

한다."[73]고 할 수 있다. 에로틱한 대상은 자신을 다른 것들과 변별시키면서 상대로 하여금 소유욕을 발동시키게 만든다. 이상의 시에서 화자가 사랑하는 여성은 화자의 영역 내에서만 삶을 꾸리지 않으며 성적 대상화가 된다는 점에서 모두의 에로틱한 대상이 된다고 할 수 있다. 이는 여성의 존재 자체가 화자에게 상실의 대상으로 다가간다는 것을 의미한다.

중요한 것은 소유 욕망과 사랑이라는 감정이 분리될 수 있는가 하는 문제이다. 상실이 거듭된다고 해도 사랑의 감정이 남아 있다면 소유욕 역시 동반될 수밖에 없다. 이상의 시 「이런詩」는 화자가 느끼는 상실감과 더불어 여성의 존재를 무기물의 차원에서 형상화함으로써 독특한 미감을 드러내는 작품이다.

역사를하노라고 땅을파다가 커다란돌을하나 끄집어내여놋코보니 도모지어데서인가 본듯한생각이들게 모양이생겼는데 목도들이 그것을메고나가드니 어데다갓다버리고온모양이길래 쪼차나가보니 危險하기짝이업는 큰길가더라.

그날밤에 한소낙이하얏스니 必是그돌이새긋이씻겻슬터인데 그잇흔날가보니까 變怪로다 간데온데업드라. 엇던돌이와서 그돌을업어갓슬가 나는참이런悽량한생각에서아래와가튼作文을지엇도다.

「내가 그다지 사랑하던 그대여 내한平生에 차마 그대를 니즐수업소이다. 내차례에 못올사랑인줄은 알면서도 나혼자는 꾸준히생각하리다. 자 그러면 내내어엿부소서」

엇던돌이 내얼골을 물끄럼이 치여다보는것만갓서서 이런詩는 그만씨

73 위의 책, 190쪽.

저버리고십드라.

－「이런詩」 전문

이상의 건축학적 상상력은 '역사'를 하는 화자의 행위와 함께 구체적
으로 제시된다. 다음 장에서 다룰 시 「危篤－生涯」와 마찬가지로 「이런
詩」에서 '역사'를 하는 화자와 '돌'로 은유화된 여성은 낯설게 결합된
다. 시 「이런詩」의 화자는 토목, 건축 공사 등을 일을 하면서 '커다란돌'
을 땅 위로 올려놓는다. '돌'은 화자에 의해 땅 위에 놓이고, 이후 목도
들에 의해 위험한 길가로 옮기어진다. '돌'이 위험하다는 것을 알면서
도 화자는 이 상황을 주시할 뿐인데, 이는 '소나기'에 의해 '돌'이 깨끗
하게 씻겨지기를 기다리기 위함이다. 빗물에 씻겨지기 이전의 '돌'은
이곳저곳을 옮겨 다니며 더럽혀졌음을 암시한다. 소나기가 내린 다음
날, 화자는 '돌'이 놓여 있던 자리에 가 보지만, 이미 '돌'은 누군가에
의해 또 다시 옮겨진 후이다. "엇던돌이와서 그돌을업어갓슬가"와 같
은 구절은 화자의 안타까움을 보여줌과 동시에 어디에도 정착하지 못
하는 '돌'의 상황을 확연하게 드러내준다.

이 시에서 '돌'은 '작문(作文)' 속의 '사랑하던 그대'와 은유 관계를
이룬다고 볼 수 있다. 돌을 잃어버린 화자는 처량한 생각 속에서 부치
지 못하는 글을 짓는다. 이 작문은 러브레터와 같이 상대에게 사랑을
표현하는 문장으로 이루어진다.

이상의 유고시인 「아침」에는 이와 유사한 시적 설정이 제시되어 있
는데, "한장얇은접시를닮아안해의表情은蒼白하게瘦瘠하여있다. 나는
外出하지아니하면아니된다. 나에게付託하면된다. 네愛人을불러줌세

아드레스도알고있다네"와 같은 구절이 그러하다. 여성을 '돌'로 형상화한 것과 유사한 발상으로 시 「아침」에서의 '아내'는 '접시'의 수척하고 창백한 빛깔로 그려진다. 여성 이미지가 구체적인 형태로 그려진다 할지라도 비생명성을 암시하는 무기물의 차원에서 형상화되기 때문에, 이때의 여성 역시 화자와의 에로티시즘적 관계를 이루는 대상이 될 수 없다.

시 「아침」 속 화자는 자신 외에 또 다른 애인과 외도를 하는 아내의 행위를 묵인하면서 오히려 아내의 편지를 애인에게 대신 전달하고자 한다. 이때의 편지는 「이런詩」의 '작문'과 마찬가지로 화자로 하여금 절망과 상실의 감정을 느끼게 하는 장치로 기능한다.[74] 시 「아침」에서 접시와 같이 수척한 아내의 표정을 보고 아내의 부정(不貞)을 눈감아 주려는 화자의 심리와 시 「이런詩」에서 "내차레에 못올사랑인줄은 알면서도 나혼자는 꾸준히생각하리다. 자그러면 내내어엿부소서"와 같이 관계가 단절된 이후에도 지속적으로 '그대'를 사랑하겠다고 말하는 화자의 심리는 크게 다르지 않다. 즉 상대를 체념하지 못하는 만드는 사랑의 정념이 화자를 놓아주지 않는 것이다.

화자는 '메고나가다'나 '업어가다'와 같이 상당히 에로틱한 자세로 무방비하게 이동하는 '돌'의 경로를 뒤쫓고자 하지만 이는 불발된다. 욕망에 비례한 사랑의 결실이 이루어지지 않을 경우 욕망의 크기 이

---

74 이러한 시적 설정은 시 「距離」를 상기시킨다. 시 「距離」에서 '女人'은 집을 떠난 상황으로 화자는 "每日虛僞를담은電報를發信"하면서 어디에도 정착하지 못한 채 '거리'에 선 자신의 모습을 보여준다. 이상의 작품에서 여성은 화자의 삶뿐만 아니라 그의 의식 상태를 변화시키는 주요한 역할을 하고 있다. 이처럼 여성을 향한 이상의 몰두는 다양하고 독특한 형상화 작업으로 이어지게 된다.

상의 상실감이 찾아오게 된다. 이상은 결합의 실패를 일으키는 다양한 시적 장치들을 작품 내에 설정해두었는데, 그 중 하나가 바로 그로테스크한 이미지의 생성이다.

시 「이런詩」에서 '사랑하던 그대'는 '돌'로 형상화되면서 화자와 여성의 관계가 현실에서 이루어질 수 없는 불가능한 만남임을 암시한다. '돌'을 통해 여성을 탐색하는 것은 몸의 직접적인 접촉의 가능성을 차단하면서 화자로 하여금 여성과의 일정 거리를 유지하게 만든다. 즉 화자는 여성의 삶에 진입할 수 없음을 보여주는 것이다.

육체성의 문제에서 '돌'은 '살'과 극단에 놓여 있다고 해석할 수 있다. 이상이 그려내는 여성 이미지를 제작 시기의 순서대로 보자면, 도형을 통해 여성을 관념적으로 사유했던 단계에서 새로운 얼굴을 덧씌워 '돌'의 형상을 만들어내는 단계로 이동했다고 볼 수 있다. 이때의 '돌'은 체온과 감정을 가지고 있지 않으며 무엇보다도 살성이 없기 때문에 접촉에 의한 감정 표현이 불가능하다. 이처럼 이상은 지속적으로 사랑의 불가능한 관계를 작품에 드러내면서 외부세계와 단절될 수밖에 없는 화자의 상황을 부각시킨다.

3) 동식물의 층위로 변용하는 여성과 결합 불가능성의 파국적 진단

이상이 보여주는 여성의 이미지는 가면을 쓰고 연극 무대에 오르는 인형처럼 다양한데, 가면 속 진짜 얼굴이 비밀처럼 감추어져 있다는 점이 흥미를 준다. 이상의 문학에서 '비밀'은 시와 소설, 수필에 걸쳐 빈번하게 다루어지는 소재이다.[75] 이러한 비밀은 주로 아내의 간음이

나 매춘 행위와 관련된 작품에서 남녀의 애정관계를 지탱시키는 중요
한 역할을 한다. 또한 여성의 비밀은 화자로 하여금 여성을 향한 사유
를 시도하게 만드는 계기를 제공한다.[76]

여성의 감추어진 비밀은 속이 비치는 얇은 천으로 덮인 듯 언제든
파헤쳐질 수 있다는 점에서 정상적인 관계의 파국을 예고한다고 할
수 있다. 매춘 행위는 곧 성 문제를 상기시키는데, 이상 작품에 등장
하는 여성 이미지 역시 성적 암시를 풍기면서 생성됨을 알 수 있다.
조르주 바따이유에 따르면 상대를 자극하는 여성의 에로틱한 매력은
"분비물이 아니라 여성의 본질을 '상징적으로 의미하는' 정교한 이미
지"[77]로부터 확인된다. 그중에서도 매춘 여성은 "에로티즘의 모든 기
호들의 응집"[78]으로만 남성 앞에 서게 되는데, 이러한 이미지들은 수

---

75 이상의 소설 「失花」는 다음과 같은 구절로 시작된다. "사람이 秘密이없다는것은 財産
없는것처럼 가난하고 허전한 일이다." 이 구절은 유고로 발표된 수필 「十九世紀式」에
서 반복된다. "秘密이 없다는 것은 財産 없는 것처럼 가난할 뿐만 아니라 더 불쌍하
다. (중략) 주머니에 푼錢이 없을망정 나는 天下를 놀려먹을 수 있는 實力을 가진
큰 富者일 수 있다." 특히 아내 관련 작품에서 이러한 '비밀'은 아내의 매춘 행위와
밀접한 관계를 맺는다. 바따이유가 말하듯 '성'은 금기의 영역에 속하는 것으로, 인간
은 성행위에 대한 원초적인 부끄러움의 감정을 갖고 있다. 자신의 성행위를 타인에게
보여주거나 발설하지 않는 것이 바로 인간과 동물의 변별지점인 것이다. 조르주 바따
이유, 조한경 역, 『에로티즘』, 민음사, 1989, 33쪽 참조.
76 소설 「날개」에서 화자는 "볕 안 드는 방"에 남아 방 밖의 아내를 상상하고 의심하면서
점차 아내에 의해 길들여진다. 방 안에 있는 화자에게 밖의 세계는 미지의 공간이다.
화자는 수수께끼를 풀 듯 아내의 행위를 추적하고 아내의 화장품 냄새를 맡으면서
다시금 아내에 사로잡힌다. 아내는 누구이며 그 본질은 무엇일까? 이러한 애정의
탐구욕은 사랑하는 여성의 다양한 얼굴 중 일부를 포착하여 새로 이름을 붙여주는
단계로 진입하게 한다.
77 조르주 바따이유, 조한경 역, 『에로티즘의 역사』, 민음사, 1998, 205쪽.
78 조르주 바따이유, 위의 책, 194쪽.

많은 남성 가운데 특히 '남편'에게 상실과 절망의 원천이 된다. 그럼에도 불구하고 매춘 여성의 남편은 이러한 에로티즘의 매력에 가장 강렬하게 사로잡힌 나머지 이 여성의 소유권을 주장하는 데까지 나아간다는 점에서 복합적 감정의 양상을 불러일으킨다. 즉 매춘 여성 또는 성적으로 대상화된 여성의 매력이 강할수록 남편인 화자의 불안과 소유욕 역시 증폭되는 것이다.

본 장이 인용하는 시편들에서 여성의 이미지는 구체적인 형상을 획득하면서 시적 자아가 여성을 어떻게 인식하고 있는지에 대해 보다 명료하게 파악할 수 있게 한다. 여성은 도형과 같은 관념의 차원, 무기물의 차원에서 욕망을 드러내는 동물성의 차원으로 이동한다. 여성과 화자의 결합은 여전히 낯설고 부자연스럽게 그려지는데, 형태상 인간인 화자와 동식물인 여성의 만남은 그로테스크함을 주기 때문이다. 이로부터 여성과 화자의 결합 불가능성이 존재의 근원적인 문제에서 기인한 것이 아닌가 하는 의문을 갖게 한다. 즉, 이들의 관계는 불안의 토대 위에서 관계의 지탱만으로도 힘겨움을 느끼게 하는 불행한 결합을 보여준다고 할 수 있다.[79] 본 장에서는 '꽃', '앵무(鸚鵡)', '칠면조(七面鳥)', '웅봉(雄蜂)'의 이름으로 불리는 여성의 변화 양상을 구체적으로 살피면서 화자와 여성의 관계가 유지되는 방식을 밝히고자 한다.

---

[79] 이러한 모습은 이상의 시 「紙碑」에서 발견할 수 있다. 시 「紙碑」 중 "내바른다리와안해왼다리와성한다리끼리한사람처럼걸어가면아아이夫婦는부축할수업는절름바리가 되어버린다"와 같은 구절에서 보이듯, 이들의 걸음은 부조화를 이루면서 계속해서 불행의 길 위를 걷게 되는 '관계'임을 암시한다.

① "**꽃**이보이지안는다. 꽃이香기롭다. 香氣가滿開한다. 나는거기墓穴을판다."(「危篤-絕壁」)

② "너는엇지하여 네素行을 地圖에없는 地理에두고 / **花瓣떨어진 줄거리 모양**으로香料와 暗號만을携帶하고 돌아왔음이냐."(「無題」)

③ "『이小姐는紳士李箱의夫人이냐』『그러타』 / 나는거기서**鸚鵡**가怒한것을보앗느니라. 나는붓그러워서 얼골이붉어젓섯겟느니라."(「鳥瞰圖-詩第六號」)

④ "나는일부러다홍헝겊을흔들엇드니**窈窕**하다던貞操가성을낸다. 그리고는七面鳥처럼쩔쩔맨다."(「危篤-白晝」)

(굵은 글씨 – 인용자)

위의 인용 부분은 인간이 아닌 또 다른 생물의 차원에서 형상화되는 여성의 이미지를 보여준다. ①의 시 「危篤-絕壁」은 만개한 향기로 남성 화자를 유혹하는 '꽃'의 이미지를 보여주는데, 이 '꽃'은 화자의 눈앞에 나타나지 않는다. 오히려 꽃이 눈에 보이지 않기 때문에 화자는 온전히 그 만개한 향기에 집중하고 도취될 수 있다. 화자를 '묘혈'에 눕게 만드는 결정적 계기인 이 향기는 죽음의 세계로 인도하는 유혹의 향기이다. 이러한 꽃의 속성은 색깔이나 모양이 아닌, 상대를 끌어들이는 향기와 끝내 완전한 모습을 드러내지 않는 신비함인 것이다. 묘혈로 들어간다는 것은 죽음의 세계로 진입한다는 의미이지만, 육체를 휘감는 꽃향기에 도취된 화자가 극도의 황홀감을 맛본다는 점에서 묘혈이라는 장소는 거부할 수 없는 쾌락의 공간으로 읽을 수 있다. 화자가 향기에 이끌려 들어가 누운 무덤 구멍은 여성의 생식 기관을 암시하면서 죽음을 불사하는 에로티시즘의 황홀한 순간을 보여준다. 이로부터 여성의 성적 매력에 전적으로 매료된 화자의 모습을 짐작할 수 있다.

이와 반대로 ②의 시「無題」에 등장하는 '꽃'의 이미지는 황홀한 결합이 아닌 비윤리적으로 어긋나는 남녀 관계를 드러내기 위해 활용된다. 때문에 ①의 '꽃'보다는 그 관계의 실체가 분명히 그려진다. 아내인 '너'는 "화판(花瓣)떨어진 줄거리 모양"으로 남편인 화자에게 돌아온다. 아내는 후각을 자극하는 꽃의 향료와 비밀스러운 암호로 자신을 감싸고 있지만, 앞선 시「危篤－絶壁」의 황홀한 기분을 화자에게 전하지 못한다. 이는 화자와 '꽃'인 아내 사이에 제3자가 끼어있기 때문이다. 아내의 외출 경로는 지도에서 찾을 수 없을 정도로 감추어져 있는데, 아내의 부정을 추측하고 의심하는 것 이외에 화자가 할 수 있는 것은 없다. ①에서 화자를 매료시켰던 꽃은 화자 외에도 수많은 남성들에게 유효한 유혹의 향기를 내뿜고 있는 것이다. 이처럼 여성을 꽃으로 형상화하는 과정에서 '향기', '꽃잎' 등은 성적 매력으로 상대를 매료시키는 매춘 여성의 치장과 그 속성을 노출시키는 데 활용된다. 여기에는 그 아름다움을 취하기 위해 '꽃'(여성)을 꺾는 남성들의 행위와 소유욕이 전제되어 있다고 할 수 있다.

꽃인 여성이 남성에 의해 취해지는 대상이면서도 화자에게 귀속되지 않는 이유는 자신의 완전한 실체를 드러내지 않은 채 화자로 하여금 암호를 풀게 만들기 때문이다. 이러한 여성 이미지는 동물의 차원에서 형상화될 때 화자의 고뇌를 보다 확연하게 드러내준다. 에로티시즘의 측면에서 봤을 때 동물성은 남녀의 접촉 행위를 서로 주고받을 수 있다는 점에서 관계의 능동성을 가능하게 한다고 볼 수 있다. 이 동물성은 즉발적인 성애의 충동을 불러일으키는 육체성과 깊은 연관 관계를 맺는다. 에로티시즘과 육체성은 '나'와 상대가 서로를 만질 수 있다는 자각과 함께 사랑의 감정을 과열시키면서 직접적으로 표출된다.

다소 일반적이라 할 수 있는 '꽃=여성'의 도식과 달리, '앵무', '칠면조', '웅봉' 등과 같은 동물은 이상이 보여주는 독특한 미적 지점 중 하나라 할 수 있다. 또한 기존 통념에 어긋나는 이미지의 생성은 매춘 문제를 물고 있는 남녀의 특수한 상황을 부각시키는 데 일조한다. 먼저 '조류(鳥類)'는 일차적으로 날개를 가지고 있다는 점에서 다른 종들과 구분된다. 이상의 소설 「날개」에 억압된 현실에서 벗어나기 위한 각성으로서 '날개'가 등장했다면, 이상의 시편들에서 날개를 가진 '새'는 언제든 화자의 곁을 떠날 수 있는 여성의 속성을 드러내기 위해 쓰인다.

또한 ③의 '앵무'와 ④의 '칠면조'는 각각 화려한 깃털을 지닌 새라는 점에서 매춘 여성의 치장을 연상시킨다. 이상은 아내의 화장에 대해 여러 번 언급하면서 '화장=매춘 행위를 위한 준비'와 같은 도식을 만들어낸다.[80] 화장은 여성의 비밀이면서 부정(不貞)이자, 여성이 처한 상황을 단적으로 보여주는 강력한 이미지이다. 다채로운 깃털을 가진 새로 형상화된 여성을 통해 매춘 여성의 치장된 외모를 효과적으로 상기시킬 수 있게 된다.

---

[80] 이상의 작품 중 「紙碑—어디갔는지모르는안해」의 "化粧은잇고 人相은없는얼골"이나, 「追求」의 "닮아온여러벌表情을벗어버리는醜行"과 같은 구절이 아내의 화장을 바라보는 화자의 관점을 파악할 수 있는 예라 할 수 있다. 아내의 '화장'은 곧 내객을 맞이하거나, 밖으로 나가 남성들을 유혹할 준비가 되어 있음을 보여주는 기호인 것이다.

이때 ③의 시 「鳥瞰圖-詩第六號」의 "앵무(鸚鵡)는 포유류(哺乳類)에 屬하느니라."와 같은 구절을 주목할 필요가 있다. 이 시에서 '부인(夫人)'으로 칭해진 '앵무'가 조류의 속성과 포유류의 속성을 동시에 갖추는 것은 '날개'와 '자궁'의 모순적 병존을 강조하기 위함이다. 조류의 특징이 날개를 펼친 채 자유롭게 여기저기를 날아다니는 것이라면 포유류의 특징은 자궁을 통해 새끼를 낳는 것이라 할 수 있다. 정착할 수 없는 여성의 삶과 자식을 낳아 기르는 여성의 삶은 일치될 수 없다. 매춘 여성의 절망과 남성 화자의 고뇌는 이러한 성립 불가능한 모순으로부터 나온다.

한편 ④의 시 「危篤-白晝」의 여성은 화자와 감정적인 교류를 나누는 '부인'이나 '아내'가 아닌, 화자를 유혹하는 매춘 여성의 모습만으로 그려진다. 이 여성은 자신의 정조를 보란 듯이 선보이는데, 화자는 이 여성 앞에서 '다홍헌겁'을 흔들면서 여성을 비웃는다. 이 시의 제목인 '백화'와 화자가 흔드는 '다홍헌겁'은 색채상 강렬한 대비를 이루면서 서로 결합될 수 없는 시각적 대립각을 만들어낸다.[81] 위 시의 "窈窕하다든貞操가성을낸다. 그리고는 七面鳥처럼쩔쩔맨다."와 같은 구절에서 볼 수 있듯, 화자를 유혹하는 여성은 '정조' 자체이자, '七面鳥'의 모습으로 변모한다. 문장 상으로 봤을 때 여성이 아닌 '貞操'가 주어의

---

81 이때 제목인 '백화'의 의미는 '貞操'와 '貨幣' 그리고 인간관계라는 문제와 함께 생각해볼 수 있다. "정조에서 연상되는 흰색의 색채는 정조라는 윤리적 의미가 탈색된 상태와 또한 화폐에 의해 전도되는 인간관계의 무의미함이라는 관념과 결합한다." 조해옥, 「육체와 근대 공간」, 『이상 시의 근대성 연구』, 소명출판, 2001, 113쪽. 이 시는 순결한 상태를 이르는 '정조'의 흰색이 퇴색되는 과정과 화폐로써 '관계'를 사고파는 과정을 매춘이라는 문제로 드러내고 있다.

역할을 하면서 '七面鳥'처럼 쩔쩔매는 행위의 주체로 읽힌다. '貞操'라는 관념에 '七面鳥'의 형상이 덧씌워지면서 요조한 정조 자체가 우스꽝스러운 모양을 띠게 된다. 그리고 이 우스운 형상은 다시 여성에게 되돌아가면서 '정조빼지'의 허위는 외부로 드러나는 것이다.

앞서 살핀 시「鳥瞰圖-詩第六號」의 분노한 앵무와 마찬가지로 강렬한 시각적 효과를 낳는 칠면조 이미지는 조롱을 통한 유희적 요소와 함께 그로테스크한 이미지로 형상화된다.

여성의 모습은 바뀌어도 그 속성까지는 바뀌지 않으며, 오히려 이러한 변주는 여성의 숨겨진 속성이 드러나는 계기로 작용한다. 즉, 여성의 가면은 남녀 관계를 접합시킬 수 있는 가능성의 얼굴로 변하지 않는다. 이는 관계에 대한 화자의 비관적 체념을 엿볼 수 있는 부분이다.

이상의 시편들 중에서 여성과 화자의 모습이 모두 변하면서 기존의 통념을 뒤바꾼 작품으로「危篤-生涯」를 꼽을 수 있다. 제목인 '생애'는 살아 있는 평생의 기간을 일컫는 것으로, 이 시에는 화자와 여성의 삶이 압축적으로 그려진다. 중요한 것은 생애의 고통스러운 순간을 유발하는 근본적인 요인으로 이들의 관계성 자체가 제시되고 있다는 점이다.

> 내頭痛우에新婦의장갑이定礎되면서나려안는다. 써늘한무게때문에내頭痛이비켜슬氣力도업다. 나는견디면서女王蜂처럼受動的인맵시를꾸며보인다. 나는已往이주추돌미테서平生이怨恨이거니와新婦의生涯를浸蝕하는내陰森한손찌거미를불개아미와함께이저버리지는안는다. 그래서新婦는그날그날까므라치거나雄蜂처럼죽고죽고한다. 頭痛은永遠히비켜스는수가업다.
>
> -「危篤-生涯」 전문

위의 시에서 화자의 두통을 유발하는 신부의 '장갑'은 써늘한 무게를 가지고 있는 '주춧돌'로 은유화된다. 주춧돌은 기둥 아래 기초로 받쳐 놓는 돌을 뜻하며, 건축물이 안전하게 세워지게 만드는 역할을 한다. 또한, 주춧돌은 건축물의 모든 무게를 짊어지고 있는 초석이기도 하다. 화자의 머리에 얹히는 것은 신부의 장갑('주춧돌')이지만, 장갑과 연결되어 그 위에서 '써늘한 무게'로 짓누르고 있는 것의 실체는 신부 자체이다. 화자는 신부의 전 생애를 감당해야만 하기 때문에 두통을 느낄 수밖에 없는 것이다.

이러한 구도는 「紙碑」 중 "안해는 정말 鳥類엿든가보다 안해가 그러케 瘦瘠하고 거벼워젓는데도 나르지못한것은 그손까락에 끼기웟든 반지때문이다"와 같은 구절을 떠올리게 한다. 「紙碑」에서 '반지'는 아내가 삼킨 '쇠'의 '千斤무게'로 연결되는데, 이로써 아내는 날개가 있으면서도 날지 못하고 천근 무게와 함께 침식하게 된다. 영원한 사랑을 약속하는 상징인 '반지'가 아내를 불행으로 몰고 가는 결정적 징표로 기능하고 있는 것이다.

이처럼 시 「危篤-生涯」 역시 일반적인 남녀 관계에서 벌어지는 상황과 반대의 풍경이 제시됨을 알 수 있다. 남녀 관계에서 상대의 머리에 손을 얹는 행위는 애정이나 염려 등과 같은 감정에서 비롯된다고 할 수 있다. 그런데 이들은 이 자연스럽고도 친밀한 접촉 행위로부터 고통을 느끼는 부조화의 장면을 보여준다. 즉 이 시에서 신부의 접촉은 쾌락이 아닌 고통으로 전달되는 것이다. 화자가 이 관계의 지속을 위해 감내해야 하는 것은 뻐근한 두통을 유발하는 싸늘한 무게이다.

이러한 부조화의 구도는 남성 화자가 '여왕봉(女王蜂)'으로, 신부가

'웅봉(雄蜂)'으로 형상화되는 부분에서 극명하게 드러난다. 신부는 번식 기능만 갖추고 있는 '웅봉'으로 그려지는데, '웅봉'의 생애는 '여왕봉'과의 교미를 목적으로 채워진다. 이에 대응체로서 등장하는 '여왕봉' 역시 알을 낳는 것을 유일한 기능으로 꼽는다. 남녀 역할이 뒤바뀌어 있는 이러한 이미지들은 정상의 범주를 벗어나 있는 화자와 여성의 '생애'를 보여준다. 암수의 역할이 거꾸로 되어 있다는 것은 그 자체로도 이들의 관계를 낯설게 만드는 요인이 되지만, 더 나아가 각각의 존재가 정상적인 상태로 살아가는 것이 불가능할 정도의 근원적 문제를 안고 있음을 보여준다고 할 수 있다. 교미를 하고나면 곧 죽어버리는 '웅봉'의 생애와 '수동적(受動的)인 맵시'로 수벌을 받아들이는 '여왕봉'의 생애는 서로에게 통증을 주면서 동시에 서로에게 기생하는 관계로 연결되어 있다.

이상은 여왕봉과 수벌의 상생 이면에 자리하고 있는 생태계의 치열한 사슬 관계를 포착하여 남성 화자와 신부의 관계와 일치시킨다. 한 쌍의 암수가 서로에 의해 고통 받는 것은 통각을 불러일으키는 이미지와 함께 구체적으로 형상화된다. 화자는 신부의 장갑 때문에 써늘한 고통을 느끼는 것과 다른 양상으로, 신부는 화자의 '손찌거미'에 의해 매일 까무러치면서 고통 받는다. 직접적인 폭력 행위인 손찌검은 '불개아미'와 동반되어 행해지는데, 이는 불개미에 물렸을 때 오는 뜨겁고 따가운 느낌, 붉게 부풀어 오르는 피부를 상기시키면서 화자의 손찌검이 신부에게 '써늘한무게'만큼이나 치명적임을 부각시킨다. 화자와 여성의 형상화는 이들의 관계로 인한 고통의 감정이 더욱 확연하게 드러나게 하는 효과를 갖는다.

이와 같이 이상이 여성을 도형의 차원에서 무기물, 생물의 차원으로 형상화하는 과정 속에서 여성은 점점 다양한 얼굴과 이름을 갖게 된다. 화자의 머릿속에서 펼쳐지던 사랑의 기억은 외부 세계의 타자가 되어 복합적인 관계망을 형성하는 존재로 나타난다. 이상의 작품에서 여성이 육체성을 갖추어갈수록 시적 자아와 여성 사이의 에로티시즘적 세계는 불발되거나 갈등을 유발하면서 위태롭게 유지된다.

◆ 제5장 ◆

에로티시즘을 매개로 한 자기 인식

이상 시의 화자는 내면으로 침몰하여 죽음의 절망과 사랑의 상실에 대해 고백한다. 또는 기괴하게 변형된 몸 이미지를 통해 일그러진 존재상에 대해 말한다. 이상 시에는 다양한 감정의 양태가 있고, 이 감정을 발생시키는 기저에는 화자와 여성이라는 두 세계의 맞부딪침이 있다. 본고는 화자와 여성의 감정이 어떻게 형상화되어 이상 문학의 독특한 미감을 만들어내는지에 주목하였다. 이를 위해 본고는 에로티시즘의 관점에서 이상의 시를 바라보고자 하였다.

에로티시즘은 인간의 성행위라는 원초적 문제만을 지칭하지 않는다. 본고에서 말하는 에로티시즘은 화자와 여성의 몰입과 충돌의 순간들, 화자의 광기적 분열과 여성을 향한 비정상적 수용 등의 육체적·정신적 활동까지를 포함한다. 에로티시즘은 상대에게 '나'의 모든 것을 내던지는 것이고, '나'를 지탱했던 삶의 방식 자체가 철저하게 무너뜨려질 것을 알면서도 한 걸음 더 나아가 상대의 세계로 진입하는 것이

고, 그럼으로써 서로의 몸과 마음에 나 있던 구멍을 상대의 존재감으로
채워보는 것이다.

'나'와 '너'의 세계가 이질적일수록 상대로 인한 황홀감은 더욱 실감
나게 된다. 그럼에도 이 황홀감은 오래 가지 않는다. 한 존재의 시간
은 에로티시즘의 한 가운데에서 지속되지 않고, 에로티시즘의 언저리
에 머물거나 에로티시즘을 순간적으로 감지하는 동시에 멀어지게 되
는 것이 대부분이기 때문이다. 이로써 '나'와 '너'의 황홀한 결합체였
던 '우리'가 사실은 이질적 존재이자, 각각 찢어진 존재였음을 알게
되면서 개인은 고독의 실체를 실감하게 된다. 이상의 시에는 이러한
감정들이 다양한 이미지로 형상화된다.

이상 시의 화자는 변형되고 해체된 자신의 몸으로부터 죽음의식을
보여주기도 하고, 때로는 극단적인 유희성을 보여주기도 한다. 즉 화
자는 기형의 이미지로 드러나는 자신의 몸을 대상화하여 깊이 절망하
면서도 마음껏 유희한다. '내'가 '나'라는 세계를 관전해보는 것이다.

이러한 방식은 대 여성 관계에서도 동일하게 발견된다. 이상 시 속
의 여성은 화자가 아닌 다른 남성과 외도를 하거나, 매춘을 하거나,
거리의 여성으로서 성적 대상화가 되는 모습으로 나타난다. 여성은
화자에게 고통을 주는 존재이자 다른 남성을 유혹하는 존재이며, 그
자신이 성적 대상화가 되면서 정신적·육체적으로 소진되는 존재이
다. 화자는 여성의 얼굴을 끊임없이 변화시키면서, 화자가 대면한 여
성이라는 세계의 성격을 바꾸어버린다. 이와 같은 여성의 다양한 변
화는 안정적으로 정초되지 않는 화자와 여성의 관계를 뜻한다. 동시
에 여성의 모습을 계속해서 변주하는 것으로부터 여성이라는 세계를

탐구하는 이상의 태도를 감지할 수 있다.

세계를 관찰하고, 세계를 여러 형상으로 변화시키면서 유희하거나 절망하는 것이 이상 시의 화자가 보여주는 특징 중 하나라면, 화자의 시각으로부터 이상의 세계 인식을 가늠할 수 있을 것이다. 화자의 내면 깊숙이 내재된 에로티시즘의 욕망은 언제나 실패로 돌아간다. 이상은 화자의 욕망이 불발될 수밖에 없는 과정과 그로 인한 결말을 파국적으로 드러낸다. 생식이 불가능한 몸, 분열된 자아, 암수가 바뀐 남녀의 형상, 아내의 부정을 모르는 체 하는 화자의 행위 등이 그것이다. 관계의 실패를 유발하는 시적 설정은 화자의 근원적인 고립 상태를 부각시킨다. 이상이 바라보는 세계는 언제나 이동하고 변화하는 상태로 그려진다. 여성의 변화하는 얼굴이 그러하고, 분열되고 해체되는 화자의 몸과 정신이 그러하다. 이는 세계의 유연함이 아닌 세계의 불안정함이다.

화자와 세계는 '절름발이'가 되어 불균형한 걸음으로 불안을 나누며 걷는 관계이다. 세계를 향해 손을 내밀지만 자기 자신마저도 '악수'에 응답하지 않을 때에 오는 극단의 분열과 소외의 감정이 화자에게 내재되어 있다. 에로티시즘은 그 자체가 관계성의 문제와 깊은 연관성을 갖기에, 이상이 그려내는 관계의 소외와 고독의 감정을 자세히 읽어낼 수 있는 도구가 된다.

이상은 파국의 관계로부터 극단의 절망을 건져올린다. 한 존재와 세계의 만남은 그로테스크한 이미지와 함께 불행하게 그려진다. 찢어진 세계가 찢어진 자아를 찾아내 결합한 것처럼, 외부로부터 소진되고 소모되는 여성은 병들고 무능한 화자와 자석처럼 붙어 있다. 이들은 치유할 수 없는 '무병(無病)'을 앓는 존재들이다. 이상은 서로의 병듦을 목격하면서 위태로운 관계를 유지하는 화자와 여성을 끈질기게 형상화한다. 이 세계에 태어나면서부터 앓게 되는 존재의 절망과 고독은 근원적이기 때문에 치유가 불가능하며 따라서 존재는 언제나 위독할 수밖에 없다. 이로부터 이상의 비극적 자기 인식을 발견할 수 있다.

◆ 제6장 ◆

결론

　본고는 이상 시의 시적 자아와 여성의 관계를 에로티시즘의 관점에서 살피고자 하였다. 이상의 작품에서 에로티시즘은 남녀의 내밀한 감정 문제뿐만 아니라 각 존재가 어떠한 방식으로 세계와 관계를 맺는지를 밝힐 수 있다는 점에서 유의미하다. 시적 자아는 여성이라는 타자를 통해 외부세계로 나아가면서, 세계 내 '나'의 얼굴이 어떤 모습인지를 인식하게 된다. 즉 이상 시의 에로티시즘은 시적 자아와 여성의 존재론적인 문제와 맞닿아 있다고 볼 수 있다.

　2장에서는 에로티시즘에 대한 본격적인 논의 이전에 화자 자신의 의식을 형성하였던 두 이데올로기의 충돌을 언급함으로써 화자의 내면이 어떠한 상태에 놓여 있었는지를 살피고자 하였다. 이는 이상의 문학 작품에 드러난 남녀 관계를 단순한 애정 문제로 치환시키지 않으려는 의도에 의한 것이다. 에로티시즘적 관계를 형성할 때 중요한 것은 세계를 향한 '나'의 태도이다. 이 장에서는 전근대 이데올로기와 근대 이데올로기 중 어느 곳에서도 정착할 수 없었던 화자의 비틀린 내면을 부각시키고자 하였다. 이러한 비틀림은 여성에 대한 인식에도 영향을 미쳐 비극적 에로티시즘의 가능성을 잠재하고 있음을 드러내고자 하였다.

3장 1절에서는 병든 몸을 쇄신하여 죽음의 세계가 아닌 이 삶의 세계에서 한 존재의 본질을 드러내고자 했던 이상의 시 작품을 통해, 죽음과 대면한 자가 보여주는 생의 의지와 그 처절한 사투의 과정을 바라보고자 시도하였다. 이러한 해명 과정은 이상의 시를 바라보는 또 다른 시각을 제공할 것이라 예상한다.

이상 문학의 한 특성으로 여겨질 만큼 그의 문학에 빈번하게 드러나는 신체 기관의 분열이나 결핍·과잉 현상은 세계와 관계 맺는 '나'의 태도와 긴밀히 연관된다. 이러한 그로테스크한 몸 이미지는 '병든 몸'의 형상화이자 '역동적인 몸' – '생성하는 몸'으로 나아가기 위한 사투의 흔적으로 해석된다. 해체된 신체 기관의 형상화는 몸 공간으로부터 완전히 분열되지 않고 끊임없이 화자의 고통을 가중시킨다는 점에서 해소되지 않는 죽음의 공포를 드러내는 역할을 한다. 이때, 공포의 정념에 사로잡힌 화자는 '피' – '얼굴' – '두개골'과 같은 육체 쇄신의 상상 구도를 통해 병든 몸을 갱신하고자 시도한다. 표면상 대립적으로 보이는 세 이미지는 이상의 시 작품에서 유기적으로 연결되어 존재의 근본적 지향점을 보여주는 축이 된다. 인체에 생명력을 불어넣는 '피'의 원형 상징은 이상의 작품에서 '악령'으로 드러나며, 자아의 정체성과 관련된 '얼굴'은 부패하고 변형되는 속성을 보이는 등 병든 몸의 고통은 이상의 작품에서 그로테스크한 이미지로 나타난다.

이러한 몸을 쇄신하고자 하는 욕망은 곧 불변하는 '두개골' 이미지를 호출하기에 이르고, 이상은 '두개골'과 환유 관계를 맺는 '사유하는 몸'으로부터 존재의 본질을 찾으면서 절망감을 극복하고자 한다. 사유하고 기록하는 것이 지식인의 생존 방식 중 하나라면, 이상은 이를 실천하고 수행하는 과정을 '두개골'로 이미지화함으로써 육체 쇄신의 욕망을 보여주고자 하는 것이다.

본장에서는 '피' 이미지를 드러내는 시편들에서 육체의 쇄신 욕망을 발견하고, '두개골' 이미지로부터 새로운 가능성으로서의 사유하는 몸의 세계를 드러내고자 한다. "병든 '피'와 절망→쇄신 욕망→실패→유한한 '살'의 거세→몸의 본질을 드러내는 '뼈'의 발견→정신적 승화 과정→사유와 관련된 '두개골' 형상화→육체적-정신적 본질의 동일화"와 같은 단계는 이상의 몸 이미지만이 갖고 있는 독특한 지점이라 할 수 있다.

3장 2절에서는 이상의 시편들 중 피부 감각과 관련된 이미지들을 살피고, 디디에 앙지외(Didier Anzieu)의 '피부자아' 개념을 통해 자아 문제에 접근하였다. '피부자아(Skin-Ego)'는 외부의 자극을 일차적으로 감지하는 피부가 신체를 감싸고 있듯이, 자아가 인간의 심리 전체를 감싼다는 것에서 출발한 개념이다. 이상의 시편들에서 남성 화자와 여성은 타인과의 신뢰 관계를 바탕으로 형성된 심리적 안정 상태에 놓이지 못하면서, '따뜻함의 싸개'를 확보하지 못한다. 이들의 피부자아는 차갑게 동결되거나 벗겨지면서 스스로를 보호하는 데 실패하게 된다.

애정 문제에서 확연히 드러나는 '차가움의 싸개'는 상대로부터 외

면 받거나 버림받는 순간 극대화되어 자아의 불안정한 상태를 이끌어
낸다. 화자의 경우 사랑하는 여성에 의해 일방적인 사물화 과정을 거
치게 된다. 생명력을 상징하는 화자의 심장은 '어항'으로 변모하면서
냉기의 싸늘한 촉각 이미지를 갖게 된다. 이 강요된 명명 행위는 사랑
의 상실을 넘어서서 고독의 정념을 불러일으킨다. 그럼에도 불구하고
화자는 여성에게 일말의 연민을 갖게 되는데, 그것은 여성의 삶 역시
'따뜻함의 싸개'로 구성되지 않기 때문이다.

성적 대상화가 된 여성의 내면 상태는 더러움과 쓰라림으로 채워지
면서 '차가움의 싸개'에서 벗겨진 피부의 단계로 나아가게 된다. 이때
의 피부는 우리의 몸을 감싸고 있는 감각 기관의 의미뿐 아니라 자아
를 감싸는 싸개로서의 의미를 포함한다. 스스로를 방어할 장벽을 만
들어내지 못한 여성은 정상적인 자아상을 구축하는 데 실패한다. 이
러한 상황은 남성들의 성적 환상을 채워주는 역할을 강요받는 여성에
게 열정적이고 따뜻한 상호간의 소통을 경험할 수 있는 여지가 거세
되면서 더욱 악화된다.

피부자아의 위태로움은 생명의 탄생에 직접적으로 관여하는 '자궁'
이미지에서 확연하게 드러난다. 생식 기관은 섹슈얼한 신체의 밀착을
가능하게 한다는 점에서 에로티시즘과 밀접하게 연관된다. 여성의 자
궁은 생명을 잉태시키는 신체 기관이자 섹슈얼한 의미를 내포하고 있
는 공간이다. 이상의 시에서 여성의 자궁은 화장을 위한 분가루와 죽
은 태아와 더러운 속옷으로 채워져 있다. 화자와 여성은 '같이 있음'
과 '함께 있음'의 충만함과 안정감을 느낄 수 없는 존재들이다. 그 어
디에서도 구원을 받을 수 없는 차갑고 병든 존재들인 것이다. 이들의

피부자아는 고독과 기아의 정념으로 채워져 있고, 이로부터 벗어날 여지를 갖고 있지 않다는 점에서 절망적이다. 한 존재가 세계를 향해 나아가고, 세계 역시 존재 속으로 파고드는 상호지향적 관계는 이상의 시에서 철저하게 실패로 돌아가고, 자아는 병든 상태로 남겨지는 것이다. 이상의 작품은 세계와의 직접적인 소통 방식인 피부 접촉이 차단되는 모습을 보여준다. 남성 화자와 여성의 내면은 고독과 기아의 정념으로 채워지고, 이들은 이러한 정념을 온몸으로 감지하면서 삶을 지탱하고 있는 것이다.

이상은 온몸으로 느껴지는 싸늘한 냉기와 고독한 기아의 상태를 피부 감각의 형상화로 그려낸다. 이는 이상의 세계인식과 밀접한 연관성을 지닌다고 할 수 있는데, 그가 보여주는 피부자아는 따뜻함이 아닌 차가움으로, 안정이 아닌 불안으로, 행복이 아닌 불행으로 존립한다. 이로써 이 세계에 놓인 존재론적인 고독이 그의 내면을 채우고 있었음을 발견할 수 있는 것이다.

4장 1절에서는 이상의 시편들을 분석함으로써 이상만의 독특한 에로티시즘 구현 방식을 분석하고자 하였다. 매춘 여성과 남성 화자라는 파격적인 설정은 갈등을 겪으면서 대립적 에로티시즘의 양상을 드러내게 된다. 이때, 유혹하는 자인 여성은 온갖 비밀에 휩싸여 누구에게도 자신의 정체를 발설하지 못하는 존재로 그려진다. 남성 화자 역시 여성의 비밀을 폭로하지 않으면서 여성과의 관계를 유지하는 모습을 보인다. 보드리야르의 말과 같이, 유혹이 기존 질서를 해체하면서 그 자신은 어떠한 혜택도 받지 않는 것처럼, 유혹하는 여성은 실체를 지니지 않으며 권력을 탐하지도 않는다. 다만, 자신의 몸을 치장하여 남성

들을 유혹하고 자본주의의 소비사회에서 소모되는 존재일 뿐이다. 이
로부터 여성의 비애가 생성되는데, 상품화된 여성의 몸과 이를 욕망하
는 남성들의 모습은 근대의 어두운 단면을 보여주는 데 일조한다.

　본고는 '유혹의 기술'로 애정관계를 지속시키면서 그 내부에 유희
와 비극을 그려낸 이상 시의 남녀 관계로부터 이상의 내면풍경을 들
여다보고자 시도하였다. 남녀의 소외와 고립은 이상 시에서 빈번하게
드러나는 자아의 분열현상과 동일하게 읽힌다. 끊임없이 유리됨으로
써 산재해 있는 존재의 찢어진 조각들은 사랑의 황홀감을 느끼는 순
간 속에서도 이어붙일 수 없는 비극적 상황에 노출되는 것이다. 이상
시의 에로티시즘은 결국 '나'라는 자기인식에 도달하면서 어떠한 세
계와도 합일하지 못하는 고독한 자아의 내면으로 회귀한다는 점에서
자폐적이라 할 수 있다. 이러한 자폐성은 '나'의 자의식을 강화시키면
서 '나'를 세계로부터 분리시키는 결정적 역할을 한다. 이상 시의 에
로티시즘은 남녀의 결합 불가능한 모습에서 '나'의 고립성을 부각시
키며 드러난다고 할 수 있다. 이상 시에서 위안을 주지 않는 대상과의
사랑에 도취되면서 이 관계를 유지시키고자 하는 내적 투쟁은 화자의
자기 생존력과 동일하게 읽히는 동시에 고독과 황홀의 에로티시즘으
로 형상화되고 있다.

　이상 시에서 세계와의 부조화 속에 놓여 있는 화자와 여성은 에로티
시즘 관계에 실패하는 모습을 보인다. 화자의 불안을 야기하고 절망을
가속화시키는 것의 실체는 바로 '화폐'와 '여성'이라 할 수 있다. 이로부
터 자본주의 화폐경제사회와 에로티시즘의 문제가 비윤리적으로 뒤섞
여있는 과열된 사회의 모습을 문제적으로 바라본 작가의 시선을 유추

할 수 있다. 특히 이상의 시에서 남녀의 에로티시즘을 방해하는 요소들
은 인간이 아닌 동물의 모습으로 형상화되거나 '도깨비'와 같은 악(惡)
의 모습으로 드러나면서 섬뜩함과 음침함의 그로테스크한 분위기를
조성한다. 또한 매춘을 하는 여성이 '쵸콜레이트'를 방사하면서 남성
고객으로부터 대가를 받는 설정은 타락한 성 윤리를 형상화하기 위한
의도에서 비롯된 것이다. 이러한 남녀 관계는 그로테스크 기법으로
그려지면서 건강함이 아닌 기이하고 병든 상태로 그려지게 된다. 관계
설정에 방해가 되는 자아의 자폐와 이를 유발하는 세계의 문제, 화폐를
매개로 하는 비정상적 남녀 관계 문제는 추(醜)의 전략으로 형상화된
다. 에로티시즘은 화폐로 인해 타락하고 인간의 존엄은 추락한다.

4장 2절에서는 이상 시에 드러난 화자와 아내의 증여를 통해 호혜
적 관계를 위한 증여물이 어떠한 방식으로 권력을 행사하고 자기소모
의 단계로 전이되는지에 대해 살펴보았다. 마르셀 모스의 증여 이론
은 관계의 형성과 사회의 기틀 마련에 '증여' 문제가 깊이 개입되어
있음을 연구한 문화 인류학자이다. 증여물의 가치는 집단마다, 개인
마다 다르게 책정될 수 있기에 서로의 손익을 계산하면서 더 많이 증
여한 쪽의 명예가 올라가게 된다. 당연히 권력과 명예를 얻게 된 쪽이
증여에 성공했다고 볼 수 있다.

이상의 시에서 남성 화자는 아내의 몸을 일회성 상품으로 바라보지
않고 새장에 가두거나 반지를 끼워 소유하고자 하는데, 이러한 증여
행위는 '새장', '반지'와 같이 사회의 상징적 증표보다 아내의 심리를
억압할 수 있다는 점에서 에로티시즘의 지성적 기교로 이해될 수 있
다. 또한, 이는 아내의 비밀을 발설하지 않으면서 아내의 부정을 은

밀하게 노출시킬 수 있는 가교로 작용한다는 점에서 이중적 효과를 낳을 수 있다. 화자는 아내를 종속하면서 남편으로서의 최소한의 지위와 명예를 담보할 수 있고, 여타의 남성과 다른 방식으로 증여를 행하는 것이다. 물론, 아내는 외출을 반복하거나 화자의 곁을 떠나버리는 방식으로 유혹하는 자의 권력관계를 유지하기 때문에 화자의 유혹과 증여는 실패로 돌아갔다고 해석할 수 있다. 이상이 그려내는 화자와 여성의 뒤틀린 사랑 관계는 유혹과 증여의 과정을 통해 확연히 드러나면서 이상의 에로티시즘적 세계관을 유추해볼 수 있는 중요 지점이 된다. 이처럼 비상식적이면서 복잡하게 설정된 남녀의 모습은 '나'와 타자 사이의 결합을 불가능한 것으로 만드는 데 일조한다.

화자가 행하는 증여의 실패에는 매춘하는 아내의 '몸' 문제가 깊이 개입되어 있다. 아내의 몸에 찍혀 있는 다른 남성의 지문은 병든 에로티시즘을 드러내는 동시에 회복 불가능한 존재성을 암시한다. 이상 시에서 '나'와 아내의 에로티시즘적 세계가 결합 불가능한 모습으로 드러난다면, 이는 에로티시즘을 형성해가는 주고받음의 증여가 실패를 거듭했기 때문이라는 진단을 내릴 수 있다. 극단적인 관계의 접합과 해체를 반복하는 이상 시의 에로티시즘은 치열한 긴장을 유발하는 증여 행위를 거치면서 위태롭게 유지된다. 또한, 아내는 화자가 대면하는 하나의 세계라 할 수 있다. 때문에 '나'와 아내의 결합 불가능한 관계는 에로티시즘의 실패를 의미할 뿐만 아니라 자아와 세계의 불협화음을 드러내는 데 결정적 역할을 한다고 해석할 수 있다. 세계와 대응하려는 부단한 노력이 좌절되었을 때 화자는 자기 실패를 거듭 확인하는 비극적 자아로 남겨질 수밖에 없게 된다.

4장 3절에서는 이상 시의 시적 자아와 인식 대상으로서 '여성'의 형상화가 어떠한 과정을 거쳐 변모하였는지를 살피고자 하였다. 이상의 작품에서 '여성'은 동식물의 차원이나 무기물의 차원, 도형의 차원으로 이동하면서 다양한 이미지로 변모한다. 이상의 작품에는 화자가 여성의 이름을 바꾸어 부르는 것과 마찬가지로 아내 역시 자신의 부정(不貞)을 숨기려 매일 화장을 하는 모습이 그려진다. 비밀로 둘러싸인 이들 관계는 서로에게 정착할 수 없는 불안정함을 감지하면서 위태롭게 유지된다. 이상은 이러한 남녀의 독특한 관계 방식과 그로 인한 갈등 지점을 예리하게 포착한다.

본장에서는 이상 시에 나타난 여성의 형상화를 크게 세 가지의 양상으로 나누어 논의를 전개하였다. 여성의 형상화는 1) 도형과 같은 관념의 차원, 2) 무기물의 차원, 3) 생물의 차원과 같이 각각의 연관성 속에서 변별되어 해석될 수 있다. 첫 번째로 이상은 여성의 존재를 도형으로 바꾸어버림으로써 육체성이 아닌 사유의 차원에서 여성과의 관계를 드러내고 있다. 몸의 접촉을 통해 내밀한 관계를 고조시키는 사랑의 감정은 사유의 차원에서 형상화되는 여성의 존재로부터 허무함과 상실감을 느끼게 하는 주요 원인이 된다. 두 번째로 이상은 여성의 존재를 무기물의 차원에서 그려내는데, 이때의 '돌'은 체온과 감정을 가지고 있지 않으며 무엇보다도 살성이 없기 때문에 접촉에 의한 감정 표현이 불가능하다. 몸의 직접적인 접촉의 가능성이 차단되면서 화자로 하여금 여성과의 일정 거리를 유지하게 한다. 세 번째로 이상은 동식물과 같은 생물의 차원에서 여성을 형상화한다. 이 단계에서 화자는 여성과의 결합 불가능성에 대해 재확인하는 과정을 겪으며 이들의 관계가 불안의 토대 위에 놓여 있음을 절감하게 된다. 이러한 일련의 과정 속에서 시적 자아는 여성이라는 타자의 세계에 연루되어 있음을 자각하는 동시에 여성과의 관계가 자아의 고독을 가중시키고 있음을 인식하게 된다.

이상의 시적 자아는 끊임없이 상실과 실연(失戀)을 되새기고 의식하면서 여성의 얼굴과 이름을 바꾸는 유희적 놀이를 지속한다. 인식 대상으로서 여성의 형상화는 화자와 결합하는 것이 부자연스러울 정도로 그로테스크한 이미지로 드러난다. 도형이나 돌, 무덤으로 끌어들이는 꽃, 성별이 바뀐 웅봉(雄蜂), 앵무(鸚鵡) 등은 상실과 절망을 불러일으키는 형상들이다. 그로테스크한 이미지의 변주는 여성과의 관계를 향한 화자의 인식이 어떠한지를 파악할 수 있게 하는 지점이 된다. 도형에서 생물에 이르기까지 시적 자아가 인식하는 여성 또는 여성과의 관계는 상대의 부재로 인해 극도의 상실감을 느끼게 된다. 또는 함께 있음으로써 결합 불가능성을 거듭 확인해야 하는 절망감을 느끼게 된다. 이들의 관계가 비극성을 띠는 이유는 '나'와 '너'의 존재가 서로에게 고통임을 자각하는 데에서 온다. 이러한 고통은 여성의 구체적 얼굴이 그려지면서 육체성을 획득할수록 강화되는 경향을 보인다.

관계의 불가능성과 비극성에 대한 끈질긴 재확인은 결국 이상의 세계인식과도 맞닿는다고 할 수 있다. 이상의 작품인 「紙碑-어디갓는지 모르는안해」의 "안해의버서노은 버선이 나같은 空腹을 表情하면서 곧 걸어갈것갓다 나는 이 房을 첩첩이다치고 外出한다"와 같은 구절 속 화자의 모습이 이와 연관된다. 어느 곳에도 정착하지 못한 채 고독하게 떠돌아다니는 시적 자아로부터 이상의 세계인식을 확인할 수 있는 것이다. 그럼에도 이상은 지속적으로 여성이라는 외부세계의 형상을 변모시킴으로써 관계 맺기를 시도한다. 이 역시 단절되어 가는 관계의 지속을 위해 그리고 허물어지는 기억을 붙잡기 위해 행해진 이상의 관계 방식인 것이다.

이상 시에 등장하는 '나'는 끊임없이 아내와의 관계를 지속시키고자 매진했던 것으로 보인다. 타자를 하나의 사회로 볼 수 있다면, 아내 역시 화자가 대면하는 사회로 인식할 수 있다. 화자는 아내와 단절되는 것을 두려워한 나머지, 일반적인 남편의 역할에서 벗어나 여인의 매춘을 눈감아주기까지 하는 모습을 보인다. 이처럼 이상이 세계와 상호 교섭하기 위해 부단히 고투한 흔적은 아내와의 관계성 속에서 드러나고 있다. 고통을 감수하면서까지 세계와의 관계를 유지시키고자 매진했지만, 이러한 노력이 단절과 상실로 되돌아왔을 때 상호성을 회복할 수 있다는 일말의 가능성마저 차단되고 만다. 이상이 바라본 타자라는 세계는 거대한 벽으로 봉쇄된 절망일 수밖에 없었던 것이다.

참고문헌

1. 기본자료

임종국 편, 『李箱全集』, 태성사, 1956.
_____, 『李箱全集』, 문성사, 1966.
문학사상연구자료실 편·이어령 校註, 『이상詩全作集』, 갑인출판사, 1978.
김주현 역, 『정본 이상문학전집』, 소명출판, 2005.

2. 논문

강호정, 「근대를 견디는 두 가지 방식-이상과 백석의 경우」, 『배달말』 제51권,
    배달말학회, 2012, 219~248쪽.
고봉준, 「1930년대 경성과 이상(李箱)의 모더니즘 : 백화점과 새로운 시각 체제
    의 등장」, 『문화과학』 제45호, 문화과학사, 2006, 224~239쪽.
고현혜, 「이상의 「동해」와 '공통감각(共通感覺)'으로서의 '촉각'」, 『현대소설연
    구』 제41호, 한국현대소설학회, 2009, 37~68쪽.
김경욱, 「이상 소설에 나타난 '단발(斷髮)'과 유혹자로서의 여성」, 『冠嶽語文研
    究』 제24권 1호, 서울대학교 국어국문학과, 1999, 299~313쪽.
김경일, 「서울의 소비문화와 신여성 : 1920~1930년대를 중심으로」, 『서울학연
    구』 제19호, 서울시립대학교 부설 서울학연구소, 2002, 227~262쪽.
김기택, 「한국 현대시의 '몸' 연구 : 이상화·이상·서정주의 시를 중심으로」, 경
    희대 박사학위논문, 2007.
김명인, 「근대도시의 바깥을 사유한다는 것 : 이상과 김승옥의 경우」, 『한국학연

구』 제21권, 인하대학교 한국학연구소, 2009, 209~229쪽.

김명주, 「아쿠타가와문학과 이상문학 비교고찰 - 〈기아(棄兒) 및 양자(養子)체 험〉을 중심으로」, 『日本語敎育』 제33권, 한국일본어교육학회, 2005, 171~ 194쪽.

_____, 「마키노 신이치와 이상 문학의 '육친혐오' 비교」, 『日本語敎育』 제60권, 한국일본어교육학회, 2012, 169~189쪽.

김상선, 「李箱의 詩에 나타난 性問題」, 『아카데미論叢』 제3권 1호, 세계평화교 수협의회, 1975, 49~62쪽.

김성례, 「증여론과 증여의 윤리」, 『비교문화연구』 제11집 제1호, 서울대학교 비 교문화연구소, 2005, 153~186쪽.

김성수, 「이상 문학에 나타난 화폐 물신성과 감각의 모더니티」, 『국제어문』 제 46권, 국제어문학회, 2009, 191~220쪽.

김수이, 「모더니즘 글쓰기 주체의 시각중심주의 고찰」, 『한국문예창작』 제6권 1호, 한국문예창작학회, 2006, 321~339쪽.

김승희, 「이상 시에 나타난 '근대성과 파놉티콘'과 아이러니, 멜랑콜리」, 『비교한 국학』 제18권 2호, 국제비교한국학회, 2010, 7~31쪽.

김양선, 「1930년대 모더니즘 소설과 몸의 서사」, 『근대문학의 탈식민성과 젠더 정치학』, 역락, 2009, 131~153쪽.

김영아, 「1930년대 모더니즘과 李箱 문학」, 『한어문교육』 제9권, 한국언어문학 교육학회, 2001, 169~187쪽.

김예리, 「이상 시의 공백으로서의 '거울'과 地圖的 글쓰기의 상상력」, 『한국현대 문학연구』 제25권, 한국현대문학회, 2008, 111~140쪽.

김용희, 「윤동주와 이상 시에 나타난 신체와 인식의 문제에 관한 고찰」, 『論文集』 제10권 1호, 평택대학교, 1998, 53~62쪽.

김유중, 「1930년대 후반기 한국 모더니즘 문학의 세계관 연구」, 서울대학교 박사 학위논문, 1994, 214~215.

_____, 「이상 시를 바라보는 한 시각 : 금기의 인식과 위반의 충동」, 『語文學』 제77권, 한국어문학회, 2002, 245~270쪽.

김윤식, 「이상문학에서의 관념의 탐구 : 한국 모더니즘 문학 연구(2)」, 『韓國學 報』 제14권 3호, 일지사, 1988, 119~147쪽.

김은경, 「李箱 詩에 나타난 主體 형상의 기호학적 분석」, 『한국현대문학연구』 제36권, 한국현대문학회, 2012, 73~94쪽.

김은영, 「李箱 詩에 나타난 아이러니와 自意識의 분열 양상」, 『士林語文研究』 제11권, 창원대학교 국어국문학과 사림어문학회, 1998, 191~202쪽.

김종훈, 「이상(李箱) 시에 등장하는 여성의 의미 고찰」, 『漢城語文學』 제23권, 한성대학교 한성어문학회, 2004, 67~90쪽.

김주리, 「근대 사회의 관음증과 李箱 소설의 육체」, 『문예운동』 제107호, 문예운동사, 2010, 81~92쪽.

김주현, 「이상 문학의 기호학적 접근」, 『語文學』 제64권, 한국어문학회, 1998, 203~222쪽.

_____, 「이상 소설의 미학적 접근」, 『論文集』 제12권 2호, 경주대학교, 1999, 889~912쪽.

김홍중, 「한국 모더니티의 기원적 풍경 – 李箱의 『烏瞰圖』 시 제1호 : 한국 모더니티의 기원적 풍경」, 『사회와 이론』 제7호, 한국이론사회학회, 2005, 177~214쪽.

나병철, 「이상의 모더니즘과 혼성적 근대성의 발견」, 『현대문학의 연구』 제14권, 한국문학연구학회, 2000, 123~150쪽.

나은진, 「이상소설에 나타난 여성성 : 양파껍질 벗기기」, 『여성문학연구』 제6호, 한국여성문학학회, 2001, 81~107쪽.

나희덕, 「1930년대 모더니즘 시의 시각성 : '보는 주체'의 양상을 중심으로」, 연세대 박사학위 논문, 2006.

류보선, 「이상李箱과 어머니, 근대와 전근대 – 박태원 소설의 두 좌표」, 『상허학보』 제2호, 상허학회, 1995, 55~84쪽.

민명자, 「김구용 시의 상호텍스트성 연구 – 이상(李箱) 시와의 관계를 중심으로」, 『인문학연구』 제37권 1호, 충남대학교 인문과학연구소, 2010, 29~61쪽.

박성필, 「이상 시의 근대성 연구」, 『한국민족문화』 제31권, 부산대학교 민족문화연구소, 2008, 205~234쪽.

박소영, 「이상의 시와 수필에 나타난 가문존속 지향」, 『한민족문화연구』 제45권, 한민족문화학회, 361~389쪽.

_____, 「이상 시에 드러난 '피'와 '얼굴' 그리고 '두개골' 이미지의 유기성연구」,

『한국문학이론과 비평』 제18권 2호, 한국문학이론과 비평학회, 27~49쪽.

_____, 「李箱 詩에 나타난 誘惑의 技術과 에로티즘의 意味」, 『어문연구』 제165 호, 한국어문교육연구회, 2015, 253~283쪽.

_____, 「이상 시에 드러난 '증여' 문제와 에로티즘의 상관성」, 『한국근대문학연 구』 제32호, 한국근대문학회, 277~310쪽.

_____, 「이상 시에 나타난 그로테스크 기법과 에로티즘의 상관성」, 『한국문학이 론과 비평』 제20권 2호, 한국문학이론과 비평학회, 53~80쪽.

_____, 「李箱 詩에 나타난 皮膚 感覺의 形象化 硏究」, 『어문연구』 제174호, 한국어문교육연구회, 317~344쪽.

_____, 「이상 시의 시적 자아와 인식 대상으로서 '여성'의 형상화 연구」, 『한국문 학이론과 비평』 제21권 4호, 한국문학이론과 비평학회, 229~255쪽.

박승희, 「이상 시의 형상 언어적 의미와 글쓰기 전략」, 『한국문학이론과 비평』 제31권, 한국문학이론과 비평학회, 2006, 137~157쪽.

박준상, 「환원 불가능한 (빈) 중심, 사이 또는 관계 : 타자에 대하여」, 『해석학연 구』 제19권, 한국해석학회, 2007, 161~198쪽.

_____, 「에로티시즘과 두 종류의 언어─조르주 바타유를 중심으로」, 『汎韓哲學』 제63권, 범한철학회, 2011, 377~404쪽.

박현수, 「이상 시의 수사학적 연구」, 서울대학교 박사학위논문, 2002.

_____, 「이상의 아방가르드 시학과 백화점의 문화기호학」, 『국제어문』 제31권, 국제어문학회, 2004, 211~240쪽.

백문임, 「이상의 모더니즘 방법론 고찰」, 『상허학보』 제4호, 상허학회, 1998, 271~297쪽.

서영채, 「韓國 近代小說에 나타난 사랑의 樣相과 意味에 관한 硏究 : 이광수, 염상섭, 이상을 중심으로」, 서울대학교 박사학위논문, 2002.

송민호, 「李箱 문학에 나타난 '화폐'와 글쓰기」, 『韓國學報』 제28권 2호, 일지사, 2002, 132~167쪽.

_____, 「이상 소설 동해(童骸)에 나타난 감각의 문제와 글쓰기의 이중적 기호들」, 『人文論叢』 제59권, 서울대학교 인문학연구원, 2008, 1~32쪽.

신명석, 「韓國詩에 나타난 모더니즘 : 1930年代를 中心으로」, 『睡蓮語文論集』 제1권, 부산여자대학교 국어교육학과 수련어문학회, 1973, 31~57쪽.

심상욱, 「「街外街傳」과 「황무지」에 나타난 이상과 엘리엇의 제휴」, 『批評文學』 제39호, 한국비평문학회, 2011, 133~155쪽.

엄경희, 「이상의 육친(肉親) 시편과 수필에 내포된 '연민'의 복합적 성격」, 『한국 문학이론과비평』 제16권 3호, 한국문학이론과 비평학회, 2012, 323~343쪽.

_____, 「이상의 시에 내포된 소외와 정념」, 『한민족문화연구』 제48권, 한민족문화학회, 2014, 337~375쪽.

_____, 「문정희 시에 내포된 불순한 신성(神聖)으로서 에로티즘」, 『국제어문』 제74집, 국제어문학회, 2017, 437~464쪽.

엄성원, 「한국 모더니즘 시의 근대성과 비유 연구 : 김기림·이상·김수영·조향의 시를 중심으로」, 서강대학교 박사학위논문, 2001.

_____, 「이상 시의 비유적 특성과 탈식민적 저항의 가능성」, 『국제어문』 제36권, 국제어문학회, 2006, 263~289쪽.

우재학, 「이상시의 탈근대성 고찰 – 이항 대립의 해체 양상을 중심으로」, 『한국 언어문학』 제40권, 한국언어문학회, 1998, 479~494쪽.

원명수, 「이상 시의 모더니티와 모더니즘에 대한 고찰」, 『語文論集』 제11권 1호, 중앙어문학회, 1976, 45~62쪽.

윤여선, 「프로이트의 정신분석학을 통한 이상의 「오감도」 연구」, 『문예시학』 제22권, 문예시학회, 2010, 145~165쪽.

유재천, 「性과 非人間化 : 李箱 詩의 性問題」, 『연세어문학』 제16권, 연세대학교 국어국문학과, 1983, 77~93쪽.

윤영실, 「이상의 「종생기」에 나타난 사랑, 죽음, 예술」, 『韓國文化』 제48권, 서울대학교 규장각한국학연구원, 2009, 135~150쪽.

이경재, 「이상 소설의 '동물' 모티프 고찰」, 『陸士論文集』 제59집 제1권, 육군사관학교, 2003, 183~199쪽.

이광호, 「이상 시에 나타난 시선 주체의 익명성」, 『한국시학연구』 제33권, 한국시학회, 2012, 309~333쪽.

이남호, 「이상의 시의 해석과 비유에 대한 연구」, 『어문논집』 제66권, 민족어문학회, 2012, 393~414쪽.

이만식, 「이상 시의 어휘 사용 양상과 공기관계 네트워크 연구」, 건국대학교 박사학위논문, 2013.

이선이, 「한국 근대시의 근대성과 탈식민성」, 『정신문화연구』 제29권 1호, 한국
    학중앙연구원, 2006, 29~53쪽.

이수은, 「李箱 詩 리듬 硏究」, 이화여자대학교 석사학위논문, 1997.

이승훈, 「이상시 연구 – 자아의 시적 변용」, 연세대학교 박사학위논문, 1983.

_____, 「1930년대 한국모더니즘시 연구 (2)」, 『한국언어문화』 제15권, 한국언
    어문화학회, 1997, 733~762쪽.

이재복, 「李箱 소설의 몸과 근대성에 관한 연구」, 한양대학교 박사학위논문,
    2001.

이형진, 「李箱 문학의 '비밀'과 '여성'의 의미 연구」, 한국현대문학회 학술발표회
    자료집, 한국현대문학회, 2009, 151~163쪽.

_____, 「李箱의 '새' 모티프에 대한 일고찰 : 李箱의 「紙碑 – 어디갓는지 모르는
    안해」와 橫光利一의 「犯罪」의 비교를 중심으로」, 『한국현대문학연구』 제32
    집, 한국현대문학회, 2010, 151~163쪽.

임명숙, 「이상 시에 드러난 여성의 이미지, 혹은 "몸" 읽기」, 『겨레어문학』 제29
    권, 겨레어문학회, 2002, 149~174쪽.

장동석, 「한국문학과 서울의 토포필리아: 1930년대 한국 현대시에 나타난 "경성"
    제시 방식 연구 – 김기림, 이상, 오장환 시를 중심으로」, 『한국문예비평연구』
    제41권, 한국현대문예비평학회, 2013, 39~66쪽.

전동진, 「이상과 모더니즘 : 이상 시의 탈근대적 시선 연구」, 『비교한국학』 제18권
    2호, 국제비교한국학회, 2010, 33~61쪽.

전미정, 「한국 현대시의 에로티시즘 연구 : 서정주, 오장환, 송욱, 전봉건의 詩를
    중심으로」, 서강대학교 박사학위논문, 1999.

전혜숙, 「皮膚 : 경계가 무너지는 장소」, 『서양미술사학회논문집』 제43권, 서양
    미술사학회, 2015, 115~139쪽.

정끝별, 「이상 시의 상호텍스트성 연구 : 「오감도 시제1호」의 시적 계보를 중심으
    로」, 『한국시학연구』 제26권, 한국시학회, 2009, 65~92쪽.

정지은, 「세계와의 경계면으로서의 촉각 : 자아형성과 관련해서」, 『라깡과 현대
    정신분석』 제14권 1호, 한국라깡과현대정신분석학회, 2012, 67~86쪽.

정효구, 「李箱 문학에 나타난 '사물화 경향'의 고찰」, 『개신어문연구』 제14권,
    개신어문학회, 1997, 487~519쪽.

조병춘, 「모더니즘 詩의 旗手들」, 『태릉어문연구』 제4권, 서울여자대학교 인문
    과학대학 국어국문학과, 1987, 61~74쪽.

조영복, 「1930년대 문학에 나타난 근대성의 담론연구」, 서울대학교 박사학위논
    문, 1995.

조혜진, 「1930년대 모더니즘 시의 타자성 연구 : 김기림, 이상, 백석 시를 중심으
    로」, 성신여자대학교 박사학위논문, 2007.

주현진, 「이상(李箱) 문학의 근대성 : '의학-육체-개인'」, 『한국시학연구』 제23
    권, 한국시학회, 2008, 377~417쪽.

주형일, 「이미지로서의 육체, 기호로서의 이미지 : 살과 틀의 육체 담론」, 『인문
    연구』 제47권, 영남대학교인문과학연구소, 2004, 111~139쪽.

채호석, 「문학과 '돈'의 사회학 : 1930년대 소설에서의 돈과 육체-이상(李箱)의
    소설을 중심으로」, 『현대문학의 연구』 제32권, 한국문학연구학회, 2007,
    125~151쪽.

최금진, 「이상 시에 나타난 몸과 시적 구조의 관계」, 『한민족문화연구』 제43권,
    한민족문화학회, 2013, 135~164쪽.

_____, 「이상과 김수영 시의 몸 연구」, 한양대학교 박사학위논문, 2014.

최동호, 「윤동주의 또 다른 고향과 이상의 문별의 상호텍스트성 연구 – 시어 백
    골을 중심으로」, 『語文研究』 제39권, 어문연구학회, 2002, 309~325쪽.

최봉영, 「유교 문화와 한국 사회의 근대화」, 『사회와 역사』 제53권, 한국사회사
    학회, 1998, 61~92쪽.

최혜실, 「이상 문학에 나타나는 이항대립(binary opposition) 해체로서의 근대
    성」, 『先淸語文』 제18권 1호, 서울대학교 국어교육과, 1989, 562~576쪽.

한민주, 「근대 댄디들의 사랑과 성 문제 : 이상과 김유정을 中心으로」, 『국제어문』
    제24권, 국제어문학회, 2001, 1~15쪽.

함돈균, 「이상 시의 아이러니와 미적 주체의 윤리학 : 정신분석적 관점을 중심으
    로」, 고려대학교 박사학위논문, 2010.

3. 단행본

고미숙, 『한국의 근대성, 그 기원을 찾아서-민족·섹슈얼리티·병리학』, 책세
    상, 2001.

고병권 외 5인, 『코뮌주의 선언』, 교양인, 2007.

고 은, 『이상평전』, 민음사, 1974.

권용혁, 『한국 가족, 철학으로 바라보다』, 이학사, 2012.

권은미, 『현대프랑스 문학과 예술』, 이화여자대학교출판부, 2006.

김경일, 『근대의 가족, 근대의 결혼』, 푸른역사, 2012.

김기림, 『金起林 全集 2』, 심설당, 1988.

김승희, 『李箱 詩 硏究』, 보고사, 1998.

김윤식, 『이상연구』, 문학사상사, 1987.

김윤식 편, 『이상문학전집 4 연구논문모음』, 문학사상사, 1995.

김혜경, 『식민지하 근대가족의 형성과 젠더』, 창비, 2006.

몸문화연구소 편, 『그로테스크의 몸』, 쿠북, 2010.

박소영, 「이상 시의 에로티즘과 경성 풍경」, 고명철 외 7인, 『새로운 세계문학
　　속으로』, 보고사, 2017.

박준상, 『빈 중심』, 그린비, 2008.

＿＿＿, 『암점』, 문학과지성사, 2017.

서우석, 『시와 리듬』, 문학과지성사, 1981.

성기옥 외 4인, 『한국시의 미학적 패러다임과 시학적 전통』, 소명출판, 2004.

소래섭, 『에로 그로 넌센스』, 살림출판사, 2005.

송민호, 『'이상(李箱)'이라는 현상』, 예옥, 2014.

양돈규, 『심리학사전』, 박학사, 2013.

양현아, 『한국 가족법 읽기 – 전통, 식민지성, 젠더의 교차로에서』, 창비, 2011.

오규원, 『언어와 삶』, 문학과지성사, 1983.

엄경희, 『은유』, 모악, 2016.

＿＿＿, 『현대시와 정념』, 까만양, 2016.

＿＿＿, 『현대시와 추의 미학』, 보고사, 2018.

이경재, 『한국 현대문학의 공간과 장소』, 소명출판, 2017.

이상문학회, 『이상시 작품론』, 역락, 2009.

이재복, 『한국 현대시의 미와 숭고』, 소명출판, 2012.

임철규, 『눈의 역사 눈의 미학』, 한길사, 2004.

정대현 외 9인, 『감성의 철학』, 민음사, 1996.

조광제, 『몸과 세계, 세계의 몸』, 이학사, 2004.

조두영, 「이상(李箱)의 시 분석」, 『프로이트와 한국 문학』, 일조각, 1999.

조해옥, 『이상 시의 근대성 연구 : 육체의식을 중심으로』, 소명출판, 2001.

_____, 『전환의 문학』, 국학자료원, 2006.

_____, 『이상 산문 연구』, 서정시학, 2016.

최현석, 『인간의 모든 감각』, 서해문집, 2009.

허정아, 『몸 멈출 수 없는 상상의 유혹』, 21세기북스, 2011.

홍성철, 『유곽의 역사』, 페이퍼로드, 2007.

황훈성, 『서양문학에 나타난 죽음』, 서울대학교출판문화원, 2013.

4. 번역서

게오르그 짐멜, 김덕영 역, 『돈의 철학』, 도서출판 길, 2013.

구리야마 시게히사, 정우진·권상옥 역, 『몸의 노래』, 이음, 2013.

니클라스 루만, 정성훈·권기돈·조형준 역, 『열정으로서의 사랑 : 친밀성의 코드화』, 새물결, 2009.

다이안 애커만, 임혜련 역, 『열린 감각』, 인폴리오, 1995.

데이비드 폰태너, 공민희 역, 『상징의 모든 것』, 성균관대학교 출판부, 2011.

디디에 앙지외, 권정아·안석 역, 『피부자아』, 인간희극, 2008.

마르셀 모스, 이상률 역, 『증여론』, 한길사, 2002.

마크 스미스, 김상훈 역, 『감각의 역사』, 성균관대학교 출판부, 2010.

메를로 퐁티, 류의근 역, 『지각의 현상학』, 문학과지성사, 2002.

모리스 고들리에, 오창현 역, 『증여의 수수께끼』, 문학동네, 2011.

미르치아 엘리아데, 강응섭 역, 『신화·꿈·신비』, 숲, 2006.

미하일 바흐찐, 이덕형·최건영 역, 『프랑수아 라블레의 작품과 중세 및 르네상스의 민중문화』, 아카넷, 2001.

로제 다둔, 신정아 역, 『에로티즘』, 철학과현실사, 2006.

로제 카이와, 이상률 역, 『놀이와 인간』, 문예출판사, 1994.

볼프강 카이저, 이지혜 역, 『미술과 문학에 나타난 그로테스크』, 아모르문디, 2011.

샤오춘레이, 유소영 역, 『욕망과 지혜의 문화사전 몸』, 푸른숲, 2006.

아리스토텔레스, 이종호 역, 『수사학 Ⅱ』, 리젬, 2007.

에바 일루즈, 박형신·권오헌 역, 『낭만적 유토피아 소비하기』, 이학사, 2014.

요한 하위징아, 김윤수 역, 『호모 루덴스』, 까치글방, 1998.

우치다 타츠루, 이경덕 역, 『푸코, 바르트, 레비스트로스, 라캉 쉽게 읽기』, 갈라
    파고스, 2010.

자크 르 고프·장 샤를 수르니아 편, 장석훈 역, 『고통 받는 몸의 역사』, 지호,
    2000.

장 라플랑슈·장 베르트랑 퐁탈리스, 임진수 역, 『정신분석 사전』, 열린책들,
    2005.

장 보드리야르, 정연복 역, 『섹스의 황도』, 솔, 1993.

_____, 배영달 역, 『유혹에 대하여』, 도서출판 백의, 1996.

잭 트레시더, 김병화 역, 『상징 이야기』, 도솔출판사, 2007.

조르주 바따이유, 조한경 역, 『에로티즘』, 민음사, 1989.

_____, 조한경 역, 『에로티즘의 역사』, 민음사, 1998.

_____, 조한경 역, 『저주의 몫』, 문학동네, 2000.

_____, 유기환 역, 『에로스의 눈물』, 문학과의식, 2002.

카를 로젠크란츠, 조경식 역, 『추의 미학』, 나남, 2008.

칼 마르크스, 강유원 역, 『경제학-철학 수고』, 이론과실천, 2006.

필리프 아리에스, 유선자 역, 『죽음 앞에 선 인간-하』, 동문선, 1997.

한병철, 김태환 역, 『에로스의 종말』, 문학과지성사, 2015.

_____, 이재영 역, 『아름다움의 구원』, 문학과지성사, 2016.

찾아보기

박소영

1986년 서울에서 출생하였다. 숭실대학교 국어 국문학과를 졸업하고 동 대학원에서 석사와 박사학위를 받았다. 현재 숭실대학교에서 초빙교수로 재직 중이다.

주요논저

「이상 시의 시적 자아와 인식 대상으로서 '여성'의 형상화 연구」, 「이상 시에 드러난 '증여' 문제와 에로티즘의 상관성」, 「李箱 詩에 나타난 皮膚 感覺의 形象化 硏究」가 있으며, 그 외에 「자화상 에세이 쓰기에 활용할 콘텐츠에 관한 고찰-빅터 프랭클의 '로고테오리'(Logotheorie) 를 중심으로」(공저), 「매체를 활용한 자화상 글쓰기 수업의 실제와 효용성 고찰」(공저), 『새로운 세계문학 속으로』(공저) 등이 있다.

이상 시의 비극적 에로티시즘

2018년 12월 21일 초판 1쇄 펴냄

지은이 박소영
펴낸이 김흥국
펴낸곳 도서출판 보고사

책임편집 이순민
표지디자인 손정자

등록 1990년 12월 13일 제6-0429호
주소 경기도 파주시 회동길 337-15 2층
전화 031-955-9797(대표)
    02-922-5120~1(편집), 02-922-2246(영업)
팩스 02-922-6990
메일 kanapub3@naver.com / bogosabooks@naver.com
http://www.bogosabooks.co.kr

ISBN 979-11-5516-855-4 93810
ⓒ박소영, 2018

정가 18,000원